타오르는 강

완결판
타오르는 강 2

—

초판 1쇄 발행_ 2012년 2월 25일
초판 2쇄 발행_ 2014년 9월 15일
초판 3쇄 발행_ 2023년 12월 5일

—

지은이_ 문순태
펴낸이_ 박성모
펴낸곳_ 소명출판
출판등록_ 제1998-000017호
주소_ 서울시 서초구 사임당로14길 15 서광빌딩 2층
전화_ 02-585-7840
팩스_ 02-585-7848
전자우편_ somyungbooks@daum.net
홈페이지_ www.somyong.co.kr

—

값 20,000원
ⓒ 2012, 문순태
ISBN 978-89-5626-666-4 04810
ISBN 978-89-5626-664-0 (전9권)

—

문·순·태·장·편·소·설
완결판

타오르는 강

2

30년 만에 완간된 恨의 민중사

　강은 저절로 길을 찾아 흐른다. 높은 곳에서 세상의 가장 낮은 곳으로, 인간의 삶과 역사와 함께 흐른다. 사람의 간섭을 거부하며 저절로 흐르는 강은 건강하게 살아있다. 생명과 역사와 문화가 공존하는 강의 세상. 강은 물속과 물 밖의 존재들과 조화롭게 어울리며 흐른다. 강과 사람, 강과 땅, 강과 생명 있는 존재들과 끊임없이 교섭하고 어울리면서 건강한 공생관계를 유지한다. 강은 본디 모습 그대로 인간이 살아가는 터전이 되고 또 다른 생명과 교섭하면서 힘의 원천이 된다.

　전라도 사람들 마음속에는 영산강이 흐른다. 전라도 사람들의 핏줄과도 같은 영산강은 한과 희망을 안고 흐른다. 슬픔과 기쁨, 절망과 희망, 빛과 그림자를 안고 흘렀고 지금도 그렇게 흐른다. 그래서 영산강은 꺾일 줄 모르는 전라도의 힘이 되었다. 영산강과 함께 흘러온 전라도 사람들의 한은 좌절과 체념의 한숨이나 패자의 넋두리가 아닌, 삶의 의지력이고 생명력이며 빛나는 희망인 것이다.

　영산강은 이 강을 끼고 살아온 사람들에게 소중한 삶의 터전이 되었다. 그러나 영산강을 삶의 터전으로 가꾸고 지켜온 사람들은 오랫동안 지배세력의 핍탈에 시달려왔다. 특히 일제 강점기에 영산강은 개화의 통로이자 수탈의 통로가 되었다. 1897년 목포 개항 이후 모든 개화문물이 영산강을 통해 들어왔다. 그런가 하면 일제는 호남평야에서 생산된 쌀, 면화 등 농산물을 영산강을 통해 대량으로 본토로 실어갔다. 이 과정에서 목포항에서는 부두근로자들의 쟁의가 그치지 않았다. 뿐만 아니라 일제는 영산강 유역의 기름진 농토를 무제한으로 차지하였고 농민들은 일본인들의 소작인으로 전락하였다. 일제 강점기에 일어난 궁삼면(宮三面) 농민운동 사건은 소작인으로 전락한 농민들이 자기 땅을 찾기 위해 투쟁한 대표적인 농민운동이다.

1886년부터 3년 동안에 걸친 큰 가뭄에 폐농을 한 3개면 농민들은 굶어죽지 않으려고 대처로 흘러 다니며 유랑걸식을 했다. 고향에 돌아와 보니 3년치 세금을 내지 않았다는 이유로 그들의 농토가 모두 엄상궁의 궁토가 되어버린 사실을 알게 되었다.

1886년 노비세습제가 폐지되자 종문서를 받아들고 형식상 자유의 몸이 된 수많은 노비들은 살 길이 막막했다. 이들은 홍수 때문에 버려진 땅을 찾아 영산강으로 몰려들었다. 그들은 영산강변에 집단으로 모여 살면서 물과 싸우며 삶의 터전을 일구려고 했다. 그러나 그들은 생활의 바탕이 마련되지 않은 데다가, 지방 관속들과 힘 있는 양반들의 핍탈이 그치지 않아, 실질적으로 노비의 상태는 계속된 것이나 마찬가지였다. 이들이 수마와 싸우며 일군 강변의 토지는 과거 상전들한테 다시 빼앗기거나 일제에 의해 수탈당하고 말았다.

굶주리면서도 제방을 쌓고 홍수로 버려진 땅을 일구어 비로소 삶의 터전을 만들었으나 이 땅이 궁토에서 다시 동양척식회사 소유가 되자, 이들은 일제에 항거하여 투쟁을 계속했다.

피와 땀과 눈물로 일구어, 난생 처음 가져 본 생명과도 같은 땅을 지키기 위해 죽음을 두려워하지 않고 싸웠다. 이들은 하나하나 떼어놓으면 무지렁이 종들에 지나지 않지만 , 여럿이 모여 한덩어리가 되었을 때 큰 힘을 발휘했다. 민중의 한은 역사를 바꾸었다. 영산강 유역의 농민들이 식민지 수탈에 항거해온 민족정신은 의병전쟁과 광주학생독립운동의 씨앗이 되었다.

나는 이 소설에서 강의 흐름을 통해 한의 민중사를 추적해보고 싶었다. 노비출신인 이들은 하나하나 떼어놓으면 무력한 무지렁이에 지나지 않지만 하나로 뭉뚱그려질 때 큰 힘을 발휘했다. 이 소설은 노비세습제가 풀린 1886년부터 동학농민전쟁, 개항, 1905년 을사늑약, 1910년 치욕적인 강제 한일병합조약, 3.1만세운동을 거쳐 1929년 광주학생독립운동까지의 우리민족의 수난사를 중심으로 펼쳐지고 있다. 그러면서도 역사 속에 드러난 인물을 주인공으로 내세우지 않았다. 모든 민초가 주인공인 셈이다. 또한 나는 이 소설에서 사장되어버린 순수 우리말을 최대한으로 살려보려고 했다. 작가는 언어의 채굴자이고 특히 죽어있는 언어의 활용도를 높여 다시 살려내는 작업을 해야 한다고 생각한다. 특히 전라도 토박이말을 원형대로 살려보려고 노력했다. 그리고 가급적 당시 서민들의 삶의 풍속을 그대로 되살리려고 했다. 영산강변을 터전으로 살아온 민초들의 본디 생활사를 민속적 관점에서 보여주고 싶었다.

『타오르는 강』은 1981년 『월간중앙』에 연재를 시작하였고 1987년 '창작과비평사'에서 7권으로 발간되었었다. 7권까지는 노비세습제가 풀린 1886년부터 1911년까지의 이야기이다. 나는 당초에 1929년에 일어난 광주학생독립운동까지를 포함하여 10권 분량으로 완간하려고 했었다. 그러나 그때까지만 해도 광주학생운동의 객관적 서술이 자유롭지가 못했다. 장재성 등 광주학생독립운동 주동자가 사회주의자라는 이유로 6.25직전에 처형되어, 오랜 세월 역사의 그늘 속에 가려져 있었다. 일제 강점기 독립운동을 주도했던 대부분 사람들이 그랬던 것처럼, 광주학생독립운동 중심인물 역시 민족주의·사회주의 노선이었다. 다행히 참여정부로부터 이들의 역사적 공적을 인정받게 되어 활발한 연구가 이루어지기 시작했으며 객관적 서술이 가능해졌다.

　87년 '창작과비평사'에서 7권이 발간된 지 25년, 1981년 『월간중앙』에 연재를 시작한 후 31년 만에, 『타오르는 강』이 비로소 광주학생독립운동을 포함하여 9권으로 다시 묶어져 나오게 되었다. 내 오랜 문학적 숙원이었던 『타오르는 강』이 9권으로 완간을 한 것이다. 나는 2권으로 추가된 8, 9권에서 광주학생독립운동은 한일 간 학생들 사이에 우발적으로 일어난 단순사건이 아니라는 것을 밝히고자 했다. 1920년대 초 동경유학생들에 의해 광주지역에 사회주의가 유입되면서, '광주 흥학관'의 광주청년학원과 광주고보를 비롯한 학생들이 '성진회', '독서회' 등을 조직하여 사회과학교육을 통해 오랫동안 치밀하고 조직적으로 준비해온 사건임을 밝히고 싶었다.

이번 완간하는 과정에서, 1권에서 7권까지의 소설적 흐름은 손을 대지 않았으나 잘못 표현된 부분이나 역사적 오류나 모순된 내용을 부분적으로 바로잡았다. 시대적 사건을 자연스럽게 연결시켰고 개정된 우리말 바로쓰기에 맞췄으며 새로 찾아낸 전라도 토박이말들을 추가했다. 특히 광주학생독립운동 부분에서는 자료조사에서 밝혀낸 실명을 그대로 사용했다.

30년 만에 완간이 되고 보니 참으로 오랫동안 버겁게 지고 있던 큰 짐을 땅에 내려놓은 것처럼 홀가분한 심정이다. 돌이켜보니 나는 1974년 작가가 된 후 지금까지 40년 가까이 오로지 『타오르는 강』을 붙들고 씨름하듯 낑낑대온 것 같은 기분이다. 『타오르는 강』의 완간을 계기로 영산강을 중심으로 살아왔던 우리나라 노비들의 삶에 대해 관심을 가져주었으면 싶다. 그리고 일제강점기 빼앗긴 땅을 되찾기 위해 얼마나 많은 민초들이 죽어갔는가를 상기해주었으면 한다. 역사 속에서 영산강이 되살아나기를 바란다. 진정으로 강의 세상이 오기를 기다린다. 강은 자생력이 있기 때문에 내버려두어도 스스로 살아나지만, 강과 함께 만든 삶의 역사는 누구인가 붙잡아 건져주지 않으면 그대로 흘러가버린다.

이 책을 내주신 소명출판 박성모 사장님과 책이 나올 수 있도록 애써주신 국민대 정선태 교수께 가슴 깊이 고마움을 간직한다.

2012년 정초에
문순태

9

타오르는 강 2

깨어 있는 밤

1

팔월 한가위를 갓 넘긴 초가을의 달빛이 나주 샛골나이(細木布)처럼 가늘고 부드럽게 영산강을 덮었다. 가을비가 내리려는지 별이 유난히 반짝거렸다. 달빛이 밝은데다 별들까지도 시새워 반짝거려, 강변에 핀 은회색 물억새꽃이며 빨간 보랏빛 물봉선꽃 색깔까지도 구별할 수가 있었다.

바람마저 숨을 죽인 강변은 갈댓잎 하나 움직이지 않았다. 바람이 불지 않는 날 밤에는 영산강도 울지 않았다. 달빛은 눈이 내리는 날의 대낮만큼이나 밝고, 별은 금성산 횃불 놀이하던 날 밤의 화심보다 빛나고, 바람마저 숨을 거둔 듯 은회색의 물억새꽃 하나 움직이지 않는 날 밤의 영산강은 꿈속처럼 고즈넉했다. 강물도 흐르지 않고 제자리를 맴도는 듯싶었다.

꿈속 같은 영산강 변 갈대밭 사이로, 속옷 차림의 여인네가 꿈꾸듯 나비처럼 너울거렸다. 그녀는 갈대밭 사이를 뛰어다니다가, 지난여름 큰물이 뿌리를 뽑아 보기 흉하게 넘어뜨린 팽나무의 밑동에 앉아 있기도 하고, 갑자기 하늘을 향해 고개를 바짝 쳐들고 두 팔을 휘젓는 가 하면, 강물이 소리도 없이 모래톱을 핥아대는 강변을 산매들린 듯 맨발로 뛰었다.

그녀는 마치 달빛에 홀리기라도 한 듯 영산강에 달이 떠오르자 강 변으로 뛰쳐나와서 쏘다녔다. 그녀의 행동은 달이 가장 밝았던 한가 윗날 밤부터 시작해 나흘째 계속되었다. 김치근 어머니였다. 아들 김 치근이가 부르뫼 박 초시 하인들한테서 몰매를 맞고 죽은 그날 밤부 터, 그녀는 밤만 되면 집을 뛰쳐나가곤 하였다.

아무도 김치근의 어머니를 말리거나 붙잡을 수가 없었다.

첫날에는 날이 밝은 뒤에야, 개산 기슭 후미진 참나무 숲속 바위틈 에 바들바들 떨며 꿍겨박혀 있는 것을 가까스로 찾아냈다. 밤새도록 얼마나 헤매고 다녔는지 옷이 걸레 조각처럼 갈기갈기 찢겨 있었으 며, 얼굴과 손발에는 여기저기 뿔긋뿔긋 피가 솟고, 비녀마저 빠져버 린 머리는 먼지 낀 땅가시덩굴처럼 뒤엉켜 있었다.

마을 사람들이 업어다 방에 뉘고 살구 씨를 달여 먹인 뒤에야 정신 을 수습했으나, 간밤에 어디를 쏘다녔는지 자신도 모르고 있었다. 그 녀는 잠시 천 리 밖을 보기라도 하듯 먼 시선으로 벽을 보고 우두커니 앉아 있다가 까무룩 잠이 들고 말았다.

점심때가 되어서야 며느리가 깨우자, 얼핏 잠에서 깬 김치근 어머 니는 숟갈을 들었다가 그냥 놓으며 죽은 아들을 찾더니, 방 돌이 꺼질 듯 한숨을 몰아쉰 다음 이내 스르르 누워 잠이 들었다.

온종일 통잠을 잔 그녀는 달이 떠오르고 며느리가 깊이 잠들자 다시 달빛을 밟고 집을 나갔다.

오경이 지나서야 시어머니가 없어진 것을 알고 깜짝 놀란 김치근 아내가 마을 사람들을 깨웠고 장정들이 횃불을 밝혀들고 강변이며 개산 기슭으로 찾아 나섰다. 밤새도록 산과 강변을 뒤졌으나 찾지 못했다. 영산강에 빠졌는가 싶어 쪽배를 타고 구진 나루까지 내려가 보았으나 허탕을 쳤다.

그날도 날이 밝은 뒤에야, 개산 너머 잔솔밭에 있는 김치근 무덤에 엎뎌 있는 것을 발견하고, 옷이 찢기고 얼굴이며 손발에 가시에 긁힌 자국이 뿔긋뿔긋한 그녀를 업고 왔다.

점심때가 지나서야 정신을 차린 그녀는 아들 무덤은 어떻게 알고 찾아갔었느냐는 마을 사람들 물음에는 대답을 않고, 죽은 아들 이름만 거듭 불러댔다.

아무래도 이상한 일이었다. 김치근의 장례를 치른 날도 시어머니와 며느리가 까무러쳐 장지까지 따라가지 못했고, 아무도 아들 무덤을 가르쳐주지 않았는데, 어떻게 해서 밤에 혼자 개산 너머 후미진 잔솔밭까지 찾아갈 수가 있었단 말인가.

"어무니, 어치께 무덤을 찾아가셨소."

마을 사람들이 돌아간 뒤, 며느리가 약간은 겁먹은 얼굴로 시어머니의 혼이 빠진 눈을 들여다보며 조용히 물어보았다. 그러자 김치근 어머니는 여전히 천리 밖을 바라보는 듯한 멀고먼 시선으로 흙벽을 보며 "치근이가 와서 데리꼬 갔다" 하고 말했다. 그 말 한 마디만 하고 다시 깊은 잠에 빠져들었다.

마을 사람들은 그런 김치근 어머니가 아들의 혼이 씌었거나, 아니면 달만 뜨면 정신을 놓아버리는 것으로 보아 달귀신이 들었다고들 하였다.

남편이 몰매를 맞아 죽은 판국에 시어머니까지 귀신에 씌었다는 마을 사람들 말에 섬뜩해진 김치근 아내는 어찌할 바를 모르고 허둥대기만 하였다. 그녀 자신이 생각해보아도 시어머니의 갑작스러운 변화가 심상치 않은 듯싶었다. 더욱이 시어머니 하는 말이 죽은 아들이 무덤까지 데리고 갔었다고 하니, 마음이 여러 가지로 심란하게 홀맺히는 것이었다.

이틀 밤을 산을 헤매며 이슬을 맞은 김치근 어머니는 숟갈은 입에 대지도 않고 통잠만 자더니 시난고난 앓기 시작했다. 특별히 아픈 데도 없이 끼억끼억 헛구역질을 하면서, 방돌이 꺼지는 듯한 한숨과 함께 알아듣지 못할 소리로 쭝얼쭝얼 해쌓고, 두 눈이 퀭하게 깊어지며 빼빼 말라갔다. 밥은 안 먹고 물만 들이켰다. 신열이 나고 오한이 드는 것도 아니고 그렇다고 어디 한 곳 통증이 있는 것도 아닌데, 정신이 실낱같이 가늘어지면서 온몸이 물 묻은 솜처럼 나른해지는 것이었다.

김치근 아내는 시어머니의 병을 고치기 위해, 귀한 호두를 구해 까먹이고, 잣을 가루로 만들어 뜨거운 물에 타서 마시게 하는 등 병구완을 게을리 하지 않았으나 차도가 없었다.

그러면서도 김치근 아내는 밤만 되면 또 시어머니가 집을 뛰쳐나갈까 걱정이 되어, 방문을 걸어 잠그고 옆에 꼭 붙어 잤다. 그러나 김치근 어머니는 사흘째 되는 날 밤에도 집을 뛰쳐나가고 말았다. 사흘 동안 곡기라고는 아무것도 입에 넣지 않고 머리가 맑아진다는 호두 두 알과 잣을 조금 먹었을 뿐 물만 마신 시어머니가 또 집을 뛰쳐나가 자, 김치근 아내는 한밤중에 엉엉 울면서 마을 사람들을 깨웠다. 낮에 는 뒷간 길에도 비척거릴 만큼 탈진되었기에 그날 밤에는 아무데도 나가지 못하겠거니 방심을 한 것이 잘못이었다.

마을 장정들이 개산 너머 김치근의 무덤에 가 보았으나 김치근 어 머니는 보이지 않았다. 새끼내 들판과 영산강 갈대밭을 이 잡듯 뒤져 보았으나 찾을 수가 없었다. 날이 희번하게 밝아서야 광나루 조금 못 미쳐 미루나무가 듬성듬성 서 있는 명아주여뀌 밭에 죽은 사람처럼 하늘을 향해 반듯하게 누워 있는 그녀를 발견했다.

"뒷간 길도 비척거리는 몸으로 어치께 광나루에는 가셨능교."

김치근 아내는 해가 지붕 위에 덩실하게 걸릴 무렵, 통잠에서 깨어 난 시어머니한테 추적추적 울면서 물었다.

"치근이가, 내 아들 치근이가 데려다 줬다."

김치근 어머니는 그 말만을 하고는 눈 뜰 기력조차 없는지 다시 잠 들어버리고 말았다.

마을 사람들은 그런 시어머니 병을 고치려면 무당을 불러다 크게 굿 을 해야 할 것이라고들 했으나, 당장 끓여먹을 것도 없는 김치근 아내 로서는 속수무책일 수밖에 없었다. 김치근 아내가 할 수 있는 일이란, 그녀가 어렸을 때 얼핏얼핏 그녀의 친정어머니가 하던 것을 보아온 대 로, 가위의 손잡이에 실을 매달아 흔들어 돌리면서 시어머니의 병을 낫 게 해주십사 하고 가위신에 비는 것이었다. 그녀는 해질녘에 영산강에 나가서 두 손을 펴서 하늘에 대고 합장하면서 빌기도 하였다.

　나흘째 날 밤에 며느리는 잠들기 전에 시어머니 말기끈에 노끈을 달아 자신의 손에 묶었다. 그녀가 잠든 사이 시어머니가 방에서 나가면 노끈이 잠든 그녀의 팔목을 잡아당겨주게 해놓았다. 그렇게 해놓고도 마음이 놓이지 않은 며느리는 꼬박 날을 새우는 한이 있더라도 시어머니를 밖에 못 나가게 하기 위해 심짓불을 밝히고 앉아 있었다. 그것만으로도 마음이 놓이지 않아 마을 장정 두 사람이 방문 밖에서 날을 새우며 지키도록 하였다. 마을사람들 생각에도, 밤새도록 산을 헤매며 김치근어머니를 찾아다니는 것보다는 차라리 순번제로 집을 지키는 편이 훨씬 마음 편할 듯싶었다.

　그러나 그날 밤에도 김치근 어머니는 며느리가 얼쑹얼쑹 졸고 있는 사이에 치마를 벗어 내린 채, 기척도 없이 집을 뛰쳐나가 버리고 만 것이었다.

　김치근 어머니는 하늘을 향해 다시 한 번 두 팔을 벌려 합장을 하면서 쭝얼쭝얼 아들의 이름을 불렀다. 그러면서 강물 쪽을 향해 연신 머리를 조아렸다. 얼마동안은 같은 행동을 몇 번이고 계속하다가 가볍게 몸을 일으켜 나비처럼 두 팔을 휘저으며 광나루 쪽을 향해 뛰어갔다.

　나흘 동안 곡기를 안 하고 물만 마신 몸으로, 몸을 날리듯 강변을 쏘다니고 있는 것을 마을사람들이 본다면, 아무도 믿지 않을 것이었다. 그녀는 오히려 성한 사람보다 더 기운이 펄펄 뛰는 것 같아 보였다. 버선도 꿰지 않은 맨발로 모래를 차면서, 두 팔을 휘저으며 광나루 쪽을 향해 뛰어가는 그녀의 모습은 사람 같지가 않았다. 게다가 비녀까지 뽑아버려 삼단같이 긴 머리가 상반신을 흔들 때마다 치렁치렁 춤을 추어, 달빛에 비쳐 보이는 그녀의 모습은 죽은 사람의 혼령 같았다.

벌써 며느리를 맞은 몸이긴 하지만, 김치근 어머니 나이는 아직 서른아홉 살밖에 되지 않았다. 아직 달거리를 하고 있었고, 워낙 어려서 김치근을 낳았기 때문에 몸도 별로 축나지 않아 곱게 단장을 하고 나서면 남자들을 꼬드길 만도 하였다. 지난해 겨울 아들 치근이가 장가 가는 날 난생처음으로 머리에 동백기름을 바르고 비단옷을 입었는데, 그때 이웃 사람들이 그녀를 새색시처럼 예쁘다고들 했었다.

열여섯 살 되던 해에, 그녀가 모시고 있던 상전한테 겁탈을 당해 종년의 몸으로 아기를 갖게 되어, 안방마님에게 죽을 만큼 얻어맞고 팔려가는 암소처럼 멀리 떠나와 치근이를 낳고, 시집 한 번 못가고 생가슴 앓으며 살아온 여자답지 않게 그녀의 얼굴은 아직도 도라지꽃처럼 태깔이 고왔다.

김치근 어머니 둥금이는 모래밭을 지나 미루나무 숲을 꿰고 쫓기는 사람처럼 상류 쪽으로 올라갔다. 달빛은 여전히 대낮처럼 환하게 강변을 비추고 있었으며, 바람은 차츰 숨을 죽였다. 멀리 불 꺼진 새끼내 마을 쪽에서 컹컹 개 짖는 소리가 들려왔다.

둥금이는 광나루에 당도하자 팽나무 밑동에 매어놓은 나룻배를 끌러, 첨벙첨벙 강물 속으로 들어가더니 힘들이지 않고 배에 올랐다. 나룻배 줄을 풀고 배에 오르기까지 그녀의 모습은 전혀 다른 사람 같았다. 그녀가 아닌 어떤 힘센 남자가 보이지 않게 그녀의 모습 속에 숨어서 나룻배의 줄을 풀고 그녀를 번쩍 안아서 배 위에 올려놓은 듯하였다.

나룻배에 오른 그녀는 달빛이 마치 흰말의 갈기처럼 부드럽고 깨끗하게 꽂혀 내리고 별들이 초롱초롱 빛나는 하늘을 향해 반듯하게 누워버렸다. 아무도 노를 저어주는 사람이 없었는데도 둥금이를 실은 나룻배는 서서히 움직이기 시작했다. 마치 보이지 않는 사공이 노를 젓기라도 하는 듯싶었다.

나룻배는 서서히 강심 쪽으로 흘러들어갔다. 둥금이는 꼼짝도 하지 않고 나룻배 안에 하늘을 쳐다보며 누워 있었다.

"치근아, 달이 지기 전에 서둘러라."

둥금이는 하늘을 쳐다본 채 누워서 다그치듯 말했다. 그러자 나룻배가 더 빨리 움직였다. 나룻배가 영산강 강심에 이르자 여태껏 숨을 죽이고만 있던 바람이 서서히 긴 잠에서 깨듯 찰랑 찰브락 물비늘을 일으켰다. 바람이 가볍게 물비늘을 일으킬 때마다 강물 위에서 달빛이 파뿌리처럼 여러 갈래로 튕겼다. 바람이 물비늘을 일으키고 달빛이 강물 위에서 번쩍번쩍 튕기자, 나룻배가 점점 빨리 움직이면서 하늘의 별들이 조금씩 흔들렸다.

바람이 깨어나자 영산강 우는 소리가 마치 무거운 한숨처럼 들렸다. 김치근의 어머니 둥금이는 강이 우는 소리에 나룻배에서 벌떡 일어나 앉아서는 둘레둘레 강을 살폈다.

"치근아, 오랜만에 영산강이 우는구나. 네눔이 죽던 날같이 강이 우는구나."

둥금이는 강물 위에 부서지는 물비늘을 보면서 혼잣말처럼 중얼거렸다.

나룻배는 강심에서 하류로 흘러갔다.

그때 강 건너 새끼내 쪽에서 많은 횃불들이 움직이는 것이 보였다. 마을 사람들이 또 둥금이를 찾아 개산과 강변과 새끼내 들을 뒤지고 있는 것이었다. 둥금이는 횃불들이 하늘의 별처럼 아름답다고 생각하면서 한동안 강 건너 쪽을 바라보았다.

나룻배는 하류로 하류로 흘러내려 갔다. 나룻배가 맑은 굽이를 돌자 강 건너 횃불이 보이지 않았다. 나룻배가 개산 아래 거무칙칙한 산그늘 속으로 슬며시 흘러들어가자 달이 산에 가려, 강물이 온통 무덤 속처럼 어두워졌다. 그러나 잠시 후에 산그늘이 걷히면서 달빛이 보다 밝게 쏟아져 내려, 강물은 은회색으로 빛났다. 나룻배가 개산을 보듬고 돌자 바람이 다시 죽었다. 강이 우는 소리도 뚝 그치고 말았다.

얼마나 흘러내려갔을까. 나룻배가 회진(會津) 조금 못 미쳐서 물달개비며 자귀풀, 물봉선이 휘너울어진 강변에 닿자, 김치근 어머니 둥금이는 다시 보이지 않는 힘센 남자가 보듬어 내려주기라도 하듯, 성큼 나룻배에서 내려 갈대밭 속으로 들어갔다.

그녀는 서둘러 갈대밭을 지나 대추나무들이 듬성듬성 서 있는 조그마한 언덕으로 추어 올라갔다. 그리고 보이지 않는 어떤 사람한테 안내를 받기라도 하는 것처럼 미적거리거나 두렷거리지 않고 대추나무 언덕을 내려가 회진 마을 어귀 대밭 모퉁이를 보듬고 돌았다. 대밭 모퉁이를 지나자, 마을에서 담배 한 대 참 정도 떨어진 후미진 곳에 쓰러져가는 초가 한 채가 삐딱하게 버티고 서 있었다. 싸리문은 훨씬 열려 있었지만 사람이 사는 것 같지 않게 집안에서 찬바람이 횡 돌았다.

둥금이는 마치 긴 여행을 마치고 오랜만에 그녀의 집에 돌아오기라도 하는 것처럼 너웃너웃 싸리문 안으로 들어서다가 멈칫하고 섰다. 부엌 옆에 붙은 큰방에서 갑자기 방울 소리가 들렸다. 그러자 그녀는 신바람이라도 나듯 두 팔을 허공에 휘젓더니 우르르 달려가 벌컥 방문을 열었다. 사람이 오랫동안 거처하지 않은 듯 방에서는 싸늘한 바람과 함께 쾨쾨한 곰팡이냄새가 덮쳐왔다. 방에는 아무도 없었다.

활짝 열어젖힌 방문으로 달빛이 한 다발 쏟아져 들어갔다. 휘영청한 달빛에 방안을 환하게 들여다볼 수가 있었다. 아무도 없는 방에는 조그만 엄나무 장롱이 놓여 있었고, 아랫목 횟대에는 빨간 동정에 흰 소매를 단 철릭(巫服)이 걸려 있었다. 철릭 외에 전립이며 오색 신꽃이 벽에 걸려 있었으며, 엄나무 장롱 위에는 부채와 울쇠(방울), 오방기, 새옹, 옥수그릇 등이 가지런히 놓여 있었다.

둥금이는 주저하지 않고 방으로 뛰어 들어가 윗목 장롱 위에 있는 울쇠를 집어 흔들었다. 조금 전 그녀가 마당에서 들었던 방울 소리 그대로였다.

딸랑 딸랑 딸랑.

둥금이는 왼손에 부채를 펴들고 오른손에 울쇠를 잡아 경중경중 방안에서 뛰며 방울 소리를 냈다. 그녀는 온몸이 휘주근하게 땀에 젖도록 모두뜀을 뛰면서 울쇠를 흔들었다. 아무리 뛰고 울쇠를 흔들어대도 기운이 빠지지 않았다. 되레 불끈불끈 힘이 솟았다. 날듯 몸이

가벼워졌다.

둥금이는 다시 횃대에 걸려 있는 쾌자를 입고 머리에는 전립을 썼다. 전립 끈을 턱밑에 바짝 죄어 매고 나서 다시 울쇠를 흔들며 방돌이 꺼지도록 길길이 뛰었다. 뛸 때마다 너울너울 쾌자자락이 춤을 추었다. 방구석 벽에 걸어놓은 다섯 가지 색깔의 신꽃들까지도 바스락거리는 것 같았다.

둥금이는 달빛이 이지러지고 새벽을 재촉하는 미명의 어둠이 덮쳐 와서야 잿불 스러지듯 휘청휘청 방바닥에 무너지고 말았다. 방바닥에 쓰러지자 죽은 듯 잠이 들고 말았다. 그녀는 손가락 하나도 움직이지 않고 쾌자를 입고 전립을 쓴 채 황홀한 잠에 빠져든 것이었다.

회진 마을 사람들이, 빈집에 잠들어 있는 김치근 어머니를 발견한 것은 한낮이 지나서였다. 나무꾼들이 집 앞을 지나다가, 빈집의 방문이 훨쩍 열려 있는 것을 보고 수상히 여겨 기웃거려봤더니 웬 낯선 여자가 쾌자를 입고 전립을 쓴 채 죽은 듯 잠들어 있었던 거였다. 나무꾼들이 그녀를 흔들어 깨웠으나 둥금이는 온몸이 식은땀에 젖어 기력을 잃고 있었다.

새끼내 사람들이 강 건너 회진까지 김치근 어머니를 찾으러 온 것은 해가 대지의 턱 끝에서 뉘엿뉘엿 숨을 죽이기 시작할 무렵이었다. 새끼내 사람들은 간밤 오경 이후부터 이튿날 한나절 동안을 개산과 강변을 이 잡듯 뒤졌으나 김치근 어머니를 찾을 길 없어 거의 포기를 하고 있던 차에, 광나루의 나룻배가 회진에서 발견되었다는 소식을 듣고 부랴부랴 강을 건너온 것이었다.

웅보를 비롯해서 새끼내 마을의 장정들과 김치근 아내가 회진마을 어귀 빈집에 찾아왔을 때까지도, 둥금이는 기력을 차리지 못하고 잠자듯 누워 있었다.

"저 아낙을 그대로 두소. 저 아낙한테 신이 내린 것이 분명허구만."

새끼내 마을사람들이 김치근 어머니를 들쳐 업으려고 하자, 옥색 두루마기에 갓을 쓴 쉰 안팎의 나이가 지긋한 남자가 방문 앞에 서서 큰 소리로 나무람 하듯 말했다. 옥색 두루마기를 입은 남자는 회진 사람이었다. 그의 말에 새끼내 사람들이 둥금이를 들쳐 업으려다가 힐끔 방문 쪽을 보았다.

"어르신네, 쇤네의 시어미옵니다요. 쇤네의 남편이 죽은 뒤로 정신을 놓고 이러십니다요."

김치근 아내가 옥색 두루마기를 입은 남자 앞으로 우르르 내달아 허리를 굽적거리며 애원을 했다.

"자네 시어미는 당골이 될 것이야. 이 집 주인이었던 월심이(月心伊)를 신어미로 삼으려고 강을 건너 여기꺼정 온 걸세."

옥색 두루마기의 말에 마당에 모여서 있던 회진 사람들이 고개를 끄덕였다.

"이 댁 줸이 누구시온데요?"

김치근 어머니를 업으려고 방으로 들어갔던 웅보가 개운찮은 얼굴을 하고 문턱을 넘어 밖으로 나오며 옥색 두루마기 남자한테 물었다.

"월심이라고 허잖든가. 월심이는 우리 마을 당골이었는데, 한 달 전에 죽었다네. 월심이도 무남독녀 외딸이 죽은 뒤 신이 들렸는데, 이 아낙도 아들이 죽었다며? 틀림없이 월심이 혼령이 이 아낙을 불러들인 거여. 이 아낙은 월심이의 신딸이 된 것일세. 그러니 데려갈 생각은 말고 이대로 두소. 내일이라도 우리 마을에서 신굿을 해줘야겠구먼."

"어르신네, 안됩니다요. 쉰네는 시어미를 모시고 가야 합니다요."

옥색 두루마기 남자의 말에, 김치근 아내는 얼굴이 백지장처럼 창백해지더니 토마루에 털썩 주저앉아버렸다.

"쉰네의 시어미가 당골이 되다니, 천부당만부당합니다요."

김치근 아내는 울부짖듯 말하고는 우르르 방안으로 뛰어 들어가서 시어미가 입고 있는 신복과 전립을 벗겨 팽개쳐버렸다. 그리고 나서 새끼내 장정들에게 어서 시어미를 모시고 가자고 큰소리로 다그치듯 말했다.

웅보는 다시 방안으로 들어가서 여태껏 정신을 수습하지 못한 채 뜨거운 물에 데쳐놓은 산나물처럼 축 늘어져 있는 김치근의 어머니를 들쳐 업고 나왔다.

"집으로 업고 가도 헛수고네. 이 아낙은 오늘밤에 다시 여기로 올 걸세. 신굿을 해주지 않으면 이 아낙도 아들을 따라가게 될 거여."

옥색 두루마기 남자는 둥금이를 업고 나가는 것을 애써 말리지 않았다. 그의 말대로 둥금이가 그날 밤 다시 강을 건너 회진 마을 월심이 집으로 돌아올 것으로 믿고 있는 듯싶었다.

"아무도 저 아낙을 말리지 못 헐 것일세. 폴세, 저 아낙의 골수에 신이 내려와 있어. 월심이 혼령이 저 아낙을 덮어 씌웠단 말이시."

노인이 둥금이를 업고 사립문을 나가는 웅보의 뒤통수에 대고 큰 소리로 자신 있게 말했다.

옥색 두루마기를 입은 남자 말대로 회진 마을 월심이는 딸이 죽은 뒤에 무당이 되었다.

월심이는 옥색 두루마기 남자 집의 부엌데기였다. 그녀가 예닐곱 살쯤 되었을 때, 목발이 긴 지게에 오쟁이를 얹고 다니며 소금을 팔러 다니던 염한이(소금장수)가 맡기고 갔다. 사흘 안에 딸을 찾아가겠다던 살짝곰보 염한이는 십 년이 지나도 소식이 없었다. 월심이는 나이가 들수록 회진 방죽의 연꽃처럼 탐스러워졌다. 얼굴이 복스러운 데다가 마음씨조차 달처럼 고와서 월심이라고 불렀다.

나이가 차자 한솥밥을 먹고 있던 그 집 머슴 바우와 짝을 맺어 주었다. 바우 역시 어렸을 때 영산강 큰물에 부모를 잃고 꼴머슴으로 그 집에 빌붙어 살아온 터라 피붙이가 없는 외로운 사람이었다.

바우와 월심이는 찐덥지게 정을 붓고 살았다. 그런데 짝지어 살게 된 지 일 년도 미처 못 채우고 바우가 염병에 걸려 덜컥 저 세상 사람이 되고 말았다. 바우가 죽은 한 달 뒤에 월심이는 딸을 낳았다. 어미를 닮아 얼굴도 곱고 마음씨도 명주비단처럼 부드러웠다. 월심이의 딸은 여섯 살 되던 해에 홍역을 앓고 제 외할아버지 소금장수처럼 곰보가 되고 말았다. 그러나 월심이는 죽은 남편의 새경을 받아 다랑이 논 한 마지기를 사서 곰보가 된 딸 하나만을 믿고 억척스럽게 살았다.

딸이 커갈수록 월심이의 걱정도 차돌처럼 단단해졌다. 소처럼 억척스럽게 일을 해도 살림이 불어나지 않고 되레 쪼그라들기만 하였다. 가난 따위야 걱정이 되지 않았다. 나이가 들수록 딸의 얼굴에 끌질을 해놓은 것처럼 홈이 촘촘하게 커지는 것이 걱정이었다.

워낙이 찢어지게 가난한데다가 얼굴까지 얽둑얽둑 얽었으니 혼기가 넘도록 데려가겠다는 남자가 없었다. 서른이 가깝도록 시집을 못 간 월심이의 딸은 제 아비처럼 염병에 걸려 죽고 말았다. 얼금뱅이 딸은 월심이 가슴에 불무덤을 만들고 만 것이었다.

월심이는 죽은 딸을 나무꾼들이 많이 다니는 일출산 가파른 언덕길 한복판에, 등을 하늘로 쳐들게 하여 거꾸로 묻었다. 거적으로 뚤뚤 말아 나무꾼들이 많이 다니는 산길에 묻은 것은 남정네들이 산에 오르며 내리며 시집 못 가 한이 맺혀 죽은 딸의 등이나마 투덕투덕 밟아주라는 것이었고, 등을 하늘로 향하여 거꾸로 묻은 것은 죽은 딸이 처녀의 원귀가 되어 땅 위로 올라오지 못하게 하자는 것이었다.

딸을 산길 한복판에 거꾸로 엎어서 묻은 월심이는 이내 시름시름 앓고 말았다. 아무것도 먹지 못하고 물만 마시며 얼빠져 누워 있기만 하였다. 마을 사람들이 한 번씩 들여다보면 월심이는 딸의 이름만 불렀다. 월심이는 죽기로 작정한 사람 같아 보였다.

모녀를 줄초상 치르게 될 것이 딱했던지 옥색 두루마기가 무당을 불러다 신굿을 해주었다. 굿판이 한창 어우러질 무렵 월심이는 말문을 열었다. 죽은 딸의 넋이 외는 넋두리를 푸념처럼 늘어놓는 것이었다.

"엄니 엄니 울 엄니, 불쌍흐고 가련한 울 엄니. 이 못난 딸년 넋이나 받으소. 못난 딸년 하나 믿고 섭게섭게 살아온 울 엄니. 거적 적삼, 거적 치마 입혀 엎어서 길에 묻어 허리가 아퍼 못 참겠네. 눈에 흙이 들어 하늘도 볼 수 없네. 엄니 엄니 울 엄니. 이내 못난 딸년 넋을 받아

한이나 풀어주소. 엄니 엄니 불쌍흐고 가련한 울 엄니. 어찌 나를 엎어 묻어 황천도 못 보게 허는가. 엄니 엄니 울 엄니. 이내 넋을 받아서 내 눈이나 뜨게 해주소."

월심이는 딸의 목소리를 흉내 내며 푸념을 뇌었다.

신굿이 끝난 다음날, 월심이는 인근 마을의 단골들을 찾아다니며 쇠 동냥을 다녔으며, 조금씩 얻어온 쇠를 모아 울쇠를 만들어 회진 마을 무당이 되었다.

월심이는 그 후 이십 년 동안 무당 노릇을 하다가 늙어 죽었다.

강 건너 회진의 무당집에서 업혀온 둥금이는 해가 뉘엿뉘엿 사그라질 무렵에야 정신을 수습하고 일어나 냉수를 한 바가지나 퍼마셨다. 그녀의 눈은 늦가을 옻나무 잎처럼 불그스레하게 꽃물이 퍼져 있었다.

"어무니, 회진 당골집에는 어찌 가셨능교."

시어머니가 정신을 수습하자 매지매지 애가 탄 김치근 아내가 걱정스럽게 물었다.

방안에는 마을 아낙들과 김치근 친구들 서넛이 앉아서, 둥금이의 얼굴을 짯짯이 들여다보고들 있었다.

"치근이가, 내 아들 치근이다 데려다 줬어야."

둥금이는 언제나처럼 똑같은 말을 되풀이할 뿐이었다.

"왜 해필이면 강 건너 당골집을 찾어가요 잉. 어치크롬 강을 건느셨능교."

김치근 아내는 답답한 가슴을 와드득 쥐어뜯기라도 하려는 듯 두 손을 옷고름에 모으며 다시 물었다.

“내 아들 치근이가 배도 태워주고 우리 친정집에도 데려다 줬다.”

둥금이는 가까스로 눈망울을 굴려 방안에 앉은 낯익은 사람들을 둘러보며 말했다.

“어찌까 잉. 불쌍흔 우리 엄니를 어찌까 잉.”

김치근 아내는 당장 울음이라도 터뜨릴 것만 같았다.

“암만 해도 신굿을 해줘야 헐라는 개벼.”

간밤에 웅보와 함께 강 건너 회진에 갔다 왔던 칠복이 영감이 걱정스러운 목소리로 말했다.

“안 되야요. 우리 엄니가 당골이 되다니. 천부당만부당해라우.”

김치근의 아내가 다시 울먹이는 목소리로 설레설레 고개를 가로저으며 말했다.

“신굿을 안 해주면 치근이를 뒤따라간다고 안 허드남.”

“옥색 두루마기를 입은 노인 말로는 오늘밤에도 회진 당골집에 찾어갈 것이라고 안헙뎌.”

웅보도 칠복이 영감의 말에 동조를 하고 있었다. 웅보가 생각하기에도 치근이 어머니한테는 아들의 넋이 실린 것이 분명한 듯싶었고, 아들을 뒤따라 저세상 사람이 되지 않게 하기 위해서는 옥색 두루마기 노인 말마따나 신굿을 해주는 것이 좋을 것 같았다.

“오늘밤꺼정만 기달레봅시다. 오늘밤에도 강 건너 회진 당골집에 가신다면 사람의 힘으로 막을 수 없는 일인께.”

한동안 잠자코 있던 염주근이가 침통한 얼굴로 주위를 둘러보며 말했다.

"주근이 말대로 헙시다."

웅보가 칠복이 영감을 보자, 칠복이 영감은 웅보의 말에는 대꾸를 하지 않고 김치근의 아내 표정만 살폈다.

"주근이 말마따나 사람의 일을 사람의 힘으로 헐 수 없는 것은 어쩔 수가 없지 않겠어요. 고집부리다가 큰 변 당헐까 무솨서 그러요."

웅보는 김치근 아내를 보며 말했다. 김치근의 아내는 아무 말이 없었다. 그녀 생각에도 사람의 힘으로 막을 수 없는 일은 어찌할 도리가 없는 듯싶었기 때문이다. 하나, 남편을 잃은 판국에 시어머니가 단골이 된다는 것은 죽은 남편에게 큰 죄를 짓는 것만 같아 자꾸만 슬픔이 솟구쳐 올랐다.

새끼내 사람들은 일단 밤이 되기를 기다렸다. 이날 밤만은 김치근 어머니가 집을 뛰쳐나가 강을 건너간다고 해도 붙잡지 않기로 하였다. 마을 사람들은 그날 밤도 김치근 어머니가 강을 건너 회진 단골집으로 갈 것으로 믿고 있는 터였다. 그들은 김치근 어머니한테 신이 내렸다는 사실이 조금도 섬뜩한 기분이거나 두려운 마음이 앞서는 것이 아니었는데도, 이상하게도 우울해 있었다. 그것은 어쩌면 그들 마음속에 자리 잡은 김치근의 슬픔이 아직도 가시지 않고 있었기 때문인지도 모를 일이었다. 그들은 김치근이가 박 초시 하인들에게 몰매를 맞아 죽은 일을 그들 자신이 늙어 눈을 감을 때까지 잊을 수가 없을 것 같았다.

그들의 슬픔이 그러한데, 자식을 잃은 치근이 어머니의 마음이야 벌써 숯가마가 되었거나 쑥밭보다 더 황폐하여 신이 내려오게도 생겼다고들 헤아림하고 있는 터였다. 그들은 때때로 큰 슬픔을 당한 사람들의 얼굴에서 귀신의 모습을 찾아볼 수가 있었다. 김치근이가 죽었을 때도 그들은 김치근 어머니 얼굴에서 밤에만 나는 소쩍새 얼굴 같은 처절한 슬픔이 피맺혀 응어리져 도사린 귀신의 모습을 보았던 거였다.

김치근 어머니 둥금이는 누에처럼 긴 잠을 자고 나서 밤이 되어서야 눈을 떴다. 그녀는 눈을 뜨고 반듯하게 누워서 핏발 선 눈빛으로 천정만 쳐다보고 있었다.

문득 어렸을 때 그녀 자신의 모습이 보였다. 그녀는 노루 꼬리만한 댕기머리에 짙은 누른색에 약간 붉은 빛깔이 섞인 치자 물을 들인 저고리를 입고 있었다. 어머니를 따라 길 양편으로 소나무며 참나무, 가시나무, 쥐똥나무들이 빽빽하게 들어찬 가파른 산 고개를 오르고 있었다. 어머니는 조그만 보퉁이를 옆에 끼고 둥금이 모르게 자꾸만 눈물을 흘렸다. 고개를 넘자 또 고개가 앞을 가로막았다. 어머니는 고개를 오르기 전에 쫄쫄쫄 소리를 내며 흐르는 산 개울물에, 모숨이 굵은 털메기를 흥건히 적셔 신도록 하였다. 고개를 넘기 전에 털메기가 닳아 떨어지면 맨발로 걸어야 한다면서 산 개울물을 만날 때마다 서둘러 물에 적셔 신도록 하였다.

둥금이는 털메기를 물에 적시면서 그녀의 저고리 색깔보다 훨씬 곱게 물든 빨간 옻나무를 바라보았다. 그녀는 개울을 건너 꽃보다 더 예쁜 옻나무를 꺾고 싶었다. 옻나무가 빨갛게 물든 것으로 보아 가을이었던 것 같았다.

고개를 넘다가 서낭당이 나오자, 어머니는 돌무더기 위에 생솔가지를 꺾어 얹고 털메기를 물에 적실 때부터 들고 온 큰 돌을 던졌다. 돌을 던지고 나서 어머니는 서낭당 돌무더기를 향해 허리를 굽적거리며 손을 비벼댔다. 손을 비비면서 둥금이의 이름을 여러 차례 뇌는 것이었다. 어머니가 하라기에 둥금이도 돌무더기를 향해 허리를 굽적거렸다. 어머니는 둥금이에게 서낭당 돌무더기에 소원을 마음속으로 말하면 서낭당 할미가 그 소원을 들어준다고 하면서, 둥금이도 소원이 있으면 말해보라고 하였다. 둥금이는 소원이 별로 생각나지 않았다. 잠깐 동안 무슨 소원을 말할까 하고 생각하는 둥금이의 머리에 자르르 기름기가 돌고 모락모락 김이 오르는 하얀 쌀밥이 떠올랐다. 둥금이는 마음속으로 서낭당 할미에게 쌀밥 한 그릇을 먹게 해달라고 마음속으로 말했다.

고갯길을 다시 오르면서 어머니가, 서낭당 할미한테 무슨 소원을 빌었느냐고 물었을 때, 둥금이는 쌀밥 한 그릇을 먹고 싶다고 빌었던 것이 창피해서 아무 대답도 할 수가 없었다. 대답 대신 둥금이는 어머니한테 서낭당 할미는 어디 있느냐고 물었고, 어머니는 수백 년 동안 서낭당 돌무더기 속에 쭈그리고 앉아서 산 고개를 오르내리는 사람들을 지켜보고 있다고 말해주었다.

산 고개를 내려가자 큰 들과 강이 보였다. 그렇게 넓은 들과 큰 강은 처음 보았다. 둥금이가 사는 마을은 긴 간짓대를 건너지르면 앞산과 뒷산이 맞닿을 만큼 좁은 산골이어서, 논이라고는 갈치처럼 긴 산다랑이 몇 뙈기뿐이었으며, 산에 불을 질러 일군 밭에 고구마며 서속,

메밀 등 잡곡을 심었다.

넓은 들에서는 농사꾼들이 누렇게 익은 나락을 거두어들이고 있었다. 둥금이는 들에 가득한 나락을 보기만 해도 기름기가 자르르한 흰쌀밥 냄새가 물씬 콧구멍을 뚫고 배고픈 창자 속까지 찌릿찌릿 스며드는 듯한 기분이었다.

쌀밥 생각을 하자 둥금이는 갑자기 배가 고파 더 걸을 수가 없었다. 그들 모녀는 해가 떠오르기도 전에 집을 나와, 석양이 뉘엿뉘엿 넓은 들판을 황금빛으로 물들일 때까지 다섯 개의 큰 산을 넘어온 것이었다.

어머니는 배가 고파서 걸을 수가 없다고 칭얼대기 시작하는 여섯 살 난 딸을 등에 업고, 메뚜기들이 후두두 소리를 내며 떼 지어 나는 논둑길을 따라 강 쪽으로 내려갔다.

둥금이를 업고 논둑길을 걸으면서 어머니는 자꾸만 어깨를 들먹거렸다. 처음에 둥금이는 어머니가 어디가 아픈 것인지도 모른다는 생각에, 그만 걸어가겠으니 내려놓으라고 하였으나 어머니는 강을 건널 때까지만 업고 가겠다고 고집을 부렸다. 미루나무들이 나란히 줄지어 늘어선 강변 가까이 왔을 때에야 둥금이는 어머니의 두 어깨가 들먹거리는 것은 어머니가 슬프게 울고 있기 때문이라는 것을 알고서, 왠지 자신도 모르게 목구멍 속이 훗훗하게 뜨거워짐을 느꼈다.

그날 아침, 해가 떠오르기도 전에 집을 나온 둥금이는 어머니한테 어디를 가는 거냐고 물었지만 어머니는 대답을 해주지 않았다. 둥금이는 집을 떠나오면서 눈물바람을 하는 어머니를 보고 무엇인가 슬픈 생각이 거위배를 앓을 때처럼 창자를 쥐어짜는 것만 같았다.

집에서 나올 때 아버지는 집안에 없었다. 둥금이의 쌍둥이 남동생 동네개만이 잠들어 있었다. 집을 나와 징검다리를 건너 마을이 보이지 않게 된 바람모퉁이를 보듬고 돌면서, 둥금이는 문득 다시는 돌아오지 못하게 될지도 모른다는 생각이 얼핏 머리를 스쳐지나갔다. 다시는 집에 돌아오지 못하게 된다면 아버지 얼굴이라도 한 번 더 보고 올 것을 그랬구나 싶었다.

그러나 둥금이는 어머니와 함께 가고 있다는 사실에 집을 떠나온 슬픔은 이내 사그라지고 말았다. 어머니와 함께라면 아무것도 무섭지가 않았다. 기실 둥금이는 아버지보다 어머니가 훨씬 좋았다. 아버지는 늘 표가 나게 쌍둥이 남동생인 동네개만을 예뻐하였다. 아버지는 화가 날 때마다 "우리 동네개 복을 뺏어갈 팔자 사나울 년. 뒈지지도 않고 살아서 우리 동네개 장래를 막을 년!" 하고 둥금이가 알아들을 수도 없는 말로 욕을 퍼붓곤 하였다.

둥금이가 다섯 살이 되던 해 봄에 쌍둥이 동생인 동네개와 싸우다가, 둥금이가 동생을 밀어뜨려 동네개의 이마빼기가 돌에 찍히고 말았다. 아랫마을 초시 댁 송덕비 제막 잔치에 가서 거나하게 술이 취해 돌아온 아버지는 아들의 이마에 된장을 붙인 것을 보고, 집안이 찌렁찌렁 울리도록 어머니한테 동네개가 다친 경위를 다그쳐 물었고, 둥금이가 그랬다는 동네개의 고자질에 당장 둥금이를 메어 던질 듯 우악스러운 손으로 어깻죽지를 찍어 잡았을 때의 놀라움을 잊을 수가 없었다. 그때 아버지는 동네개의 이마가 깨진 것이 마치 자기의 잘못 때문인 것처럼 바들바들 떨고 있는 어머니에게 "이런 팔자 사나운 가시나 새끼는 낳자마자 도적 굴에 내다버려 여수밥이 되게 혔어야 허는 건듸, 입때꺼정 키와갖고 내 속을 상허게 헌당께 잉!" 하고 고함을 치던 것이었다.

그날 둥금이는 술에 취해 구린내를 확확 풍기는 아버지의 입을 통해, 둥금이가 남매 쌍둥이로 태어나자마자, 죽은 할머니가 갓 난 둥금이를 숨 막혀 죽게 하려고 방바닥에 발딱 엎어버렸다는 것을 알았다. 딸 쌍둥이나 아들 쌍둥이면 몰라도, 아들딸이 섞인 남매 쌍둥이가 태어날 경우에 딸이 아들의 복을 빼앗아 가버린다고 믿었기 때문이었다.

할머니가 갓 난 둥금이를 방바닥에 엎어놓았는데도 둥금이는 명이 고래심줄처럼 질겼기 때문인지 죽지 않았다고 하였다. 그날 술에 취한 아버지는 할머니가 뒈지라고 엎어놓은 둥금이를 어머니가 다시 뒤집어서 살려놓았다면서 다그쳤고, 어머니는 자기는 아기한테는 손도 대지 않았다면서, 엎어놓은 아기가 죽지 않은 것은 삼신할미가 생명이 질기게 점지했기 때문인 것이라고 우겼다.

그런 일이 있은 뒤부터 둥금이는 아버지가 더 무서워졌다. 술 취해 말한 대로, 낮에도 도깨비가 나온다는 무서운 도둑굴에 자기를 내버려 여우밥이 되게 할지도 모른다고 생각했기 때문이었다. 동생 동네개도 미워졌다. 낳자마자 숨이 막혀 죽으라고 엎어놓은, 얼굴도 모르는 할머니가 원망스럽기도 하였다.

해가 뜨기 전에 난생 처음으로 치자 물을 들인 새 옷을 입고 어머니를 따라 마을을 나서는 순간, 둥금이는 이제 다시는 돌아올 수 없는 아주 먼 곳으로 떠나고 있음을 느낄 수가 있었다. 동생 동네개의 이마에 말라비틀어진 거머리 모양의 긴 흉터가 생긴 뒤부터 아버지는 늘 입버릇처럼 "팔자 사나운 저년을 멀찌감치 보내버려야 혀. 절이나 당골헌티 팔아버려야 혀!" 하고 노골적으로 말하곤 했었다.

치자 물 들인 새 옷을 입고 서낭당 고개를 넘으면서도 둥금이는 자신이 아버지 말대로 아주 먼 곳으로 팔려가고 있음을 아슴푸레 짐작했다. 어머니가 눈물을 감추며 훌쩍이는 것으로 봐서도 알 수가 있었다. 그러나 둥금이는 아버지와 동생 동네개와 헤어진다는 슬픔보다 친구들과 함께 어울려 콩주워먹기 놀이를 하며 놀던 돈단의 두껍다리며 좁은 고샅, 다슬기며 징거미를 잡던 마을 앞 시내를 다시 볼 수 없음이 가슴 아팠다. 둥금이는 어머니와 함께 먼 길을 가고 있다는 것이 가슴 설레기까지 하여, 후담에 마을 친구들을 다시 만날 수만 있다면 자랑삼아 말해주리라 공그렸다.

처음 타보는 나룻배로 큰 강을 건너자 어머니는 둥금이를 자귀풀이 비단처럼 푹신하게 깔린 강변으로 데리고 가서, 강물로 둥금이의 얼굴도 칼칼히 씻어주고 머리를 감긴 다음 옆구리에 꼭 끼고 온 보퉁이에서 군데군데 빗살이 부러진 헌 참빗을 꺼내 곱게 빗질을 해주고 댕기를 땋아주었다.

둥금이는 어머니가 보퉁이를 풀고 참빗을 찾을 때, 보퉁이 속에 어머니 옷은 하나도 없고, 모두 둥금이가 입던 헌옷을 빨아 칡뿌리 가루로 **빳빳하게** 풀을 먹여 넣은 것을 보고 어쩌면 어머니와 함께 살지 못하게 될지도 모른다는 생각을 하였다.

"둥금아, 여자라는 것은 몸가축을 게을리 해서는 못쓴다 와. 자조 자조 머리를 깜고 옷도 더럽기 전에 빨어입어야 헌다 잉."

어머니는 둥금이의 머리에서 참빗으로 서캐를 훑어내며 말했는데 그 목소리가 촉촉이 젖어 있었다. 둥금이는 황혼이 단풍든 옻나무 잎 보다 더 곱게 물든 자귀풀을 내려다보면서 어머니와 헤어지게 될지도 모른다는 슬픔 때문에 터져 나오려는 울음을 가까스로 참아냈다.

모녀는 황혼이 걷히기 전에 서둘러 강을 내려다보고 있는 큰 마을로 들어섰다. 마을 뒤에는 큰 대밭이 용머리 입힌 죽담처럼 가지런히 둘러져 있고, 마을 앞에는 천 년도 넘었음직한 늙은 팽나무 두 그루가 막 숨을 거두려는 노란 햇살을 담뿍 받고 있었다.

처음 본 큰 기와집들이 여러 채 있었다. 마을 어귀에 들어선 어머니는 들에서 곡식을 거두는 일을 하고 돌아오는 농사꾼들한테 몇 마디 물어보고 나서, 집 모퉁이에 은행나무가 서 있는 큰 기와집 대문 앞에 서서 잠시 미적거렸다.

한동안 멈칫거리다가, 들에서 돌아오는 일꾼들을 따라 큰 기와집 안으로 들어선 모녀는 풀상투를 한 늙은 청지기의 안내로 안방마님의 방에 발을 들여놓았다. 방안에는 병풍이며 장롱, 경대, 문갑 등 으리으리한 방안등물로 장식되어 있었다. 처음 보는 비단옷을 입은 어머니 또래의 안방마님이라는 여자는 들릴락 말락 하는 가늘고 낮은 목소리로 둥금이한테 이름이며 나이를 물었는데, 둥금이가 방안등물들을 구경하느라 두렷거리고만 있자, 어머니가 팔꿈치로 옆구리를 집적거리며 대신 말해주었다.

얼굴이 갸름하고 눈이 작은 안방마님은 어머니 앞에 엽전꾸러미를 던져주었으며, 어머니는 얼핏 둥금이의 눈치를 살핀 다음 엽전꾸러미를 냉큼 말기끈 속에 쑤셔 넣었다.

안방마님의 방에서 나온 모녀는 발을 절름거리는 늙은 하녀를 따라 부엌 옆에 있는 음습하고 답답한 골방으로 들어갔다. 골방은 늙은 하녀가 기거하는 듯싶었다. 마음씨가 좋아 보이는 늙은 하녀는 대꼬챙이로 기름불의 심지를 돋우고 나서 잠시 부엌으로 나가더니 개다리소반에 저녁을 들여 넣어주었다. 보리가 반백으로 섞인 밥 두 그릇이 무춤하게 담긴 소반 위에 향기로운 김이 모락모락 피어올랐다.

"엄니, 서낭당 할미가 내 소원을 들어주셨는개벼."

숟갈을 들고 밥그릇을 내려다보며 둥금이가 말하자 "소원이라니, 무신 소원을 말했넌디?" 하고 어머니가 슬픈 얼굴로 물었다. 둥금이는 어머니한테 서낭당 할미에게 빌었던 소원을 말하려다가 갑자기 부끄러운 생각이 들어 "엄니랑 함꾸네 살게 혀주라고……" 하며 말끝을 얼버무리고 말았다.

그날 밤 어머니는 둥금이를 가슴에 꼭 끼고 잤다. 둥금이가 어머니의 품속에 안겨 자는 것은 처음 있는 일이었다. 어머니의 품속은 언제나 쌍둥이 남동생 동네개가 차지하고 있었기 때문이었다. 어머니의 품을 독차지하고 있는 동네개를 볼 때마다 둥금이는 남동생이 한없이 부럽기도 했고, 그런 남동생이 죽어버렸으면 하고 생각하기도 했었다. 그런 어머니의 품속을 둥금이 혼자서 독차지하고 잠을 잘 수가 있다고 하니, 당장 내일 어머니와 헤어진다고 해도 그 슬픔을 참아낼 수가 있을 것 같았다.

어머니의 푹신한 품속에 안긴 둥금이는 되도록 잠들지 않으려고 눈썹에 힘을 주었으나 온종일 산길을 걸어왔기 때문인지 이내 스르르 눈을 감고 말았다. 자다가 얼핏 잠을 깨어보니 어머니는 둥금이를 으스러지도록 껴안은 채 훌쩍훌쩍 울고 있었다. 울고 있는 어머니의 품속은 모닥불처럼 뜨거웠고, 솜이불처럼 푹신하게 느껴졌다.

아침에 깨어보니 어머니가 보이지 않았다. 방 윗목에 어머니가 옆구리에 끼고 왔던 조그마한 옷 보퉁이만 유난히 헌거로이 남아 있었다. 그 큰 집안을 다 꿰고 돌아다녀 봐도 어머니는 보이지 않았다. 친할머니처럼 느껴지는 절름발이 늙은 하녀한테 물어보았더니 어머니는 새벽에 집으로 돌아가 버렸다고 했다. 둥금이는 울지 않았다. 집으로 돌아가겠다고 떼를 쓰지도 않았다. 그저 올 것이 왔구나 하고 생각할 뿐이었다.

둥금이는 어머니가 안방마님이 던져주는 엽전꾸러미를 딸의 눈치를 보며 말기끈 속으로 쑤셔 넣을 때, 이미 자신이 종으로 팔려온 것을 얼추 헤아림하고 있었던 것이었다.

그 뒤 둥금이는 한 번도 어머니를 찾지 않고 절름발이 늙은 하녀에게서 부엌일을 배우며 자랐다.

둥금이는 어머니가 생각날 때마다, 그녀가 상전으로 모시고 살아가는 진사 댁 사랑채 뜨락의 수국꽃나무를 생각했다. 둥금이가 진사 댁으로 들어온 다음해 봄에, 절름발이 늙은 하녀의 아들인, 둥금이보다 나이가 열 살이나 더 많은 덩덕새머리의 떡바우가 산에서 캐다 심은 수국꽃나무는 어머니가 없이도 혼자 잘도 자라서 해마다 첫여름이 되면 탐스러운 남보랏빛 꽃을 흐드러지게 피우곤 하지 않는가. 둥금이는 해마다 사랑채 뜨락의 수국꽃이 피기를 기다리며 자랐다. 그녀도 산에서 캐다 심어놓은 수국꽃나무처럼 어머니 없이도 잘 자랐다. 수국꽃처럼 탐스러워져갔다.

둥금이가 어머니를 잊을 수 있었던 것은 그녀가 팔려오던 날, 어머니와 함께 산 고개를 넘으면서 서낭당 할미한테 마음속으로 소원을 빌었던 대로 흰쌀밥을 배불리 먹을 수 있었기 때문이 아니라, 그녀의 한 몸을 작두질해서 열 토막으로 갈라놓아도 못다 해낼 만큼 자꾸만 쌓이는 그 많은 일에 지친 탓이었는지도 몰랐다.

절름발이 늙은 하녀가 죽은 뒤로 둥금이가 해야 할 일은 너무 많았다. 절름발이 늙은 하녀가 죽어나가던 날 둥금이는 종으로 팔려온 뒤 처음으로 눈물을 흘리며 어머니를 생각해보았다. 마치 어머니의 죽음을 보는 듯 슬픔이 온몸을 죄어왔다. 절름발이 늙은 하녀가 어머니를 대신해주었기 때문이었다.

어머니처럼 따랐던 절름발이 늙은 하녀가 죽은 이듬해 여름에, 친정에 간 안방마님 대신 바깥사랑의 나리마님 시중을 들다가 몸을 망쳤을 때, 둥금이는 비로소 마음속으로만 사무치게 어머니를 불러보았다.

몸을 더럽힌 다음날 둥금이는 사랑채 뜨락에 탐스럽게 피어 있는 수국꽃을 뿌리째 뽑아 두엄 위에 던져버리고 말았다. 처음으로 어머니와 헤어져 있는 슬픔, 종으로 팔려온 신세를 한탄했으며 그녀를 팔아 생긴 돈을 말기끈 속에 쑤셔 넣던 어머니의 희미한 모습이 원망스럽게 가슴속 깊숙이 칼끝처럼 찍혀온 것이었다. 그녀는 갑자기 어렸을 때 떠나온 고향을 생각했다. 그러나 어떻게 해야 고향으로 돌아갈 수 있는 것인지 알 수가 없었다. 사랑채 뜨락의 수국꽃을 뿌리째 뽑아버린 뒤부터, 둥금이는 목줄 지탱하고 구차스럽게 산다는 것이 그지없이 부끄럽게 생각되어지기 시작했다.

둥금이는 여러 차례 죽는 꿈을 꾸었다. 그러나 그녀의 몸에 태기가 있음을 알고 난 뒤부터는 죽음을 생각하지 않기로 하였다. 죽을 수 있는 용기가 있다면, 그 용기로 처녀의 몸으로 아이를 낳는 부끄러움을 이겨내리라 마음먹었다.

배가 불러 안방마님의 다그침에 앞뒤 사정을 버선코 까뒤집어 보이듯 한 다음에 초주검이 되도록 얻어맞고, 그녀의 고향과는 정반대 쪽으로 진사 댁의 팔촌한테 산을 여럿 넘고 다시 강을 건너 쫓겨나듯 되팔려가면서도, 뱃속에 든 아기만은 진사 댁 사랑채 뜨락의 수국꽃처럼 곱게 키워야겠다는 생각을 하였다.

아들을 낳으면서 둥금이는 다시 한 번 어머니를 울부짖듯 외쳐 불러댔다. 이미 어머니의 얼굴은 여름날 아침 안개에 휩싸인 것처럼 희미해졌다. 둥금이의 눈치를 살피며 안방마님이 던져준 엽전꾸러미를 말기끈 속에 쑤셔 넣던 모습만이 희미하게 버스럭거렸을 뿐이었다. 그녀는 어머니의 얼굴이 희미하게 잊혀져가는 것이 마음 아팠다.

진사 댁 성씨를 따서 아들 이름을 김치근이라 지어 불렀다. 치근이를 낳던 해 봄에, 되팔려간 진사 댁 팔촌의 뒷곁에 앙당그러진 수국꽃 나무 한 그루를 산에서 캐다 심었다. 그리고 마음속으로 앞으로 어떤 일이 있어도 다시는 수국꽃나무를 뿌리째 뽑아버리는 일이 없기를 하늘에 빌었다.

아들을 낳자, 머리를 올려줄 남자도 없이 혼자 댕기머리를 풀고 어설프게 낭자를 틀고, 진사 댁 절름발이 늙은 하녀가 꽂다가 죽으면서 물려준 누런 구리 비녀를 질렀다. 남편도 없이 혼자 낭자를 틀고 비녀를 꽂으면서, 둥금이는 오장육부가 느글느글하게 녹아내리는 듯한 외로움과 슬픔을 맛보았다. 그녀는 어떤 부끄러움과 마음 아픔도 죽는 것보다는 낫다는 생각으로 아들 치근이한테 흥건하게 정을 쏟았다.

자신의 이 같은 팔자 사나움은 쌍둥이 누이로 태어난 죄이겠거니 맷돌질하듯 마음 다독거리고, 그런 자신이 열 번 못되는 한이 있어도, 친정 집안을 이끌어갈 쌍둥이 남동생 동네개만 잘되면 그만이다 싶었다. 그리고 후담에 아들 치근이가 커서 어른이 되면, 잘살고 있는 친정엘 가볼 수 있겠거니 생각했다. 아들이 크면 둥금이가 가고 싶은 고향에 데려다 줄 것으로 믿었다.

치근이는 자라면서 신통하게도 아비를 찾지 않았다. 아비가 누구냐고 묻지를 않았다. 그냥 나는 태어날 때부터 아비 같은 건 없었거니 하고 생각한 듯싶었다. 어쩌다가 그가 말썽을 부릴라치면 한솥밥을 먹고 있는 어른 종들이 "저런 애비 없는 호로 불상놈!" 하고 나무람할 때도, 치근이는 배슥배슥 웃을 따름이었다.

둥금이는 아들이 아비를 찾지 않는 것이 어찌 생각하면 마음이 편한 듯싶다가도, 생각을 곰삭히자면 되레 가슴이 미어지는 것만 같았다.

치근이는 커갈수록 슬거웠다. 둥금이 생각에, 아들이 비록 종놈의

굴레를 쓰긴 했어도 커갈수록 행동거지가 어긋남이 없는 것은 분명 양반의 피를 받아서 그렇거니 생각하고, 그런 아들을 갖게 된 것이 은근히 자랑스럽기까지 하였다.

치근이가 열여섯 살 때, 기실 그이 친아버지가 되는 김 진사의 부음이 그의 팔촌한테 날아들었다. 치근이의 상전인 김 진사의 팔촌동생은 문상길에 상가에서 쓸 마포며 건어물, 과실 등을 치근이한테 지우고 떠났다.

치근이가 상전을 따라 문상 길을 떠나기 전날 밤에, 둥금이는 오랫동안 마음 속 깊숙이 불무덤처럼 묻어두었던 비밀을 아들한테 조심스럽게 까발리고 말았다. 그녀는 자신이 가난한 농사꾼의 집에서 쌍둥이 남매의 누이로 팔자 사납게 태어난 것에서부터, 어머니를 따라 서낭당 고개를 넘고 큰 강을 건너 김 진사 댁에 팔려온 것, 김 진사에게서 몸을 망치고 그의 팔촌이 되는 지금 사는 집에 되팔려온 내력을, 담배씨만큼도 거짓 없이 아들 앞에 참깨 털듯 털어 놓았다.

김치근은 자기가 내일이면 주인나리를 따라 문상을 갈, 죽은 김 진사의 핏줄이라는 사실을 듣고서도 별로 놀라는 빛이 없었다. 그는 마치 남의 이야기를 건성으로 듣는 것처럼 냉정하고 침착해 있었다. 둥금이는 그런 아들을 보자 약간은 기분이 쓰렁해졌다. 지난 삼십여 년 동안 가슴속 깊숙이 매지매지 눌러 숨겨두었던, 살아온 한 맺힌 이야기를 일껏 큰마음 먹고 털어놓았는데도, 아들은 그런 어머니의 아픈 이야기를 듣고도 별다른 마음의 동요 없이 깍짓동처럼 고개를 깊숙이 파묻고 앉아 있기만 하는 것이 아닌가.

그녀는 아들한테 그녀의 과거지사를 너무 성급하게 털어놓았구나 하고 후회하였다. 치근이가 어미의 이야기를 듣고 되레 어미의 과거를 부끄럽게 생각하고, 그런 어미를 못난 여자라고 얕잡아보면 어쩌나 하고 걱정까지 하였다.

둥금이의 한 맺힌 긴 이야기를 듣고 난 뒤 말 한마디 없던 치근이는 이튿날 새벽 주인 나리를 따라 김 진사의 문상 길을 떠나고 말았다.

김 진사의 장례를 마치고 열흘 만에 돌아온 김치근은 여전히 염병을 한바탕 치른 사람처럼 구름이 가득 낀 얼굴로 말이 없었다.

장례를 치르고 돌아온 사흘째 날 밤에, 둥금이가 아들을 불러 앉히고 에미가 처녀의 몸을 더럽혀 상전의 자식을 낳았다고 해서, 그런 에미를 얕잡아 보는 게냐고 눈물바람을 하였다. 그러자 김치근은 여전히 침울한 얼굴로 어머니의 손을 꽉 잡으며 "엄니, 그런 거 아녀요. 엄니 이약 듣고 엄니가 더 좋아졌당께요. 지는 앞으로 엄니만을 위해서 살기로 작심을 했구만요. 엄니 이약 듣고, 엄니가 더 짠허고, 짠허디 짠헌 엄니가 하늘만치나 좋아졌당께요" 하고 마음속에 겹겹이 쌓인 설움과 분노를 당그래로 긁어내듯 술술 말문을 터뜨린 것이었다.

"글타면 으째서 에미 이약 듣고부텀 뚱해갖고 에미를 걸레뭉치 보드끼 허냐."

둥금이는 삼십 년 동안 참아온 울음을 한꺼번에 쏟아놓고 싶은 마음이었다.

"진사어른 문상 갔다 온 긋이 마음에 걸려서 그랬시오."

"마음에 걸리다니 으째서?"

"해필이면 그 사람 핏줄을 받고 태어났을까 허고……."

김치근은 깍짓손을 한 채 말끝을 흐리며 어머니의 시선을 피했다.

"이 못난 자슥아. 그러면 네가 초상집에서 죽은 양반 아들 대접받을라고 했디야?"

"그런 거 아니랑께요."

"아들 대접을 못 받어갖고 속이 상헌 것이 아니란 말여?"

"애시당초 그런 대접은 바라지도 않었어요. 나야 주인나리 짐꾼으로 따러간 것인듸라우."

"글타면 뭣 땜시 썩은 모개덩어리같이로 매가리가 통 없이 그러는겨?"

"차라리 첨부터 아버지 같은 것은 없었으면 더 좋았을 것인듸……."

"무신 소리를 허는 겨?"

"아버지가 없다고 생각했을 때가 훨씬 맘이 편했어라우. 나헌티 아버지가 있다면, 김 진사 같은 양반이 아닌, 우리덜 같은 종이었으면 훨썩 좋았겠어요. 나는 종의 아들이 더 좋아요. 김 진사의 아들이라는 것을 아는 사람덜은 을매나 나를 맘속으로 비웃겄어요. 장례 때도 눈치로 그런 것을 알았당께요. 종놈이 종 아버지를 가진 것은 부끄럽지 않어도 종놈이 양반 아버지를 가진 건 을매나 부끄러운가요 잉."

치근이는 긴 이야기를 하고 나서 한숨을 토했다. 그녀는 처음으로 아들의 한숨을 듣고 오장육부가 토막토막 끊어지는 듯한 아픔을 느꼈다.

"다, 이 못난 에미 탓이구나."

둥금이는 역시 아들에게 자신의 과거를 털어놓은 것을 뼈저리게 후회하고 있었다.

"엄니 탓이 아니여요. 엄니를 김 진사 댁에 팔아베린 외할머니 탓도 아니여요. 세상 탓이지요."

김치근은 그렇게 말하고 나서 한동안 고개를 바짝 쳐들어 눈을 감은 채 앉아 있더니 "엄니, 엄니허고 나허고는 언제꺼정이나 종노릇만 헙시다요. 내가 끝꺼정 종으로 남어 있어야만, 양반의 핏줄을 타고난 부끄러움을 씻을 수 있겄구만요" 하면서, 크는 동안 한 번도 울지 않았던 치근이가 주르르 우는 소리도 없이 눈물을 흘리는 것이었다. 뺨 위에 흐르는 아들의 눈물을 보자, 둥금이의 마음은 천 갈래 만 갈래 말의 갈기처럼 찢어지는 듯하였다.

"엄니, 엄니, 왜 그러서요."

벽에 등을 기댄 채 넋이 나간 얼굴로 앉아 있는 둥금이의 눈에서 닭똥 같은 눈물이 뚝뚝 떨어지자, 놀란 김치근 아내가 시어머니의 손을 잡아 흔들며 말했다.

어둠이 괸 방안에는 기름심지불이 김치근 어머니의 넋처럼 가늘게 뛰고 있었다.

"엄니 엄니, 으째서 뜽금없이 눈물바람을 허시고 그러요. 죽은 아들 생각이 나서 그러요?"

김치근 아내는 옷고름을 접어 시어머니의 눈물을 꾹꾹 찍어내며 울먹울먹한 목소리로 물었다. 그녀는 시어머니가 우는 것을 보자, 어쩌면 그동안 산 사람 같지 않던 병자가 정신을 차리게 될지도 모른다는 한 가닥 실낱같은 희망을 붙잡았다.

그러자 김치근 어머니는 눈물을 거두고 달이 떠오르기를 기다리기라도 하는 듯 시선을 방문 쪽에 드리우고 앉아 있다가는, 짚불 스러지듯 배그르르 몸을 누이더니 이내 잠이 들고 말았다.

둥금이는 꿈속에서 아들을 만나보았다. 아들이 그녀를 찾아왔다. 아들이 찾아와서 함께 가자고 그녀를 부추겼다. 둥금이는 아들을 따라 집을 나섰다. 깜깜한 밤이었는데, 북쪽 하늘에서 햇덩이 같은 달이 둥그렇게 떠오르고 있었다. 이상하게도 달이 붉게 타올랐다. 깜깜한 어둠이 순식간에 붉어졌다. 그녀는 아들을 따라 붉은 어둠속을 끝없이 걸어가고 있었다. 끝없는 길을 따라가다가 큰 강을 건넜다. 강을 건너 산속으로 들어갔다. 마치 그녀가 어려서 어머니를 따라 김 진사댁으로 팔려올 때처럼 몇 개의 산을 넘었다. 여러 개의 산을 넘자 산꼭대기가 보이지도 않는, 하늘 닿게 높은 산이 앞을 가로막았다. 아들은 하늘 닿게 높은 산꼭대기까지 올라가야 한다고 했다. 모자는 오르고 또 올라도 꼭대기가 보이지 않는, 너덜겅이 깔리고 잡목 숲이 우거진 산을 오르고 있었다.

나무도, 풀도, 돌들까지도 온통 붉은 빛깔의 달빛에 물든 산을 오르면서, 둥금이의 생각에 산꼭대기에 오르기만 하면 그곳에는 그녀가 가보고 싶은 고향이며 만나고 싶은 부모와 쌍둥이 남동생 동네개도 있을 것만 같았다.

한참을 허위허위 숨을 헐떡거리며 오르다 보니 아들이 보이지 않았다. 아들은 그녀보다 훨씬 앞에 나비처럼 산꼭대기를 향해 날아가고 있었다. 아들이 힐끔 뒤를 돌아보았는데, 몸은 호랑나비의 모습을 하고 날고 있었지만 얼굴은 틀림없는 치근이였다. 그녀가 같이 가자고 큰 소리로 외쳤으나 아들은 보일락 말락 한 거리를 유지하고 계속 날아가고 있었다. 그녀는 나비가 되어 하늘 높이 날아오르는 아들을 따라, 숨이 막히도록 산을 톺아 올라가다가, 얼핏얼핏 그녀가 올라온 곳을 뒤돌아보곤 하였다. 그러나 아무것도 보이지 않았다. 온 세상이 타는 노을처럼 붉디붉은 달빛에 물들어 있을 뿐이었다. 아들을 따라 산꼭대기에 오르는 것을 포기하고 되돌아간다고 해도 어디가 어디인지조차 분별할 수가 없을 것만 같아 더럭 겁이 나기도 하였다.

죽을 둥 살 둥 혼신의 억척으로 하늘과 맞닿은 높은 산에 올랐다. 그녀는 마치 자신이 산꼭대기에 서 있는 것이 아니고 하늘에 떠 있는 기분을 느꼈다. 그런데 이상하게도 나비가 되어 훨훨 날아오르던 아들의 모습이 보이지 않았다. 아들 대신 달덩이만큼 크고 탐스러운 엷은 남보랏빛 수국꽃이 피어 있었다. 그 꽃은 그녀가 김 진사한테 몸을 망쳤을 때 사랑채 앞에 있던 것을 뿌리째 뽑아버렸던 것, 그리고 김 진사의 팔촌네 집으로 되팔려와 치근이를 낳고 나서 산에서 캐다 뒤꼍에 심어놓은 것과 꽃의 빛깔과 모양이 똑같았다.

둥금이는 산꼭대기에 핀 수국꽃을 만지려고 하였으나, 꽃나무가 어찌나 크던지 손에 꽃이 닿지가 않았다. 문득 그녀는 그 큰 꽃이 아들 치근이일지도 모른다는 생각이 들었다. 나비가 되어 하늘로 날아오른 치근이가 이번에는 다시 큰 수국꽃으로 변신을 한 것일지도 모른다는 생각이 거의 확신처럼 마음을 꽉 붙잡았다.

그녀가 꽃을 어루만지려고 까치발을 하고 팔을 머리 위로 높이 뻗쳤을 때, 그녀보다 배나 키가 더 큰, 콧구멍이 뻔하게 들여다보이고 이빨이 삐져나온 흉측스러운 노파가 꽃 한 송이를 꺾어주었다. 꽃 한 송이가 어찌나 크던지 둥금이는 두 팔도 힘껏 안아야만 했다. 땅가시 덤불처럼 헝클어진 노파의 머리 위에는 목이 황금빛이 나며 봄에 동백꽃의 꿀을 빨아먹고 산다는 동박새 한 마리가 앉아 있었다.

"아가, 어미를 찾아오느라고 욕봤다."

흉측하게 생긴 노파가 대갈퀴 같은 손으로 둥금이의 머리를 쓰다듬으며 말했다. 노파가 말을 할 때 동박새가 피리소리처럼 아름답게 울었다.

둥금이는 노파의 말을 이해할 수가 없어 큰 수국꽃을 두 팔로 안은 채, 키 큰 노파의 콧구멍만 처다보고 있었다. 왜 그 노파가 둥금이한테 어미라고 하라는 것인지 알 수가 없었다. 노파가 둥금이의 어머니란 말인가. 그녀가 아무리 기억의 실꾸리를 차근차근히 풀고 곰곰이 생각해보아도, 김 진사 댁으로 팔려온 뒤 한 번도 만난 적이 없는, 그녀를 데리고 서낭당 고개를 함께 넘은 어머니와는 손가락 하나도 닮지 않은 노파가 어머니란 말인가.

"너는 내 딸이다. 앞으로는 나를 에미라고 불러야 한다."

노파가 흉측스럽게 웃으면서 말했다. 그런데 참 알 수 없는 것은, 둥금이의 마음이 노파에게 끌려가고 있음이었다. 노파가 비록 사람답지 않게, 마치 깊은 산의 말라죽은 전나무처럼 키가 크고, 얼굴 모습이 흉측스럽게 생기긴 했지만, 이상하게 둥금이의 마음이 부드럽게 끌려가고 있는 것이었다. 갈퀴 같은 노파의 손을 붙안고 고사목처럼 딱딱하게 느껴지는 품에 안겨 어머니 하고 큰 소리로 외쳐 부르고 싶기까지 하였다.

"노래를 부르고 있는 동박새는 네 동생이란다."

노파가 다시 말하는 순간에, 둥금이는 슬픈 피리소리처럼 울고 있는 동박새가, 어려서 헤어진 쌍둥이 남동생 동네개일지도 모른다는 생각이 들었다.

"자, 냉큼 집으로 돌아가그라. 배를 타고 강 건너가 네 집이다. 그 집에서 너를 배에 태워 강을 건네준 사람허고 살어라."

노파는 쫓듯이 말하고 턱짓으로 빨리 돌아가라는 시늉을 해 보였다.

둥금이가 큰 수국꽃을 안고 다시 노파를 쳐다보았을 때는 이미 노파의 모습도, 그녀의 아들 치근이가 변신을 했다고 생각한 하늘 닿게 큰 수국꽃나무도 보이지 않았다. 타오르는 햇덩이 같은 달도 떠 있지 않았다. 갑자기 어두워졌기 때문에 어디가 어디인지 알 수가 없었다. 그러나 둥금이는 큰 수국꽃 송이를 소중하게 가슴에 두 팔로 붙안은 채, 마치 얼마 전 치근이가 나비가 되어 하늘로 올라간 것처럼 나는 듯 산에서 내려왔다.

사방이 깜깜했으나 기분이 좋았다. 깜깜한 어둠속에서도 무엇이든지 보고 싶은 것을 꿰뚫어볼 수가 있을 것만 같았다. 기분이 좋은 것은 아마 가슴에 큰 수국꽃 송이를 안고 있기 때문일 것이라고 생각했다. 그녀는 피리소리 같은 동박새 울음소리를 들으며 날 듯 산을 내려왔다.

둥금이가 온몸이 휘주근하게 땀에 젖어 긴 잠에서 깨어났을 때는, 방안에 기름심지불이 파르르 떨고 있었다. 김치근 아내는 시어머니 옆에 퍽신하게 앉아서 자울자울 졸고 있었다.

둥금이는 며느리가 눈치 채지 못하게 조용히 일어나서 바람처럼 방문을 열고 밖으로 나갔다. 마당에는 달빛이 가득 괴어 있었다. 그녀는 조금 전 꿈속에서 보았던, 타는 놀 빛깔의 달빛을 떠올리며 마당을 가로질러 집밖으로 나갔다. 그녀는 꿈속에서 기분 좋게 나는 듯 산에서 내려올 때처럼 가벼운 발걸음으로 강변으로 뛰어갔다. 보이지는 않았지만 누구인가 그녀의 손을 잡고 가야 할 길을 안내해주고 있는 것 같은 생각이 들었다. 그녀를 인도해주는 것은 그녀의 죽은 아들이거나, 아니면 꿈속에서 그녀한테 큰 수국꽃을 따주었던 흉측스럽게 생긴 노파일지도 모를 일이었다.

갈대가 우거진 강변을 따라서 마치 누구를 서둘러 만나러 가기라도 하는 것처럼 나비처럼, 팔을 휘저으며 나루터 쪽으로 올라가고 있던 둥금이는 자기도 모르게 강을 건너야 한다는 생각에만 사로잡혀 있었다. 그것은 꿈속에서 그녀를 딸이라고 부르는 노파의 말대로 강을 건너 그녀의 집으로 돌아가고 싶었기 때문인지도 몰랐다. 노파가 말한 강 건너 그녀의 집이 어느 곳에 있는 누구의 집인가는 알 수가 없었다. 둥금이 생각에 보이지는 않지만 누구인가 그녀를 그 집에 데려다 줄 것으로만 믿었다.

둥금이가 광나루에 당도했으나 나룻배가 보이지 않았다. 그러나 그녀는 조금도 서두르지 않고 팽나무 밑 판판한 돌에 앉아서 나룻배를 기다리고 있었다.

바람이 적당하게 불어 강변의 갈댓잎이 달빛 속에 흔들렸다. 둥금이는 흔들리는 갈대숲 사이로 강 건너를 바라보았다. 강 건너에서 피리소리가 들려왔다. 꿈속에서 땅가시덤불 같은 노파의 머리 위에 앉아서 아름답게 울던 동박새 생각이 떠오르자, 피리 소리가 점점 가깝게 들려오는 듯싶었다. 자세히 귀를 기울여보았더니 동박새 울음 같은 피리 소리가 둥금이 자신이 머리에서 들려오는 것 같기도 하였다. 피리 소리를 듣고 있자니 머리가 맑아지고 기분이 나는 듯 가벼워졌다. 온몸에서 힘이 솟구치는 것만 같아 누구하고든지 힘겨루기를 한다면 이길 자신이 있었다. 피리 소리에 맞춰 춤을 추고 싶기도 하였고, 꿈속에 올라가보았던 하늘 닿게 높고 험한 산꼭대기를 단숨에 뛰어오르고 싶기도 하였다. 아들 치근이한테 젖꼭지를 물리고 앉아서, 일에 지친 육신이 아침이슬을 머금은 뒤꼍의 수국꽃나무처럼 생기가 넘치곤 하던 젊었던 시절처럼 행복감에 젖었다.

피리 소리를 듣고 앉아 있자니, 강 건너 쪽에서 나룻배가 가까이 오고 있는 것이 보였다. 달빛 속에서 가물가물 움직이는 나룻배가 마치 철쭉꽃에만 모여 사는 사향제비나비가 날개를 부지런히 접으며 강을 건너오는 것처럼 보였다. 피리 소리에 맞춰 사향제비나비가 춤을 추는 것만 같았다.

나룻배의 노를 젓고 있는 사람은 광나루의 늙은 사공이 아니었다. 회진에서 만났던 옥색 두루마기를 입은 사내였다. 옥색 두루마기가 배를 나루턱에 바짝 대자, 기다리고 있었다는 듯이 둥금이가 서둘러 배에 올랐다. 그리도 둥금이를 실은 나룻배는 달빛을 가르며 찰브락 찰브락 영산강을 건넜다.

새끼내 사람들은 김치근 어머니가 나룻배를 타고 강을 건너는 것을 나루터에서 조금 떨어진 갈대숲에 숨어서 넋을 잃고 바라보고만 있었다. 그들은 아무도 김치근 어머니를 붙잡으려고 하지 않았다. 마치 약속이나 한 듯 옥색 두루마기가 나룻배를 저어 강을 건너오고, 기다렸다는 듯이 배에 올라 달빛을 가르며 사라져가는 모습이 저세상의 일처럼 신비하게만 보여, 아무도 감히 김치근 어머니를 붙잡을 생각을 하지 못한 것이었다. 그들은 김치근 어머니가 강을 건너 옥색 두루마기를 따라가는 것을 사람의 힘으로는 막을 수 없다는 것을 알고 있었다.

다음날 해가 떠오르자, 치근이 아내와 칠복이 영감, 웅보, 염주근이 영산강을 건너 회진에 갔을 때, 마을 어귀 천왕대를 세워놓은 죽은 월심이의 집에서는 큰 내림굿이 열리고 있었다. 죽은 단골 월심이가 굿을 할 때마다 피리를 불어준 화랭이 옥색 두루마기가, 새벽에 함평(咸平)에까지 가서 나이가 일흔다섯 살이나 되는 이름난 큰 무당을 불러다 둥금이한테 신이 내리게 하는 내림굿을 벌이고 있는 중이었다.

새끼내 사람들이 치근이 어머니를 보았을 때, 그녀의 쌍꺼풀진 눈에서는 달빛이 물비늘을 일으킬 때보다 더 강렬하게, 사람의 마음을 찌르는 듯한 빛이 튀고 있음을 알았다.

"치근이 어머니께서 만신님이 되셨구만!"

칠복이 영감이 고개를 돌리며 말했다.

2

농사꾼들한테 가을보다 더 풍성한 계절은 없으리라. 가을에는 아무것도 먹지 않고 곡식이 흐드러지게 익은 들만 멀뚱히 바라보아도 창자 속이 뿌듯해오게 마련이다. 봄부터 여름까지 흘린 땀이 피가 되어 새로운 힘을 솟게 한다. 그저 종일 감사하는 마음으로 보내게 된다. 적당한 비와 바람과 햇빛을 내려주신 하늘에 감사하고, 곡식을 키워준 땅에 감사하고, 새들과 벌레들과 물고기들에게까지도 감사하고 싶어지는 계절이다.

여름에 물싸움으로 한동안 말을 않고 담 쌓고 지냈던 이웃들과도 가을에는 말을 터 화해를 하게 되고, 더 두터운 우정과 사랑을 나누게 마련이다.

한가위가 지난 영산강변의 들에도 곡식이 무르익었건만, 새끼내 사람들의 마음은 지난여름 큰물이 휩쓸어버린 생채기처럼 황량하기만 하였다. 그들에게는 단 한 톨도 거두어들일 곡식이 없기 때문이었다.

높고 푸른 하늘을 봐도, 흐드러지게 무르익은 곡식들을 봐도 마음이 가득차지 않았다. 더구나 김치근의 죽음과 치근이 어머니가 영산강을 건너 회진 마을에서 화랭이인 옥색 두루마기와 함께 살며 만신님이 된 것이 마치 그들의 탓이기라도 한 듯 마음이 무거웠다.

새끼내 사람들은 김치근의 죽음을 잊을 수가 없었다. 김치근은 그들을 대신해서 죽은 것이나 다를 바 없었다. 그들이 김치근의 관을 메고 바로 산으로 올라가지 않고, 박 초시네 집으로 상엿소리를 아우성처럼 울부짖으며 몰려간 것도, 김치근의 죽음에 대한 그들의 부끄러운 죄책감을 털어버리려고 한 행동이었는지도 모를 일이었다.

특히 김치근 친구들은 자신이 김치근이와 함께 죽지 못한 것이 고개를 바로 들 수 없을 만큼 부끄러웠다. 그래서 그들은 김치근의 관을 메고 박 초시네 집 문전에서, 죽을 각오를 하고 상엿소리를 통곡처럼 토해냈던 것이다.

그때, 박 초시네 대문은 성문처럼 굳게 잠겨 있었다. 새끼내 청년들은 박 초시네 대문이 잠겨 있는 것을 보고 김치근의 관을 내려놓고 맨땅에 질퍽하게 앉아서 상엿소리를 올렸다.

개산 그림자가 우줄우줄 영산강에 그물질하듯 강물을 덮기 시작해서야, 박 초시네 대문이 열리고, 새끼내 사람들한테 표 나게 행티를 부려왔던 텁석부리 하인이 어깨를 펴고 나왔다.

"이러지들 말어! 대관절 어쩌자고 이러는 거여!"

텁석부리가 새끼내 장정들에게 사정조로 말을 붙였으나 어느 누구도 대꾸를 해주지 않았다. 그는 새끼내 사람들한테 요구조건이 무엇인지 말을 해보라고 하였으며, 새끼내 사람들은 다른 요구는 없고 박 초시를 좀 만나게만 해달라고 하였다.

"초시 어른은 왜 뵙자는 거여?"

텁석부리가 언성을 높였다.

"우리 친구 김치근이가 초시 어른의 절을 받기 전에는 꿈쩍도 않겠다고 허니 우린들 어쩔 거요. 우리가 이리 오고 싶어서 온 것이 아니라, 죽은 치근이가 부득부득 이리로만 오자니 어쩔 거요 잉. 그러니 냉큼 들어가서 당신네들 손에 맞아죽은 불쌍헌 우리 친구 치근이가 그러더라고 험시로, 관 앞에 큰절을 허라고 허시랑께요. 그래사 치근이 관이 땅에서 떨어질 거라고 말이요 잉.”

관 옆에 고개를 깊숙이 떨어뜨리고 앉아 있던 염주근이가 벌떡 일어나서, 텁석부리를 향해 상앗대질을 해가며 당장 달려들어 물어뜯을 듯이 말했다. 염주근의 말에 텁석부리의 기가 꺾였다. 텁석부리는 잠시 왕방울 눈만 끔벅이며 서 있더니 “정 이러면 관가에 알릴 거요!” 하고 그 큰 왕방울 눈을 부라렸다.

“사람이 죽는 판에 무서울 게 뭐가 있간듸? 나라님이라도 불러와 보시라지!”

누구인가 앉은 채 버럭 고함을 질렀다. 텁석부리는 아무래도 자기 혼자 힘만으로는 해결을 할 수 없다는 것을 헤아렸음인지, 왕방울 눈을 부라리고 새끼내 사람들을 쓸어보고 나서 집안으로 들어가 버렸다. 박 초시네 대문이 굳게 잠긴 뒤 다시는 열리지 않았다. 새끼내 사람들이 목청껏 상엿소리를 어울렀지만 박 초시 집에서는 하인 하나 빠끔하지도 않았다.

몇몇 젊은이들이 당장 박 초시네 대문을 부수어 치근이의 관을 메고 마당으로 쳐들어가자고 성깔을 돋우었으나, 나이 많은 칠복이 영감이 쌍지팡이 휘둘러대듯 하여 가까스로 말렸다.

“우리덜이 이 일로 쉽게 분풀이를 해뿐진다면 죽도 밥도 안 되네. 기왕지사 우리덜 가슴에 못이 백혔으니 분풀이는 앞으로 살어감시로서나서나 허세나. 죽은 치근이도 그러길 원헐걸세. 다시 말허네만 우리덜 가슴에 백힌 못을 당장에 뽑을랴고 서두르지 말고, 싸묵싸묵 살 어감시로 뽑자 이거네."

칠복이 영감의 설득에 새끼내 사람들은 날이 어둑어둑해서야 김 치근을 개산에 묻고 내려왔다.

그렇게 김치근을 묻고 나자 칠복이 영감의 말마따나 가슴에 박힌 못 때문인지는 몰라도, 그들은 저마다 치근이를 자기의 가슴에 깊숙이 묻은 것만 같았다. 저마다 가슴에 김치근의 무덤을 안고 있는 새끼내 사람들은 잠시도 얼굴 펼 날이 없었다.

그러던 차에 치근의 어머니까지 이름 모를 병에 걸려 끝내는 만신님이 되어 새끼내를 떠나버렸으니, 가슴에 묻힌 치근이가 통곡을 하는 것만 같았다.

치근이가 박 초시의 하인들한테 몰매를 맞아 죽고 그의 어머니마저 새끼내를 떠나버리자, 새끼내 사람들은 당장 끓여먹을 좁쌀 한 줌 여투어놓은 것도 없었지만, 살아갈 걱정마저 잊고 반쯤 넋이 나가 아침을 맞고 밤을 넘겼다.

이 무렵 영산포 선창 큰 소금점에서 일을 하게 된 손팔만이가 새끼내에 찾아왔다. 새끼내 사람들이 종에서 풀려나와 새끼내에 몰려들기 시작하던 봄까지만 해도 웅보네가 빌붙어 사는 말바우 주막에 들락거리며 괜히 찍자를 놓고 술 행티나 부리고 살던 손팔만이였는데, 선창거리 때죽나무집 주모가 병에 걸렸을 때, 웅보와 함께 그녀를 업고 금쇄동 양 의원을 찾아가 병을 고친 뒤로부터는 사람이 몰라보게 달라진 거였다.

때죽나무집 주모와 살림을 차린 뒤부터 마음 씀씀이가 슬거워진 손팔만은 술을 끊고 선창에서 짐꾼 노릇을 하다가 얼마 전에 선창 거리에 하나밖에 없는 큰 소금점에 자리를 얻었다고 하였다.

　"이 사람아. 죽은 사람은 죽은 사람이고, 산 사람들 입에 거무줄 치게 놔둘 껜가!"

　영산강이 어둠속에 묻히고 소금점 문을 닫자 새끼내 말바우 주막으로 웅보를 찾아온 손팔만은 코가 열댓 자나 빠져 있는 웅보의 등을 툭툭 치며 재우쳐 말했다.

　"솜으로 가슴을 치고 싶구만요. 암만해도 우리가 잘못 생각했던 것 같아요. 치근이는 나 땜시 죽은 거라요. 내가 쓰잘디 없는 소리를 해갖고……."

　웅보는 박 초시 아버지 유골을 도굴하여 쌀과 바꾸어 굶주림을 면하자고 제의를 한 것이 자신이었기 때문에, 치근이의 죽음에 누구보다 더 뼈저린 죄책감에 짓눌려 있었던 것이다.

　"치근이는 결코 헛되이 죽지 않았네. 그것을 보여줘야 허네."

　손팔만은 울림이 좋은 목소리로 말을 하며 애써 얼굴에 엷은 미소까지 떠올려 보였다.

　"보여주다뇨."

　"보란드끼 사는 거여. 그보다 더한 분풀이가 어디 있어!"

　"힘이 없구만요. 소도 언덕이 있어야 비비드라고…… 힘이 있어야지요."

　웅보는 맥이 탁 풀린 어조로 시선을 어둠속으로 던지며 말했다.

"내가 도와줌세."

손팔만의 말에 웅보는 힘없이 시선을 떨구며 씁쓸하게 웃었다.

"어뜨케 돕겠다는 거여요. 암도 우릴 못 도와요. 나라님도 우리럴 못 도우는디……."

"실은 말이시…… 새끼내 사람덜한티 좋은 일이 생길 것도 같아서……."

"좋은 일이라면 선창에 무신 일거리라도 있습니까?"

"바로 그것 땜시 왔네. 없을수록에 부지런히 꼼지락거려야 허네. 아, 못난 놈 잡아들이라면 없는 놈 잡아간다고 안 허든가. 선창 소금 점에 있어보니께 머리만 좀 쓰면 새끼내 사람덜이 살아갈 방도가 잽힐 것도 같더란 말이시."

"무신 일인디요?"

"나가 밥 빌어 묵고 있는 디가 바로 소금점이 아닌가."

"그렇습죠."

"그래서 말이네만, 새끼내 사람덜 내 말만 믿고 염한이가 되는 것이 으쩌겠남."

"염한이가요?"

웅보는 낮은 목소리로 반문을 했다. 염한이라면 소금장수를 일컫는 말이다. 웅보는 순간, 노루목 양 진사 댁 비자로 살 때, 다리목이 기다란 지게에 소금 섬을 지고 다니던 낯익은 염한이의 얼굴이 떠올랐다. 긴 지겟다리목이 땅에 닿을 정도로 소금 섬을 지고 다니며 소금 사라고 목쉰 소리로 외치던 그 낯익은 염한이는 나이가 마흔이 훨씬 넘었는데도 장가를 들지 못해 치렁치렁 머리를 길게 땋아 늘이고 다녔다. 웅보는 철이 들기 전 그 염한이가 노루목에 나타나면 "염한이 점한이 못난이" 하고 큰 소리로 뇌며 따라다니며 길게 땋아 늘인 댕기를 잡아당기며 놀려대던 일이 생각났다. 자신이 천한 종의 자식인 줄 알면서도, 소금 섬을 지고 다니는 염한이나 옹기를 팔러 다니는 점한이를 만나면 오달지게 놀려대곤 하였다. 그때 어른들의 말로는 염한이나 점한이를 종들보다 더 업신여기는 것 같았다. 너무 천해서 아무도 딸을 주려고 하지 않았기 때문에 나이가 들도록 장가를 못 가고 길게 댕기를 땋아 늘이고 다닌다고 하였다.

웅보가 어렸을 때, 죽은 그의 누이 두례가 말을 듣지 않으면 그의 부모들은 말끝마다 "저년을 염한이한테나 줘버릴까부다!" 하곤 했는데, 그때마다 두례는 염한이가 마치 무서운 도깨비라도 되는 듯 오들오들 떨기만 하던 것이었다.

"우리 점에 들락거리는 염한이들과 이약을 해봤더니 벌이가 괜찮다누만, 으쩔 텐가. 나가 우리 쥔한티 잘 말을 해서 밑은 대주겠네."

손팔만의 말에 웅보는 얼핏 옆에 있는 동생 대불이의 눈치를 살폈다.

"나는 싫구만요. 그러다가 장가도 못 들면 어쩌게요."

대불이는 살래살래 고개까지 흔들었다.

"염한이가 왜 으째서 그러는가. 아무러면 굶어죽는 것보다야 낫지 뭔가. 염한이를 만나서 염한이가 좋은가 종이 좋은가 한 번 물어보소. 평생을 염한이 노릇을 하자는 것도 아니고, 잠시 입타작 함시로 땅을 장만하라는 것이 아닌가!"

대불이의 태도가 약간 거슬렸음인지 손팔만은 노골적으로 못마땅해 하는 눈빛으로 대불이와 웅보를 번갈아 쏘아보며 언성을 높였다.

"암턴 고맙구만요. 마을사람들과 상의해서 결정을 허기로 하겠어요."

웅보는 손팔만의 마음을 다독거려 보냈다. 그는 자기네들 살아갈 일을 걱정해주는 손팔만이가 고맙기만 했다. 그라도 옆에 있다고 생각하니 한결 위안이 되었다.

손팔만이가 새끼내 말바우 주막에 다녀간 지 사흘 후, 웅보는 칠복이 영감과 염주근이를 설득하여 다리목이 긴 지게를 만들어 지고 선창 소금점으로 갔다. 손팔만은 그들 세 사람을 보자 헤벌어지게 웃으며 반가워하였다. 그가 미리 키가 깡똥하고 유난히 머리가 커 보이는 칠복이 영감 또래의 소금점 주인한테 이야기를 해놓아, 세 사람은 쉽게 지게에 소금오쟁이 하나씩을 얹었다.

"올 여름에 찌룩찌룩 날이 궂어싸서 소금 값이 금값이여. 한 주먹이라도 외수를 쳤다가는 네눔들 모감지를 작두로 작신 베버릴 거여."

소금점 주인은 세 사람의 오쟁이 위에 소금 되를 얹고, 받을 소금값과, 곡식으로 받을 때 쓸, 소금 되보다 표 나게 커 보이는 곡식 되를 자루 속에 넣어주며 말했다.

"주인나리, 곡식 되는 됫박으로 소금을 되어주라고 헌다 치면 어쩔깝쇼?"

염주근이가 소금오쟁이 속에 넣어둔 소금 되와 자루 속의 곡식 되를 꺼내 비교하면서 뚱딴지같이 묻자, 목이 돼지 멱처럼 투실한 소금점 주인의 얼굴빛이 홱 변했다.

"이 멍청아, 소금 되허고 곡식 되는 달른 벱여! 암턴 곡식을 받을 때 잘 받아야 허는거! 쌀 한 말을 받으면 됫밑이 한 되 요량은 남아야 몸이 성할 줄 알어!"

세 사람은 소금점 주인의 불총 쏘아대는 듯한 목소리를 피하기라도 하는 것처럼 서둘러 소금지게를 지고 일어섰다. 그들은 마방거리에서 각각 헤어졌다. 칠복이 영감이 먼저 지겟작대기를 휘저으며 다도(茶道) 쪽으로 발걸음을 돌려세웠고, 다음에는 염주근이가 소금 됫박과 곡식 됫박의 차이 때문인지 여전히 심란해하는 얼굴로 봉황(鳳凰)쪽으로 총총히 사라졌다.

웅보는 소금지게를 지고 선 채 잠시 미적거리고 있었다. 첫날부터 멀리까지 가고 싶지가 않았다. 그는 우선 영산포에서 가까운 마을부터 야금야금 산골마을로 들어가는 게 좋겠다고 생각하고 있었다.

웅보는 되도록 빠른 걸음으로 선창거리를 빠져나가, 영산포에서 장흥(長興) 쪽으로 휘어들어가는 산모퉁이 길로 들어섰다. 그는 분홍색의 구절초꽃이며 짙은 보라색의 용담, 흰 삽주꽃들이 드문드문 피어 있는 산모퉁이를 보듬고 돌아, 소쿠리 속에 감춰지듯 대밭에 둘러싸인 큰 마을을 향해 걸음을 재촉했다.

기실 그도 염주근이와 똑같은 걱정을 하면서 걸었다. 염주근이 말대로 소금을 사는 사람들이 소금 되로 곡식을 되어주라고 하면 어쩌나 싶었다. 그는 소금 되와 곡식 되의 크기가 다르다는 것이 마음에 걸렸다.

마을 어귀에 엄나무와 대추나무가 많은 첫들머리 마을의 고샅을 꿰고 다니며, 약간은 떨리고 서투른 목소리로 "소금 사려— 소금 사아려" 하고 외쳤다.

재수가 좋게도 첫들머리 마을에서 닷 되나 팔렸으며, 더욱 신통한 것은 소금을 사는 아낙들한테 소금을 팔 때는 바닥이 두꺼운 소금 되를 쓰고 웅보가 소금 값으로 곡식을 받을 때는 곡식 되를 따로 쓰는 것이었지만, 그들은 그것을 따지려 하지 않는 점이었다. 웅보는 마음 놓고 재주껏 수북수북 됫박이 넘치도록 소금 값으로 곡식을 되어 받을 수가 있었다.

동네 아이들이 염한이가 왔다고 뒤를 따라다니며 놀려대지도 않았다.

웅보는 배고픔도 잊고 마을에서 마을로, 목발이 땅에 닿을 만큼 긴 소금지게를 지고 다니며 소금을 팔았다. 그의 생각에 누구인가 그를 도와주고 있는 것만 같았다. 그만큼 힘을 쓰지 않아도 소금이 잘 팔렸다. 그는 해가 지기도 전에 소금 한 오쟁이를 다 팔아, 소금 값으로 받은 곡식을 지고 그의 아내 쌀분이의 오지랖 속처럼 푸근하게 느껴지는 석양을 바라보며 영산포로 돌아왔다.

소금점에 돌아와 보니 칠복이 영감과 염주근이도 웅보보다 먼저 당도하여 주인과 함께 소금 값으로 받은 곡식을 되질하고 있었는데, 그들도 웅보처럼 장사가 잘 되었는지 마주보자 소리 없이 벌씬벌씬 웃어댔다.

세 사람 모두 됫밑도 넉넉하게 남아 주인의 기분이 좋아 보였다.

주인은 수고한 값으로 쌀 한 되씩을 주었는데, 그들은 쌀을 보리쌀로 바꾸어 받았다.

하루 소금 장사를 한 벌이로 보리쌀 두 됫박씩을 받아들고 새끼내로 돌아오는 그들 세 사람은 오랜만에 기분이 헐겁게 툭 트였다. 게다가 그들이 소금점에서 나오려고 하자 손팔만이가 맨입으로 헤어질 수 없다면서 그들을 소금점에서 가까운 때죽나무집 주막으로 끌고 가 탁배기를 사주는 바람에, 허출한 빈속에 술이 들어가자 야릇하게 기분이 달뜨기까지 하였다.

세 사람은 불콰해진 기분으로 거뭇거뭇 땅을 덮는 어둠을 밟고 새끼내로 돌아오면서, 그날 하루 그들이 소금 장사를 하며 겪었던 일들을 주고받았다.

"굶어 죽으란 법은 없는 모양일세."

술을 좋아하지 않는 칠복이 영감이었지만 배고픈 김에 탁배기 한 사발을 쿨럭쿨럭 수챗구멍 터지는 소리를 내며 다 둘러 마신 뒤라, 취기가 온몸에 퍼지는지 휘청휘청 하반신을 흐느적거리며 말했다.

"꼭 누가 우리를 도와주는 것만 같드라니께요."

웅보가 똑같은 말을 세 번씩이나 되풀이했다.

"손팔만이가 돕고 있지 않남!"

염주근이가 웅보의 등을 툭 치며 말했다.

"아녀. 뵈지 않는 사람이 우리덜을 따라댕김시로 소금을 팔아주고 있는 것 같드랑께!"

"치근이 놈이까?"

"치근이?"

웅보는 염주근의 말을 받아 반문하였다.

"그럴지도 몰러. 치근이란 놈이 우리덜을 도와주고 있는 겨. 그렇지 않고서야 우리덜 세 사람이 첫날버텀 요렇게 잘 될 수가 없재 잉."

웅보는 갑자기 울고 싶어졌다. 오랜만의 술기운에 마음이 엿가락처럼 풀리고, 소금 장사를 잘하여 보리쌀을 두 됫박씩이나 벌고, 어쩌면 앞으로 살아갈 길이 바늘귀만큼이라도 트일 성싶자, 갑자기 김치근 생각이 치밀고 올라오면서 왈칵 눈물이 쏟아질 것만 같았다.

"영감니임!"

웅보는 비틀거리는 칠복이 영감의 팔을 잡으며 술 취한 목소리로 불렀다.

"왜 그런가."

"뜽금없이 울고 싶어지누만요."

"치근이 생각이 난 겐가?"

"모르겄어요. 그냥 목구멍을 부젓가락으로 쿡쿡 쑤신 것 같음시로, 봇물이 터질 듯이……."

웅보는 말끝을 맺지 못하고 왼손으로 염주근의 어깨를 찍어 잡았다.

"오랜만에 기분이 좋은디 뜽금없이 울고 싶다니, 웅보 자네 맴이 약해졌는갑네."

염주근이도 오른팔을 길게 늘여 웅보의 허리를 감았다.

"영감님, 우리 셋이 여그서 한 번 실컷 울어베립시다요. 암도 보는 사람 없는 디서 우리끼리만 속이 선허게 울어베리자니께요."

웅보가 걸음을 멈추고 희끄무레한 어둠속으로 칠복이 영감의 얼굴을 쳐다보았다.

"그렇게도 울고 자픈가?"

칠복이 영감도 걸음을 멈추며 웅보에게 물었다.

"못 참겠네요."

이미 웅보의 목울대에는 피멍울 같은 것이 꽉 차오르고 있는 듯싶었다. 피멍울과 함께 울음의 봇물이 우르르 터져버릴 것만 같았다.

"그렇게도 서러운가?"

염주근이가 낮은 목소리로 걱정하듯 물었다.

"서러워서 울고 싶은 것이 아니네."

"그렇다면 왜 그려?"

"나도 모르겠어. 그냥 아무도 안 보는 디서 우리끼리만 실컷 울고 싶구만 그랴."

"참세나. 우리가 울었다고 허면 소문나네. 자네 집사람이나 대불이가 알면 으쩔라고 그러나."

염주근이가 웅보를 떠밀다시피 하여 발걸음을 다시 옮기며 말했다.

"왜 소문이 난다고 그러는 겨?"

웅보는 고개를 바짝 쳐들고 하늘을 보며 혼잣말처럼 물었다.

"오늘같이 좋은 날에 울기는 왜 운다고 지랄이여. 울지 말고 우리 한 번 배창시가 놀래도록 웃어나 보세!"

염주근의 말에 웅보는 갑자기 하늘을 쳐다보며 꺼이꺼이 웃었다. 칠복이 영감과 염주근이도 따라서 큰 소리로 웃었는데, 새끼내 들과 영산강을 덮기 시작하는 끈끈한 어둠을 줴흔드는 듯한 세 사람의 공허한 웃음소리는 울음인지 웃음인지 잘 분별할 수가 없었다.

그들이 어두워서야 새끼내에 당도하자, 마을 어귀 다릿목까지 마을 사람들이 나와서 기다리고 있었다. 세 사람이 각기 소금을 팔아주고 받은 보리쌀 자루를 묵신하게 들어 보이자, 마을 사람들은 저마다 환호하였다.

"땅을 파지 않아도 곡식이 생기드란 말이여!"

칠복이 영감이 취한 목소리로 마을사람들을 향해 소리쳤다. 그래서 온종일 낙심하여 굶주린 배를 방바닥에 깔고 방구석에 처박혀 있었거나, 잠시 영산강에 나가 고기를 잡아온 사람들은 한결같이 웅보를 따라나서지 않은 것을 후회하는 눈치들이었다.

"오늘같이 벌이가 좋다면야 땅 갖고 싶은 맴이 싹 없어지는구만."

웅보도 마중 나온 그의 아내 쌀분이에게 오랜만에 웃는 낯으로 말했다.

새끼내 사람들은 웅보와 칠복이 영감, 염주근이가 벌어온 보리쌀을 한데모아 맷돌에 빻아서 누그름하게 호박죽을 쑤어 배불리 마셨다.

저녁을 물리고 난 후, 쌀분이한테서 낮에 강 건너 회진에서 옥색 두루마기를 입은 화랭이가 김치근의 아내를 데려갔다는 말을 들은 웅보는 좋았던 기분이 싹 가시고 벌레 씹은 심정으로 우두커니 앉아 있었다.

쌀분이의 말로는 회진에 가서 큰무당한테 내림굿을 받은 뒤 영신님(신이 내린 무당)이 된 치근이 어머니가 화랭이를 시켜 며느리를 데려오도록 했다는 것이다.

"치근이 각시가 가자고 허니께 그냥 따라나서든가?"

웅보는 되도록 우울한 기분을 감추며 그의 아내한테 물었다.

"어디가요. 안 갈라고 헙디다. 어찌나 서럽게 울어쌓던지. 차마 못 보겄드랑께. 꼭 죽으러 가는 사람모양 매가리가 없어갖고······."

"산달이 곧 닥칠 것인디······."

"시월이 산달이랍디다. 지발 아들이나 낳아서 불쌍헌 에미 푸접이라도 돼야 헐 건디."

"해산을 허기 전에 미역가닥이나 사갖고 가보드라고. 치근이 놈은 내가 이 세상에 나와 갖고 첨으로 새귄 내 친구였구만. 앞으로 그런 친구 다시 만나기는 어려울 거여!"

말을 하면서 웅보는 목이 메는지 큼 크음 자꾸만 헛기침을 토해냈다.

"미역을 살랴거든 내것꺼정 사야 쓰겄시오."

쌀분이는 남편 웅보의 기분이 갑자기 썩은 홍어 속이 된 것을 알고, 그런 남편의 마음을 풀어주기 위해, 오랫동안 숨겨왔던 것을 비로소 까발리고 말았다.

"이녁 미역이라니?"

"고렇게 딱 부러지게 말을 해도 모르겄소? 먼 남자가 눈치도 없어갖고, 딱 손에 쥐어줘사 알랑가 원······."

"아니? 이녁 태기가 있는 겨?"

쌀분이 생각대로 웅보의 표정이 동터오는 아침하늘처럼 활짝 개었다.

"여태 그것도 몰랐소?"

"내가 어치게 알어?"

"달거리가 끊긴 지 이무 다섯 달째나 되는구만."

"그려?"

"정월이 산달이여라우."

"허! 엉덩판이 실허니께, 밭을 갈기가 바쁘게 싹이 나오는구만 그랴."

그러면서 웅보는 활짝 갠 얼굴로 쌀분이의 엉덩이를 투덕거렸다.

"헹! 막음례가 폴세 애기를 가졌는디 나라고 못 갖었어요?"

갑자기 쌀분이가 고개를 외로 꼬고 쇠부엉이눈을 하며 앵돌아졌다.

"또, 또 그 소리! 지발 내 앞에서 그 여자 이약 끄집어내지 말라고 했는디 또…… 그때 나는 사람이 아니었당께 그러는 구만 잉. 나는 마님이 시키는 대로 씨도야지 노릇을 헌 것뿐이여!"

"씨도야지 노릇을 했건 안했건 그 여자 뱃속에 이녁 씨가 실렸는디 으짤 것이요 잉. 나는 자다가도 그 생각만 허면 벌떡 놀라 일어난당께!"

"그나저나 내 연장 하나는 좋은개벼. 쟁기 들이대고 밭만 갈았다 허면……."

그렇게 실없는 말을 자기도 모르게 뇌까리던 웅보의 머리에 마른 번 갯불보다 더 빠르게 노루목 양 진사 댁 안방마님 얼굴이 스쳐 지나갔다.

실없는 말마따나, 마님도 행여 그의 아기를 갖게 되지나 않았을까 하는 걱정이 목을 죄는 듯싶었다.

아기를 갖지 못하는 탓이 누구 때문인가를 알기 위해, 양 진사의 씨받이 여자 막음례의 방에 씨돼질 몰아넣듯 하여, 막음례가 웅보의 아기를 수태한 것을 알고, 종내는 웅보까지 자기 방으로 끌어들인 안방마님 아니었던가.

웅보는 그때의 짓눌린 기억을 털어버리기라도 하려는 듯 다시 한 번 아내 쌀분이의 실팍하고 푸짐한 엉덩판을 투덕거려주었다.

"태기가 있고버텀 아침마닥 삼신할미헌티 비는디, 삼신할미가 내 청을 들어주실란가 모르겠네요."

"뭣이라고 비는디?"

"막음례헌티는 딸을 점지해주시고, 이 쌀분이헌티는 떡두께비 같은 아들을 점지해주십사 허고요."

"정성이 지극허다면야 삼신할미가 이녁 소원을 들어주시겄재."

"막음례도 아들을 점지해 주십사 하고 빌면 큰일 아닌그라우."

"설마……."

"아니라우. 막음례도 아들을 낳아줘야 논을 떼어준다고 했응께."

"그렇다면 나도 삼신할미헌테 빌어볼까?"

"뭣이라고 빌라요?"

"쌀분이한테 아들을 점지해주십사 허고 말여."

"참말 그래줄라요?"

쌀분이는 웅보의 말에 화들짝 기분이 좋아져서는 얼굴을 웅보의 코앞에 바짝 들이댔다.

"그런디, 삼신할미헌테 어치게 빌어사 쓰까?"

"나 허는 대로 허씨요."

그러면서 쌀분이는 손바닥을 맞대어 가슴 높이로 올리고 눈을 지그시 감는 것이었다.

"나 따라서 허씨요 잉."

"알았어, 싸게 해봐!"

웅보도 쌀분이 하는 대로 두 손을 합장하고 눈을 감았다.

"지왕님네 본을 받고."

"지왕님네 본을 받고."

"지왕님네 안찰 받세."

"지왕님네 안찰 받세."

"지왕님네 본은 게 워디 본이신가."

"지왕님네 본은 게 워디 본이신가."

"하늘 하계 올라 은행나무 밑이 지왕님네 본이오."

"하늘 하계 올라 은행나무 밑이 지왕님네 본이오."

"일월지왕 본은 게 워디 본이가."

"일월지왕 본은 게 워디 본이가."

"쉰 질 땅 밑이 일월지왕 본이라."

"쉰 질 땅 밑이 일월지왕 본이라."

웅보는 쌀분이가 하는 대로 열심히 졸졸 따라서 되뇌었다. 그러자 쌀분이는 웅보가 따라 되뇔 틈도 주지 않고 혼자 목청까지 가다듬어 가며 노랫가락 사설 외듯 쭝얼쭝얼하는 것이었다.

……아고 열 달 가만 차고 유년 차

나누우진 지왕님이 이 자손 탄생하러 오실 적에

궂인 날 궂인 시 베리시고 좋은 날 좋은 시 가려

피수건 손에 들고 짚단은 옆에 찌고

은실 날아 팔에 걸고 은가세 손에 들어 한 번 돌아 헛심을 주고

두 번 돌아 정심 주고

어무 하탈문 아부 금강문 뼷문 살문 연지문 고하문을 고히 늘어

낳놓고 돌아보니 천금산 자손이네

밑에는 근부전 받고 우게는 짚보전 받고

짚보전 너메 탯줄 받고

탯줄 너메 어메 젖줄을 받어

돈에게 시냇물 솟으듯

절 낙수 물샘에 물 솟으듯

먹고 자고 먹고 놀고

어질고 순탄하고 흔글허고 보채는 한새 없이

명은 진새 밑에 명을 타고 후샘일에 복을 타

명은 삼천갑자 동박삭에 진진 명

복은 석순에 갖은 복 무량대복을 점지헐 적

귀변은 소진장의 귀변

예사는 제갈양에 예사

눈에 눈재간 손에 손재간

재질 좋고 달통하고

글 총명 말 총명 글귀 말귀
앉이면 글 잘하고 스면 말 잘하고
선천하고 얌전해 만인간이 일코나고
일추월장해주옵소사

쌀분이는 삼신할미에 빌기를 마치고 긴 숨을 몰아쉬며 웅보를
보았다.

웅보는, 칼자루 놓고 한일자도 모르는 쌀분이가 삼신할미한테 비
는 법을 졸졸 거침없이 다 외고 있음이 신통하기도 하고 놀랍기도 하
여 입을 헤벌린 채 멀뚱히 맞바라보고만 있었다. 그것을 남모르게 외
느라 얼마나 애를 쓰고 정성을 쏟았을까 하는 것을 생각하자 왈칵 눈
물이 쏟아질 것만 같았다.

"워디서 배운겨?"

"대밭 할머니헌티 석 달 걸려 외운 거라요."

"그만한 정성이면 아들을 낳겠구만. 아들을 낳으면 집 앞에 대추
나무를 심어야겄어."

"딸을 낳으면 무신 나무를 심을라요?"

"오동나무를 심어야재. 그래야 시집갈 때 장롱을 해주재."

그러나 웅보도 쌀분이와 같이 그녀가 아들을 낳아주었으면 하고
빌었다. 아들을 낳으면 할아버지의 할아버지가 종이 된 내력이며 할
아버지의 할머니가 팔려온 이야기, 그리고 세 번씩이나 도망치다가
붙잡혀 이마에 불도장을 찍힌 할아버지의 이야기, 웅보네 식구들이

종에서 풀려나 새끼내에 터를 잡은 이야기를 하나도 빼지 않고 죄 이야기해주리라 생각했다. 종이 된 할아버지의 할아버지 시절부터 웅보 네가 새끼내에 터를 잡고 집 앞에 대추나무를 심기까지의 이야기를 해주자면 몇 날밤이 걸릴 것이었다. 웅보는 철이 들기 시작하는 아들에게 밤을 새워가며 이야기하고 있는 자신을 상상하자, 괜히 몸이 달뜨는 것만 같았다.

"그런디 마시, 이녁 아까 삼신할미헌티 비는 염불 속에, 앉이면 글 잘허고 스면 말 잘허는 아들 점지해주십사 허고 빌었는디 말이시, 나 글쟁이 말쟁이 아들은 원허지 않어."

웅보는 뿌듯하게 차오르는 기쁜 마음을 감추지 못해 여전히 헤벌어진 입을 다물지 못한 채 말했다.

"내가 그럽뎌?"

"이녁 입으로 빌어놓고도 몰러?"

"나도 무신 말인지 몰러라우. 그냥 외운 대로 씨부렁거린 거재. 그람, 글쟁이 말쟁이 말고 뭣이라고 비까요?"

"식구덜 굶어죽지 않을 만큼 땅을 가진 농사꾼이면 더 바랄 것 없재 잉."

"그람 그렇게 고쳐사 씨겠네요. 큰 논배미 가진 농사꾼을 점지해 줍소사 허고 말이요 잉."

그러면서 두 사람은 다시 마주보고 웃었고, 웅보는 쌀분이의 포실한 무릎을 베고 모로 누워, 쌀분이의 배에 귀를 바짝 대고 숨을 죽였다.

온종일 소금 지게를 지고 낯선 마을들의 고샅을 꿰고 다니며, 목이 쉬도록 '소금 사려'를 외쳐대, 보리쌀 두 됫박을 벌어온 그날 밤 웅보는 할아버지가 죽어서 변신한 것으로 믿고 있는 하늘의 별처럼 행복했다.

행복했던 밤이 지나자 참새 떼들이 빛나는 아침을 열어주었다.

웅보가 새 털메기에 물을 축여 신고 돈단을 내려가자, 다릿목이 긴 소금 지게를 진 마을 사람들이 여남은 명이나 나와 있었다. 칠복이 영 감과 염주근 외에도 덕칠이, 판쇠, 천서방의 얼굴도 보였다.

"아니, 무신 늠에 염한이들이 이르케 많단가?"

웅보가 윤기 나는 가을날 아침햇살처럼 밝은 얼굴로 소금 지게를 지고 서 있는 사람들을 뚤레뚤레 둘러보며 말하자 "새끼내가 온통 염 한이 마을이 될라는 개벼!" 하고 염주근이가 받았다.

"어저께 밤새도록 지게를 맹그니라고 고생했구만 그랴."

굶어죽어도 염한이 노릇은 하지 않겠다던 판쇠가 겸연쩍은 얼굴 로 염주근을 보며 하는 말이었다.

"우리덜이 팔 소곰은 많이 있는가 몰라?"

덕칠이가 웅보를 보며 물었다.

"선창거리 손팔만이 소금점에는 백 섬도 더 쌓여 있으니 그런 걱 정은 안 해도 되네."

칠복이 영감도 기분이 좋아 보였다.

소금 지게를 진 새끼내 남자들은 오랜만에 밝은 얼굴들을 하고 갈 대밭 언덕을 따라 한 줄로 길게 늘어서서 선창으로 향했다.

새끼내 사람들이 저마다 소금 지게를 지고 소금점으로 떼거리로 들 이닥치자, 소금점 주인은 약간 놀란 듯하였으나 그들을 의심하지 않고 저마다 소금오쟁이를 얹어주었다. 소금점 주인은 웅보와 다른 두 사람한테 일렀던 대로, 외수를 치거나 곡식 됫밑이 모자라면 모가지를 작두에 넣고 잘라버리겠다고 똑같은 말을 몇 번이고 되풀이하였다.

"첨에 왔던 세 사람 하는 짓이 싹수가 있어 뵈서, 불알만 차고 온 네놈들한테 그냥 소금오쟁이를 앵겨주는 거니께 잘들 해!"

소금점 주인은 왼손으로 투실한 목덜미를 만지작거리면서 소금오쟁이를 얹은 새끼내 사람들한테 한참 동안을 닦달질하였다.

그들은 그날도 마방거리에서 서너 사람씩 짝을 지어 세 방향으로 갈라졌다. 웅보는 덕칠이, 판쇠와 함께 장흥으로 빠지는 산모퉁이로 휘어들어 마을들을 지나쳐 대여섯 마장쯤 가다가, 천년도 더 되었음직한 늙은 홰나무가 서 있는 마을 앞에서 각기 헤어졌다.

"나는 더 깊숙이 들어갈 텡께, 덕칠이가 먼첨 이 마을버텀 돌아봐."

야트막한 언덕배기의 상수리나무 아래 지게를 받치고 쉬면서 웅보가 말했다.

"그리고 참, 당부할 것이 있구만. 우리가 소금이 쉬도록 염한이 노릇을 헐 것은 아니재만 이것만큼은 조심해야 허네. 뭣인고 허니, 염한이허고 물허고는 철천지 웬수라고 생각혀라 이 말이여. 소금이 비 맞으면 옴씰허게 녹아베린다는 것을 알어야 허네. 암튼 물과는 상극이여."

웅보는 손팔만이가 한 말을 친구들한테 그대로 옮겨놓았다.

그들은 돌아갈 때 홰나무마을 앞에서 다시 만나기로 하고 헤어졌다.

웅보는 상수리나무가 듬성듬성한 황토밭 언덕배기를 넘어, 상투머리 위로 바짝 기어오른 햇살 사이로 자오록이 졸고 있는 듯한 마을을 향해 걸음을 재촉했다.

　그날도 웅보는 해가 떨어지기 전에 소금 한 오쟁이를 거뜬하게 팔아치우고, 친구들과 약속한 홰나무 마을을 향해 몸을 돌렸다.

　점심으로 쌀분이가 지게등받이 밑에 보자기에 싸 매달아둔 삶은 감자 몇 개를 소금에 찍어먹고 요기를 했을 뿐인데, 장사가 잘 되어 그런지 배가 고픈 것을 몰랐다. 소금 값으로 받은 곡식을 지고 홰나무 마을로 돌아설 무렵에야 허리가 부러질 만큼 허기가 져서, 지게를 받쳐두고 산 개울물을 두 손으로 움켜 떠서 배가 불룩하도록 퍼마신 뒤, 소금오쟁이에 붙은 소금덩이를 혀끝으로 녹였다.

　홰나무마을 앞 야트막한 황토 산의 오금팽이에 지게를 받쳐 두고 콩알만큼씩 한 익은 고욤을 따먹고 있는데, 덕칠이와 판쇠가 약속이나 한 듯 거의 엇비슷한 시각에 나타났다. 웅보는 익은 고욤을 한 움큼 따놓은 것을 두 사람 앞에 내밀었다. 덕칠이와 판쇠는 고욤을 받아먹을 생각은 않고, 미역취 풀 섶에 엎뎌 산 개울물을 마시느라 정신이 없었다.

　"소금에서 곰팽이가 필때꺼정 염한이 노릇을 해야겠구만!"

　판쇠가 흙 묻은 바짓가랑이를 툭툭 털며 말했다. 첫날 장사가 잘된 듯싶었다.

　"여름 날씨가 내내 궂은 탓이여."

　덕칠이는 웅보의 손에서 고욤 몇 개를 받아 씨를 뱉어내며, 피로에 지친 얼굴로 두 사람을 번갈아 보았다.

　그들은 서둘러 선창으로 돌아왔다. 어둑어둑해서야 소금점에 당도했는데, 그때까지 천 서방과 막동이가 돌아오지 않았다. 모두들 두 사람을 걱정하고 있었다.

"못다 팔더라도 어둡기 전에 싸게 돌아온단 마재, 지랄 맞게 뭣허고 늦능고!"

염주근이가 희끄무레하게 등불이 비추는 마방거리 쪽을 바라보며 툴툴거려쌓았다.

실어 나를 곡식이 나올 때도 아닌데 딸랑딸랑 식태(息駄)의 방울 소리만이 간간이 들려올 뿐, 천 서방과 막동이의 모습은 나타나지 않았다. 그들은 혹시 두 사람한테 일이 생기지 않았나 하고 걱정이 걱정의 꼬리를 물어 속이 바싹바싹 탔다. 개울을 잘못 건너다 물속에 소금오쟁이를 처박았거나, 아니면 돌아오는 길에 후미진 산길에서 강도를 만나 소금 값으로 받은 곡식을 옴씰하게 빼앗기고, 차마 빈손으로 돌아올 수 없어 어둠속을 서성대고 있는 것이나 아닐까.

"지미럴, 소곰 장수가 물 씨인다고 허드니, 참말로 소곰 장수 속 타서 못해묵겄네 잉!"

웅보도 기다리다가 속이 상해 참지 못하고 한마디 하였다.

천 서방과 막동이는 밤이 깊어 소금점 문을 닫을 무렵에야, 두 사람이 함께 거나하게 술에 취해 돌아왔다. 그들 두 사람은 소금오쟁이도 곡식자루도 없이 빈 지게를 지고 끄덕거리며 소금점 안으로 들어섰다. 그들의 지게가 비어 있는 것을 본 새끼내 사람들은, 그들이 걱정했던 대로 두 사람이 소금오쟁이를 물속에 처박았거나 아니면 강도를 만난 것이 틀림없으리라 헤아리고 소스라치게 질린 얼굴로 서로를 마주보았다.

"어찌된 겨?"

손팔만이가 주인의 눈치를 살피며 죽어가는 목소리로 막동이의 어깨를 찍어 잡고 물었다.

"기분이 좋아서 탁배기 한잔 걸쳤구만!"

천 서방이 빈 지게를 소금점 판자문에 동댕이치듯 부리며 말했다.

"기분이 좋아서요?"

웅보는 천 서방의 기분 좋다는 말에 적이 마음을 가라앉히려고 애를 쓰며 반문을 했다.

"여기 소금 값이외다."

막동이와 천 서방이 고의춤을 까고 엽전들을 마루 위에 쏟아놓자 그들을 속 타게 기다리고 있던 새끼내 사람들의 얼굴이 다시 한 번 확 변했다.

소금점 주인은 말없이 엽전들을 셈하고 나서 두 사람을 보며 빙긋이 웃었다. 셈을 하고 보니, 받아오라는 소금 값보다 많았기 때문이다.

"어찌된 겨?"

염주근이가 막동이에게 물었다.

"천 서방을 데리꼬, 옛날 내가 종살이하던 마을로 갔었구만."

"강을 건넜단 말여?"

판쇠였다. 그렇게 묻는 판쇠도 막동이처럼 지난날에 종살이를 하던 마을에나 가볼 걸 그랬구나 생각하고 있었다.

"그래서, 그래서 어쨌는가?"

판쇠가 재촉하듯 물었다.

"옛날에 모시고 있던 쥔마님이 천 서방 것까지 한꺼븐에 사주셨재."

"그랬었구먼. 그런 것도 모르고 우리는 헛걱정만 했었재."

덕칠이가 돌아갈 길을 서두르느라고 그날 벌이를 한 곡식자루를 들고 일어섰다.

"막동이 덕분에…… 오늘 아조 포오식을 했구마안."

천 서방은 기분이 좋은지 배를 장구통처럼 뚝 내밀고 입을 크게 벌리고 웃으며 말했다.

"그란디 왜 이리 늦었누?"

잠자코 있던 칠복이 영감이 나무람 하듯 물었다.

"오랜만인디 워찌게 그냥 소금만 팔고 되돌아올 수 있었것남요. 들에 나가서 나락을 베주고 저녁꺼정 얻어묵고 오느라고 그만……."

막동이는 밤이 깊도록 두 사람을 기다리고 있던 새끼내 사람들한테 미안한 마음이 드는지 말끝을 흐리며 왼손을 뒤통수에 가져갔다.

"아직나절 새참 묵고, 점심 묵고 또 적나절 새참 묵고, 저녁 묵고…… 한 사흘 묵을 것을 오늘 다 묵어뿌렀구만!"

천 서방은 그러면서 하품을 한 뒤 우적우적 씹어 삼키는 시능을 해 보였다.

새끼내 사람들이 그날 하루 벌어온 곡식을 한데 모아놓자, 쌀이 가득 찬 부잣집 큰 멱서리도 부럽지가 않았다.

새끼내 사람들은 날마다 소금 장사를 하였다. 벌어들인 곡식을 모으는 재미로 고단한 것도 잊었다.

며칠 후부터는 남정들뿐만이 아니라 아낙들까지도 소금 소쿠리를 이고 나섰다. 아낙들은 소금뿐만이 아니고, 선창거리에 나가서 젓갈이나 바닷고기, 소금에 절인 고등어, 갈치를 이고 다니면서 팔았다. 추수 때인지라 바닷고기나 젓갈은 이고 간 족족 다 팔렸다. 영산포 선창에는 갖가지 젓갈이 많았다. 새우젓, 멸치젓, 반지락젓, 잡젓, 게젓, 어리굴젓, 창난젓, 명란젓, 대구알젓, 고록젓, 숭어알젓에서부터 전어 창자로 만든 돔배젓, 해삼창자로 만든 해창젓에 이르기까지 헤아릴 수도 없었다. 그래서 영산포 선창거리에만 나가면 비릿한 젓 냄새가 창자 속까지 뚫고 들어오는 듯싶었다. 젓 동이를 이고 다니며 젓 장사를 하고 있는 새끼내 아낙들에게서도 젓 냄새가 풀풀 났다.

영산포 사람들은 새끼내를 염한이네 마을이라고들 불렀다. 그러나 그들은 부끄러워하지 않았다.

그날도 새끼내 남정들은 날이 어두워서야 소금 지게를 선창에 맡겨두고 떼거리로 마을로 돌아오고 있었다. 들에는 어둠이 덮쳤는데도 등불을 잡고 볏단을 져 나르는 농사꾼들의 모습이 보였다. 지난여름에 시위가 나서 큰물이 온통 들판을 갈퀴질해버린 듯싶었는데도, 농사꾼들은 쭉정이라도 거두어들이기에 바빴다.

웅보는 손잡이 쪽을 날카롭게 팽이처럼 깎고, 끝이 새총 가장이처럼 벌어진 실팍한 참나무 작대기로 물억새잎들을 휘저으며 걸었다. 그는 소금 장사를 시작한 뒤부터 소금 지게를 선창에 맡겨두고 밤에 돌아올 때나 아침에 마을을 나설 때는 버릇처럼 참나무 작대기를 휘두르며 걷곤 하였다.

"그 눔에 작대기는 지랄헌다고 휘둘러쌓는가. 그러다 다칠까 무섭구만" 하고 웅보를 바짝 따라오던 염주근이가 밉지 않게 투덜댔다.

"이 사람아, 염한이는 작대기 하나 믿고 댕긴다고 안허든가. 염한이 작대기는 백년 묵은 여우도 무쉬헌다네."

그러면서 웅보는 더욱 기세 좋게 참나무 작대기를 휘둘러대는 것이었다.

"또 그 눔에 백여수 잡은 소금장수 이야기여?"

염주근이는 얼마 전 웅보한테서 들은, 소금장수가 백년 묵은 여우를 잡았다는 옛날이야기를 떠올리며 실없이 웃었다.

옛날 어느 곳에 소금 장수가 살고 있었다고 한다. 하루는 소금을 한 짐 짊어지고 얼마쯤 가다 보니 산등성이의 무덤이 들썩들썩하였다. 너무 이상해서 소금 장수가 몸을 숨기고 살펴보니, 들썩거리던 무덤 속에서 꼬리가 하얗게 센 여우 한 마리가 나와서 재주를 세 번 넘더니, 호호백발 할머니로 둔갑하고 산 고개를 넘어가는 것이었다. 소금 장수는 슬금슬금 여우의 뒤를 따라갔는데, 할머니로 둔갑한 여우는 가까운 마을 한창 잔치를 벌이고 있는 집으로 쑥 들어갔다.

잔칫집에서는 할머니가 오셨다면서 큰 상을 보아 대접을 하였다. 이때 소금 장수가 뛰어들어 참나무 지겟작대기로 단번에 큰 상을 받아 맛있게 먹고 있는 할머니를 후려쳤다. 작대기에 맞은 할머니는 여우로 변하면서 죽었다. 소금 장수는 큰 대접을 받았다.

이것을 본 그 마을의 욕심쟁이가 많은 돈을 주고 소금 장수한테서 그 지겟작대기를 샀다. 욕심쟁이는 많은 돈을 주고 산 작대기를 가지고 이웃 마을의 잔칫집을 찾아가 손님으로 온 할머니를 때려 죽였으나 여우가 아니라 정말 사람이었다. 그래서 그 욕심쟁이는 매를 맞아 죽었다고 하였다.

"웅보 자네도 그 작대기로 사람을 잡는디 조심혀!"

염주근이가 농을 걸었다.

"나는 여수허고 사람허고 구별을 헐 줄 안다네!"

웅보는 웃으면서 염주근을 돌아보았다. 그는 김치근을 잃은 뒤로, 요즈막에는 염주근이와 가깝게 지내는 터였다. 염주근이는 성질이 남달리 급하여, 깊은 생각 없이 내키는 대로 씀뻑씀뻑 앞뒤 안 가리고 함부로 말을 뱉거나 행동이 경솔해서 탈이지 마음의 본바탕은 물달 개비 잎보다 더 부드러웠다.

게다가 그는 지난겨울에 마누라까지 잃어 세상살이에도 억척스럽 지가 못했다. 그는 늘 늙은 어머니만이 아니라면 지리산(智異山)이나 불갑산(佛甲山) 같은 큰 산에 들어가 포수가 되는 것이 소원이라고 말했다.

염주근의 죽은 아버지는 이름난 몰이꾼이었는데, 백암산(白巖山)에 서 총도 없이 창으로 송아지만한 멧돼지를 잡았다고 자랑하는 소리를 여러 번 들었다. 그의 아버지는 주인을 따라 사냥질을 하러갔다가 설맞은 멧돼지한테 물려죽었다고 하였다. 그리고 아버지가 죽은 뒤 부터는 아버지 대신 몰이꾼으로 주인나리를 따라다녔다고 하였다. 그는 몰이꾼으로 따라다닐 때의 이야기를 하라고 하면 맥이 없다가 도 금세 힘을 타서 팔팔해지곤 하는 것이었다.

"창만 하나 있음사 나도 죽은 울 아부지 모양으루 멧돼지를 잡을 수가 있겠는디……."

웅보 생각에 그렇게 말하는 염주근이가 언젠가는 새끼내를 떠나 그의 소원대로 깊은 산속으로 들어가 사냥꾼이 되어버릴 것 같았다. 그러나 웅보는 염주근이를 늙어죽을 때까지 새끼내에 붙잡아두고 싶었다. 그와 함께 살아가고 싶었다. 이상하게도 염주근한테서 죽은 김치근의 모습을 발견하는 때가 많았다.

얼마 전 웅보는, 염주근이가 말바우네 주막에 왔다가 대장장이였다는 죽은 말바우 아버지가 쓰던 모루채를 보더니, 화덕만 있으면 사냥 창을 만들 수 있다면서 좋아하는 것을 보고, 그 무거운 쇠모루를 끙끙대며 감춰버리지 않았는가. 웅보는 집안에 있는 쇠토막 하나까지도 모두 감춰버렸다.

남정들이 새끼내 마을 가까이 버드나무가 뒤엉킨 물목굽이에 이르렀을 때, 생선이며 젓갈붙이들을 팔고 늦게야 돌아오는 여남은 명이나 되는 아낙들과 만났다. 아낙들 가운데는 웅보의 아내 쌀분이의 모습도 보였으며, 덕칠이, 판쇠, 막동이의 처, 천 서방 딸 방울이도 있었다.

천 서방의 딸 방울이는, 댕기머리 치렁치렁 늘인 처녀가 젓 동이를 머리에 이고 이집 저집 낯선 동네를 훑고 다니는 것이 천덕스럽기도 하고 외설스럽기도 하니 그만두고, 마을에 있으면서 밤늦게 돌아오는 사람들 요기할 것이나 만들라는 마을 어른들의 만류를 뿌리치고 뿌득뿌득 선창으로 나가곤 하였다. 방울이는 긴 댕기머리를 감추기 위해 머리를 흰 무명수건으로 싸매고 다녔지만, 수건 속에 감춰진 머리를 보지 않더라도 시집 안 간 처녀라는 것이 보송보송한 얼굴에 아무나 읽기 쉽게 씌어 있는 것만 같았다.

방울이가 젓동이를 이고 나서는 것을 그 누구보다 쌍지팡이 휘두르며 말린 사람은 쌀분이였다. 쌀분이는 그녀의 남편 웅보가 방울이의 밑구멍에서 게 껍질들을 뽑아내준 일이 있은 뒤부터 은근히 방울이한테 마음을 쓰는 듯싶었다. 쌀분이는 방울이와 웅보가 어쩌다가 눈이 마주치는 것만 봐도 눈꽁댕이를 송곳처럼 빳빳하게 세우는 것이었다. 게다가, 방울이는 젓 동이를 이고 한사코 웅보가 소금 장사를 나가는 쪽으로 따라나서려고 하는 바람에 쌀분이의 심정을 갈퀴질하듯 긁어놓곤 하는 것이었다.

사람 좋은 웅보는 자기를 따라가겠다는 방울이를 말리지 않았다. 그래서 방울이가 웅보를 따라나서는 날 밤이면 웅보 내외 사이에 티격태격 가벼운 입씨름이 오갔다.

"남자와 여자란 것은 뒷간에서 얼핏 마주치기만 해도 정이 붙는다는디, 항차 병을 고쳐준담서 처자 응뎅이를 까고 찝게로 밑구멍에 맥힌 게껍질들을 다 뽑아줬응께 오직허겠소. 그 뒤버텀 방울이 그년은 시집도 안 가겠담서, 마음속에 이녘 생각만 품고 있는 거랑께요. 지랄맞은 년이 배가 고파도 게를 어지간히 삶어서 처묵을 일이재, 배가 터지게 깨물지도 않고 처묵어갖고는……."

쌀분이는 심심하면 입버릇처럼 방울이를 입에 올리곤 하였다. 그때마다 웅보는 허허 웃을 따름이었다.

"어헛, 고운 사람 미운 디 없고 미운 사람 고운 디 없는 벱이여. 맘씨 고운 방울이 너무 미워해쌓지 말어. 꽃 같은 이녁 두고 내가 무신 딴 맘을 품는다고 그려!"

그것은 웅보의 진심이었다. 그는 막음례와 양 진사 댁 안방마님과의 일을 마음속으로 늘 미안하게 생각해온 터라, 앞으로는 그와 같은 일로 쌀분이의 마음을 상하게 하고 싶지가 않았다.

"이녁은 무신 놈의 팔자가 그런가 모르겄어라우. 얼굴이 얼금뱅이인 디다가 가진 것도 없고 잘난 디도 없는디 지랄 맞게 여자복 하나는 타고나갖고, 내 속을 상허게 허는가 몰라."

쌀분이가 그렇게 막음례와 방울이를 빗대어 웅석을 부리는 날 밤에는 웅보는 그런 아내를 더 특별히 사랑해주었다. 쌀분이한테 외곬으로 정을 듬뿍 쏟는 것으로써만 목구멍에 고기비늘이 걸린 것처럼 꺼림칙한 마음을 조금이나마 씻을 수가 있었다.

마을 어귀 물목굽이에서 아낙들과 만나자, 앞서 가던 판쇠가 갑자기 목청을 돋우어 호남가를 뽑았다. 그는 이상하게도 아낙들이 여럿 있는 곳에서는 누가 시키지 않아도 제 흥에 겨워 노랫가락을 뽑곤 하는 것이었다.

함평천지 늙은 몸이 광주고향 바라보니, 제주어선 빌어 타고 해남으로 건너올 제, 흥양의 돋은 해는 보성에 비쳐 있고, 고산에 아침안개 영암에 둘러 있고, 태인하신 우리 선군 영학을 장흥하니, 삼대육경은 순천심이요 방백수령은 진안민이라. 인심은 함열이요 풍속은 화순이니, 고창성에 홀로 앉어 나주풍경 바라보니, 만장운봉 높이 솟아 층층이 익산이요, 백리담양에 나리는 물은 구부구부 만경이요, 용담에 맑은 물은 이 아니 용안처며, 능주에 붉은 꽃셜 곳곳마다 금산이라. 남원의 봄이 들어 왼갖 화초 무장하매, 나무나무 임실이요 가지가지 옥과로다. 이촌은 무주하고 서일은 영광이라, 창평한 좋은 세상 무안을 일사문이, 사농공상 낙안이요 부자형제 동복이라. 강진에 상고선은 진도로 건너온다. 금구에 금을 일어 쌓노니 금제로다. 농사하는 옥구백성 임피에 누웠구나. 정읍에 천맥법은 납세인심 순창허니, 고부청청 양류색은 광양춘기 새로웁다. 곡성에 묻힌 선비 구례도 하거니와 흥덕하게 심써하니 부안국가 이 아니랴. 우리 호남 군은 법성 전주백성 거나리고, 장성을 멀리 싸고 장수로 돌아난다. 여산석에 칼을 갈아 남평루에 꽂았시니, 어떠한 방역객이 놀고 가기를 질거하랴.

판쇠는 배고픈 것도 잊고 턱짓까지 하며 한껏 목청을 돋우었다. 그는 노랫가락만 뽑았다 하면 온갖 시름 다 잊고 기운이 폭포처럼 솟는 듯싶었다. 웅보는 그런 그가 부러웠다. 그러나 소리를 좋아하는 판쇠도 언젠가는 새끼내를 떠나버릴 것만 같은 생각이 들었다.

영산강을 건너던 날, 구슬에 살다가 종에서 풀려나온 판쇠를 처음 만났을 때부터, 그는 한곳에 오래 머물러 있고 싶지가 않다고 하였다. 그때 판쇠는 여러 사람들 속에서 변강쇠타령 한 대목을 뽑고 나서, 도방살림이나 하겠노라고 농담 반 진담 반으로 말했었다. 그때 그의 말로는 영산포에 잠시만 눌러 있다가, 법성포로 해서 강경 쪽으로 올라가겠노라고 했었다.

그런 판쇠를 덕칠이와 막동이가 끌고 오다시피 하여 새끼내에 발을 붙이게 한 것이었다.

웅보는 사냥꾼이 되고 싶어 하는 염주근이 못지않게, 도방살림이나 하며 떠돌음하고 싶어 하는 판쇠 역시 좋아했다. 그들 두 사람은 이상하게도 사람을 끌어당기는 힘이 있는 것 같기도 하였다. 웅보는 염주근이와 판쇠를 새끼내에 죽을 때까지 붙잡아두고 싶었다. 새끼내에 그들이 뿌리를 박고, 죽는 날 서로의 무덤에 떼를 입혀준다면 얼마나 좋을까 하고 생각했다.

그러나 염주근이가 쇠붙이 조각만 보면 사냥 창을 만들겠다고 공그르는 것과 마찬가지로, 판쇠 역시 굶어죽어도 좋으니 이름난 소리 선생을 만나 득음을 하고 싶다고 입버릇처럼 말했다. 그는 아무리 천한 신분이라도 소리만 잘하면 임금님한테서 금으로 된 토시(吐手)를 하사받을 수가 있고, 어전에 드나들며 공경대부(公卿大夫)의 부름을 받을 수가 있다고 하였다.

그러면서 판쇠는 웅보가 처음 듣는 당대의 유명한 소리꾼들의 이야기를 『춘향전』이나 『심청전』 이야기하듯 재미있게 하였다. 판쇠한테서 자주 들은 소리꾼들은 송홍록, 송광록 형제, 광록의 아들 우룡이, 우룡의 아들 만갑이 등 송 씨 집안 사람들이었다.

판쇠의 말로는 송홍록이라는 운봉(雲峰) 사람은 귀신의 울음소리와 똑같은 귀곡성을 낸 명창이었다고 하였다. 어느 날 밤, 진주(晉州)의 촉석루에서 소리를 한 일이 있었는데, 옥중가 중에서 귀곡성을 내는 대목에 이르러 창거창래(唱去唱來) 진경에 들어가자, 갑자기 바람이 일고 수십 개의 촛불이 일시에 꺼지면서 하늘로부터 귀신의 우는 소리가 들려왔다고 하였다.

송흥록이 십 년 동안이나 산속에 들어가 소리 공부를 마치고 세상에 나와, 감영에 불려가 소리를 하였다. 좌중이 모두 명창이라고 찬사를 아끼지 않았는데, 감사의 수청기생인 맹열이라는 기생만이 칭찬을 하지 않았다. 흥록이 기생한테 그 이유를 묻자, 입에서 피를 세 동이쯤 토하면 천하의 명창이 될 것이라고 하면서, 아직은 미진한 곳이 너무 많다는 말을 하였다.

흥록은 그길로 운봉 비전리 폭포 아래서 석 달 동안 목 틔는 공부를 했는데, 어느 날 목에서 새까만 조약돌 같은 것이 치밀어 나오자 붉은 피가 세 동이쯤 쏟아져 나왔다고 하였다. 그 뒤부터 막힌 목이 터지고 높은 소리를 내면 폭포 밖까지 쩡쩡 울렸다고 하였다.

판쇠는 또, 부름을 받으면 가마를 타고 다니는 형님을 따라 북을 걸머지고 가마 뒤를 강아지 따라다니듯 따라다니며 온갖 괄시를 받아오다가 참지 못하고 가족들 몰래 제주도 한라산으로 숨어들어 오 년 동안의 독공 끝에 득음을 했다는 송흥록의 아우 광록의 이야기며, 대원군으로부터 총애를 받아 무과 급제로 선달을 시켜주고 오수경(烏水鏡)과 금토시를 하사받은 순창 사람 박유전이라는 소리꾼 이야기 외에 나팔소리, 인경소리까지 그대로 내는 광주 사람 이날치에 대해서도 이야기했다. 웅보도 새타령을 잘 부른다는 소리꾼 이날치의 이야기는 노루목 양 진사한테서 자주 들었던 것 같았다. 웅보는 언젠가 상전한테서 천 냥을 걸고 노래로 사람을 울리기 내기를 하여, 이날치라는 소리꾼이 이겼다는 이야기를 들었었다.

판쇠는 늘 자신도 언젠가는 득음을 하여 이름난 소리꾼이 되기 위해 가족들을 버리고 깊은 산으로 들어가게 될지도 모른다는 말을 하였다. 그는 지금도 혼자 들에 나가서 새 소리며 송아지 울음, 닭 우는 소리를 흉내 내기도 하고, 영산강변에서 목청을 좌우로 젖혀가면서 힘차게 소리를 뿜어내는 아귀성이며 가늘고 희미하면서도 분명한 살세성, 귀신의 울음소리 같은 귀곡성, 높고 멀리까지 들리는 덜미소리, 튀어나오는 천구성, 간장을 끊는 듯 슬픈 소리의 애원성 등을 혼자 닦기도 하였다.

웅보는 마음속으로 판쇠가 이날치와 같은 이름난 소리꾼이 되기를 빌면서도, 그렇게 되자면 하는 수 없이 새끼내를 떠나야 하지 않겠느냐는 생각에, 먼저 그와 헤어지고 싶지 않은 서운함에 마음이 죄어드는 것이었다.

하기야 요즈막 새끼내를 떠나려는 눈치를 보인 것은 비단 염주근이와 판쇠뿐만 아니었다. 웅보의 동생 대불이도 형이 하는 일에 뜨악해져서는, 새끼내 남자들이 모두 소금지게를 지고 나섰는데도 그만은 죽어도 염한이가 되지 않겠노라면서 말바우 주막에만 붙박여 있지 않는가.

대불이는 지난여름 복암사에서 주모 말바우 어미와 그런 관계가 있은 뒤부터는 은근히 형의 그늘에서 떨어져나가려고 하는 눈치였다. 쌀분이가 웅보한테 귀띔을 하기로는, 요즈막 대불이가 말바우 어미한테 주막을 아예 선창거리로 옮겨가자고 욱대기다시피 하는데도 말바우 어미 쪽에서 말을 들어주지 않는다고 하였다.

웅보는 새끼내 사람들이 소금 장사며 젓 장사를 하여 먹을 것이 여투어지자 저마다 생각들이 달라지고 마음 씀씀이도 느긋해져, 당초 새끼내에 터를 잡게 된 뜻이 무지개처럼 하늘에 떠버릴 것을 걱정하게 됐다. 그는 자칫하다가는 새끼내 사람들이 농사꾼이 될 생각은 잊어버리고 장사꾼으로 만족해버릴지도 모른다는 생각을 했다.

어두워 집에 돌아온 웅보는 저녁을 물리자 서둘러 칠복이 영감을 찾아갔다. 그는 칠복이 영감한테, 지난여름 큰비에 씻겨 내려가 버린 방천 막는 일을 다시 시작하는 것이 좋겠다고 하였다.

"시방부텀 내년 봄꺼정은 큰비가 안 올 텐께, 한바탕 일을 험사, 잘 만 되면 내년에는 우리 땅에 모를 꽂게 되지 않겠는가요?"

웅보의 말에 칠복이 영감은 한동안 말없이 생각에 잠긴 듯한 얼굴로 상반신을 좌우로 흔들고만 있었다.

"새판잽이가 아니겠는가 잉."

칠복이 영감은 땅을 장만하기 위해 다시 방천 쌓는 일을 시작한다는 것이 성큼 마음이 내키지 않는 듯싶었다.

"큰물이 쓸어갔다고는 해도 돌은 그대로 남아 있지요."

"곧 날씨가 추워질 텐디."

"요번에 방천을 못 쌓으면 우리는 평생 땅 한 뙈기 장만 못헐 것이로구만요. 모두덜 장사에 어지간히 재미를 보고 있는디, 이대로 가면 장사꾼들이 되지 않겠남요. 그렇다면 새끼내라는 마을도 필요 없지요. 기왕지사 장사꾼이 될라면 선창에 나가 살어야지요. 우리가 소금 장사에 나선 것은 어디까지나 임시방편이라고 생각허고, 우리 손으로 땅을 장만해야 후담에 보잘 것이 있습니다요. 우리 자식들헌티는 땅을 물려줘야지요. 생각해보씨요. 막말로 자식들헌티 소금지게를 물려줄 수는 없는 일 아니겠남요.”

웅보의 말에 칠복이 영감도 마음이 움직인 듯싶었다. 칠복이 영감은 상반신을 좌우로 흔드는 것을 멈추더니 커다랗게 고개를 끄덕거렸다.

“그렇다고 당장 소금지게를 벗어던지고 방천 쌓는 일만 헐 수는 없지 않은가?”

칠복이 영감은 곰방대에 썰거리를 넣어 엄지손가락으로 꾹꾹 누르며 웅보의 의견을 물었다.

“거야, 입에 풀칠을 해야 허니께, 일부는 장사를 계속허고 나머지는 방천을 쌓아야죠.”

“그렇게 허두룩 허세. 당장에 부락회의를 붙이세.”

“오늘밤 당장 모이두록 허죠.”

“그러세.”

이렇게 해서 그날 밤에 새끼내 부락회의가 열렸다.

새끼내에서는 마을에서 큰일을 결정할 때마다 징을 느리게 울려서 부락회의를 열었다. 징소리를 들은 마을 사람들은 잠자리에 들려다 말고, 서둘러 말바우네 주막의 돈단으로 나갔다. 부락회의에는 혼인을 한 남자들만 참석하게 되어 있었다. 한 집에 혼인을 한 남정이 두 사람 이상이면 나이가 많은 쪽이 참석을 했다.

그러나 마을 사람들 전체가 모여야 할 위급한 일이 있을 때는 징을 다급하게 휘모리 가락으로 두들기는 것이었다. 새끼내에서 징이 휘모리 가락으로 거칠게 울었던 것은 지난여름 물난리 때 한 번 있었다.

밤이 늦었는데도 말바우네 주막 앞 돈단에는 얼추 서른 명 남짓 모였다. 요즈막 안팎으로 장사를 하여 먹고살기가 느긋해지자 그들의 얼굴에는 반들반들 생기가 도는 듯싶었다.

칠복이 영감이 대충 부락회의를 붙인 뜻을 말하자, 여기저기서 마땅찮게 툴툴거리는 소리가 튕겨 나왔다. 얼핏 살피건대 대부분의 사람들이 방천을 다시 쌓는 일에 반대를 하는 것 같았다. 칠복이 영감과 웅보가 짐작한 대로였다. 장사가 잘 되어 먹고사는 일이 걱정 없는데, 언제 또 큰비가 쏟아져 갈퀴질해버릴지 모르는 방천을 다시 쌓자는 거냐고 불평들을 하였다.

"하느님이 말리는 일을 미쳤다고 헙니까. 방천을 쌓아서 땅을 장만하기란, 감자밭에 가서 바늘 찾자는 거나 진배없는 일이요. 딴생각 말고 장사나 잘합시다. 잘못하다가는 게도 구덕도 잃습니다요."

선창에서 하역인부 노릇을 하겠다고 눌러 있다가, 돌뫼에서 같이 산 덕칠이를 따라 지난여름 새끼내에 발을 붙인 봉구가 칠복이 영감을 향해, 여러 갈래로 찢어지는 목소리로 따지듯 하였다.

"봉구 말이 천 번 만 번 옳은 소리요."

여기저기서들 봉구의 뜻에 찬동을 표시했다.

"글치만, 장사가 언제꺼지나 잘 된다고 볼 수는 없는 일이 아니오? 장사가 잘 안될 때를 생각해서 미리 작량을 해두는 것도 나쁠 것이야

없지요.”

막동이가 엉거주춤한 의견을 내놓자 “그것은 그때 가서 결정헐 일이 아니여!” 하고들 막동이의 의견을 무질러버렸다.

“미련허게 기름 엎지르고 깨 줍는 짓은 허지 맙시다. 땅이야 우리가 장사를 잘해서 번 돈으로 살 수도 있잖남요.”

덕칠이까지도 방천 막는 일에 반대를 하고 나섰다.

웅보는 희끄무레한 관솔불빛 사이로 칠복이 영감을 보았다. 칠복이 영감은 잠시 할 말을 잃고 있었다. 워낙 반대하는 편이 많은지라 말을 잘못 꺼냈다가는 빙충이만 될 것 같아, 아예 입을 다물고 웅보가 대신 나서주기만을 기다리고 있는 눈치였다.

웅보는 다시 염주근이와 판쇠의 얼굴을 찾아보았다. 그들 두 사람은 마치 남의 일 구경하듯 말 한마디 없이 앉아 있기만 했다.

회의의 결론은 이미 확연하게 드러나 있었다. 더 말을 해봤자 시간만 낭비라는 표정으로 하품을 쩝쩝 삼켰다.

“듣자허니 모두덜 방천 쌓는 일은 포기허는 쪽으로 의견이 기울어진 것 같구만요. 사실 오늘밤에 부락회의를 열자고 헌 것은 나였습니다요. 그래서 지 입장을 대충 이야기헐까 헙니다요.”

웅보는 말문을 열고나서 다시 한 번 염주근이와 판쇠의 얼굴을 보았다.

“사실 새끼내에 먼첨 발을 들여놓은 것은 우리 형제였지요. 지가 새끼내에 발을 붙인 것은 염한이가 되자는 생각은 댐배씨만큼도 없었고, 농사를 지을 땅을 장만허고 싶은 욕심 때문이었지요. 그래서 우리 형제는 참 썩은 사내끼로 호랑이 잡는 식으로다가 겁도 없이 방천 쌓기를 시작했지요. 그러던 차에 선창에 머물러 있던 여러 친구들이 왔고, 힘을 합쳐 마을을 맨들고, 샘도 파고, 장차 당산나무가 될 팽나무도 심고, 땅을 장만하기 위해 방천도 쌓았지요. 허나 지난여름에 방천이 옴씰허게 떠내려가뿔어 도로 아미타불이 되었구만요.

들자허니 모두덜 장사가 잘 되니께 방천 쌓는 일은 포기허자는 이야긴디요, 물론 당장 살기에는 염한이가 되는 것이 좋겠지요. 허재만 사람이라는 거는 내일을 보고 살어야 헙니다. 굼벵이 천장허듯 살다가는 백년이 지나도 그 팔자지요. 또 마을이 생겼으면 마땅히 땅이 있어야지요. 땅 없는 마을은 도깨비집 장만헌 거나 진배없는 일이 아니겠남요. 깨놓고 말해서 우리덜 모두 장사꾼이 되자면 선창에 나가 살어야재 왜 새끼내서 웅게웅게 모여 삽니까요.

또, 장사를 해서 묵고살기가 쬐끔 늘어졌다고 해서 맘이 변한 것 같은디요, 우리가 묵고사는 일이라면 종놈 노릇헐 때같이 배터지게 잘 묵었간디요. 그렇다면, 묵고사는 일이 전부라면 우리덜 모두 다시 종놈이 되어 상전을 모시면 싹 해결이 되지요. 적어도 내 생각은 그렇습니다. 내가 종놈의 신세를 면허자고 헌 것은 돼야지모냥 배불리 묵고사는 것 때문이 아니고, 내 것, 웅보 것을 갖고 싶었기 때문이지라우. 그래서 나는 첨부터 선창거리 등짐꾼이 안 되고, 내 땅을 장만헐라고 새끼내로 곧장 왔었지요. 우리가 시방 종놈 신세를 면했다고는 허지만, 깨놓고 말해서 가진 것이 뭣이 있소.

그래서 마지막 한마디만 더 허고 싶은 것은, 우리 다 같이 힘을 합

해서 우리 고향을 맨들자 이것입니다요. 대대로 자식들헌티 물려줄 고향을 맨들자 허는 거지요. 후담에 자식들이 커서도 고향이 없이 떠돌아 댕긴다고 생각해 보씨요. 그리고 자식들이 우리덜 고향이 어디냐고 묻는다 치면 뭣이라고 대답헐라요. 내 고향은 종살이 허던 아무개 진사네 동네라고 대답헐 거요? 사람이 고향 없는 것보담 더 짜잔한 것은 없는 것이요.

자, 그러니 우리 다 같이 우리덜 고향을 맨들어 봅시다. 고향을 맨들자면 땅을 장만해야지요. 우리덜 자식들이 커서 며느리를 데려오고 딸을 시집보내게 되면, 우리 땅에서 우리가 거둔 곡식으로 떡도 맨들고 술도 빚어서 사둔네 집에 보내야 헐 것 아니겠어요. 모두덜 싫다면 허는 수 없지요. 나 혼자서라도 내일부텀 방천을 쌓기 시작헐라요."

웅보가 긴 이야기를 마치자 좌중이 찬물을 끼얹은 듯 조용했다. 밤바람에 영산강 물비늘 일어서는 소리만이 들려왔다.

남정네들이 밤늦게 모여서 무슨 의논을 한다는 것을 안 새끼내 아낙들은 무슨 일인가 싶어 슬금슬금 말바우네 주막 앞 돈단으로 나가서 멍석딸기덩굴 뒤에 숨어 지켜보았다.

그녀들은 남정네들이 방천 쌓는 일을 포기하자고 했을 때까지만 해도 잠자코 있었다. 기실 여자들이 생각하기에도 고개가 휘어지도록 자갈을 삼태기에 이어 날라 방천을 쌓을 일을 생각하면 성한 목뼈가 괜히 뻣뻣해지는 것만 같아, 차라리 평생 동안 젓 동이를 이고 사는 것이 나을 듯싶었다. 그래서 그녀들도 남정네들 의견 쪽으로 마음이 기울어졌다. 그러던 새끼내 여자들이 웅보의 이야기를 듣고 나서부터 생각이 이내 달라져버린 것이었다. 천 번 만 번 생각을 고쳐 봐도 웅보의 말이 맞았다. 웅보의 말대로 자기 땅을 갖고 한곳에 오래도록 살고 싶었다. 먹고살기에는 젓 동이를 이고 이집 저집 찾아다니는 일이 훨씬 수월할지는 몰라도, 땅 한 뙈기 없이 늙마에까지 정수리가 반들반들하도록 젓 장수 노릇을 해야 한다는 것을 생각하자, 갑자기 눈앞이 캄캄해지는 것이었다.

"쌀분이 서방 말이 맞는겨. 쌀분이 서방이 옳은 말만 골라서 허는구만."

멍석딸기덩굴 뒤에 몸을 웅크리고 있던 판쇠 처가 팔꿈치로 쌀분이의 옆구리를 찔벅거리며 말했을 때, 쌀분이는 마음속으로 오달지게 웃고 있었다.

"우리 땅이 있담사 지랄헌다고 젓동우를 이고 댕길 꺼여! 저눔에 남정네들 늙어 뒈지도록 여편네를 젓장시만 시킬 모양이여. 그러니께 아무 소리도 없는 겨!"

칠복이 영감의 할멈까지 아낙네들 틈에 끼여 기침을 참느라고 버릇처럼 꼴딱꼴딱 침을 삼키며 말했다.

"웅보 말이 옳지 않은감? 아까 웅보허고 잠시 만나 이약을 했네만, 그렇다고 새끼내 사람덜 죄다 방천만 쌓자는 것이 아니고, 한편은 장사를 해서 식량을 여투고, 다른 한편은 방천을 쌓는 것이 좋을 것 같은디……."

칠복이 영감이 웅보의 말에 힘을 입고 침묵을 깼다.

"당최 우리가 계획 시운 대로 헙시다요. 첨에 우리가 새끼내에 모인 뜻은 힘을 합쳐서 땅을 장만허자는 것이 아니었소!"

말 한마디 없이 앉아 있기만 하던 염주근이 입을 열자, 웅보는 어둠속에서 만족스럽게 미소를 삼켰다.

"주근이 말이 옳아요."

뜻밖에 판쇠도 염주근의 말에 동조를 보내주었다. 웅보는 염주근이와 판쇠를 업어주고 싶을 정도로 고마운 마음이 뿌듯하게 목구멍을 차올랐다.

분위기가 웅보의 의견 쪽으로 기울자, 한사코 방천 쌓는 일을 포기하자고 하던 덕칠이와 봉구도 엉거주춤 뒤로 물러앉고 말았다. 기실 깊이 생각해보면 웅보의 말이 옳은 것이었다. 웅보의 이야기를 듣고 나자 자신들의 짧은 소견이 부끄럽기까지 하였다.

회의는 내일부터 다시 방천을 쌓기로 결정을 내리고 끝났다. 칠복이 영감의 말대로 남정네들 열 사람만 소금 지게를 지기로 하고, 열 살 이상에서부터 예순 살까지의 새끼내에 사는 모든 사람들은 방천 쌓는 일에 나서기로 하였다.

웅보가 부락회의를 마치고 방으로 들어오자 쌀분이가 난데없이 탁배기 한 사발을 받쳐 들고 뒤따라 들어오면서 연신 벌쭉벌쭉 웃었다.

"여태 잠도 안 자고 뭣 혀?"

웅보가 탁배기 사발을 들고 들어오는 쌀분이를 보며 밉지 않게 한마디 튕겼다.

"움마 움마, 이녁 생각하고 아순 소리 해감시로 택배기 얻어온 사람헌티 멋이라고 그런다요."

쌀분이는 기분이 좋은지 웅보 곁에 바짝 무릎을 맞대고 앉으며 탁배기가 철철 넘치는 술사발을 코앞으로 드밀었다.

"한밤중에 웬 술이여?"

"목 칼칼헌디 어서 주욱 마시씨요."

"말바우네 모르게 살짝 떠온 거 아니여?"

"움마 움마, 남에 것이라면 지푸락 한 개도 손 못 대는 쌀분이가 아니요. 말바우 엄니가 안자고 있기에 사정해서 한 사발 얻었어라우."

"오늘밤에 뜽금없이 무신 일 났어?"

"하도 오져서 그려요. 어쩌면 그리도 이녁이 자랑스럽다요? 나 오늘밤부텀 막음례 일이랑 방울이 일이랑 싹 잊어뿔기로 했소."

"오늘 저녁에 못 묵을 것을 묵었남!"

"워따 워따, 이녁 오늘밤에 말 참 잘헙디다. 이녁 꼭 소진장의 구변을 타고났소?"

"소진장이라니?"

"삼신할미헌티 그렇게 안 빕디. 명은 삼천갑자 동박삭을, 구변은 소진장이를 타고나라고!"

"허, 허허!"

웅보는 한바탕 웃고 나서 사발을 받아 단숨에 주욱 들이켰다.

"오늘밤 이녁이 노루목 진사 나리보담 훨썩 똑똑허고 잘나 뵈이데요. 오져서 죽겄당께!"

"아니 요 여편네가 자기 냄편을 딴 남정헌티 빗대는 버르장머리는 어디서 배웠다냐?"

웅보가 벌컥 화를 내는 바람에 쌀분이는 갑자기 침 맞은 지네처럼 할 말을 잃고 샐쭉하게 돌아앉아 버렸다.

"나는 이 세상에서 쌀분이보담 더 이쁜 여자는 한 사람도 없다고 생각허는디, 이녁은 하늘만치나 귀한 냄편을 딴 남정헌티 빗대는 겨?"

웅보는 웃으면서 말했고, 그제야 쌀분이는 다시 웅보 쪽으로 돌아앉아 헤벌어지게 웃었다.

3

새끼내 말바우네 주막 뒷등걸에 빨갛게 물든 옻나무의 잎이 떨어지고, 영산강변의 갈대가 짙은 갈색으로 변하기 시작하자, 강의 상류 쪽에서 매서운 바람이 쌩쌩 몰아쳐왔다.

쭉정이 벼를 거두어들인 들판은 을씨년스럽게 텅 비고, 매서운 바람에 놀란 영산강물이 요동을 쳤다.

햇살이 다사롭게 느껴졌으나 바람이 너무 날카로워 방문 밖에 나서기가 싫어졌다. 가을과 겨울 사이에는 바람이라는 두껍고 세찬 계절의 벽이 가로놓인 듯싶었다. 들판이 텅 비면서 바람이 거칠어졌고, 바람이 거칠어지자 가으내 잠들어 있었던 영산강이 다시 새벽과 저녁에 울기 시작했다.

겨울은 잔인하게 풍성했던 나무들의 옷을 홀랑 벗겨가 버렸다. 곳간에 식량을 가득 쌓아두고 눈이 오기를 기다리는 부자들의 눈에는 앙상하게 옷 벗은 나무들이 아름답게 보일지 몰라도, 여투어놓은 양식이 달랑달랑한 가난한 사람들은 죽음만큼 싫은 굶주림이 서서히 다가오는 것 같은 오싹한 무서움을 느끼게 마련이었다.

첫눈이 소복하게 내리자 새끼내 사람들의 마음이 덜컥 내려앉았다. 눈이 내리면 길이 미끄러워 소금 지게를 지고 다닐 수도 젓 동이를 이고 장삿길을 떠날 수도 없기 때문이었다.

소갈머리 없는 아이들만이 어른들의 걱정을 알 턱이 없는지라, 떼 지어 고샅을 뛰어다니며 좋아했다.

나무 없다 부엉
양식 없다 부엉
걱정 마라 부엉

아이들은 새끼내에 온 후 처음 내린 눈을 흠씬 맞으며 깡충댔다.

지난 가을 몇 달은 아무 걱정 없이 잘 보냈다. 소금 장사와 젓 장사 덕택에 굶주리지 않았기 때문에 아이들도 토실토실해진 듯싶었다.

다시 쌓기 시작한 방천도 여름의 큰비가 쓸어버린 것을 복구하여 얼거리는 되어 있고, 부지런히 자갈과 흙으로 사춤을 메우기만 하면 곧 매조짐이 될 것이었다. 새끼내 사람들은 그들이 쌓은 방천이 거의 완성이 되어가는 것을 볼 때마다 종의 신세를 면한 후 처음으로 땅을 마련하기 위해 자기네들 일을 했다는 뿌듯한 마음에 보람을 느꼈다.

첫눈이 술술 내린 그날도 새끼내 사람들은 불을 피워 손발을 녹여

가며 자갈과 흙을 날라다 방천의 사춤을 메우기에 바빴다. 그날은 눈 때문에 장사를 나가지 못한 사람들도 소금 지게 대신 싸리바지게를 지고 나왔다.

첫눈이 내린 날 해거름에 웅보 어머니가 새끼내에 왔다. 그들의 상전이었던 노루목 양 진사가 웅보와 대불이 형제를 급히 데려오라고 해서 왔다는 것이었다.

"뭣 땜시 우리 형제를 오라고 헌답뎌."

웅보가 어머니한테 물었다.

"내가 으디 알겄냐. 가보면 알겄제 잉."

웅보 어머니는 집에 들어서면서부터 쌀분이의 붕숭하게 불어 오른 배를 보고 입이 광주리처럼 벌어지더니, 기분이 좋은지 밝은 얼굴로 며느리만 보고 있었다.

"암턴 가봅시다 그려."

대불이는 오랜만에 노루목에 가서 친구들을 만나보고 싶었다. 그는 한동안 말바우네 주막 술청에만 붙박여 있더니 요즈막엔 방천 쌓는 일을 열심히 도와주었다.

"나는 가기 싫다. 내년 봄에 아부지 어머니를 뫼시러 가기 전에는 발걸음을 허기 싫어!"

웅보는 그의 말대로 상전 집에 가기가 싫었다. 그는 해동이 되어 여태껏 양 진사 댁에 빌붙어 사는 부모님을 모시러 가기 전에는 영산강을 건너지 않겠다고 작정한 지 오래였다. 양 진사 댁에 가게 되면 막음례를 다시 보게 될 것이고, 마님도 만나게 될 터인데 그러기가 싫었다.

"고집부리지 말고 새벽에 일찌거니 떠나자. 느그 아부지 말로는 좋은 일이 있을 것 같다더구나."

"좋은 일이라니오?"

어머니의 말에 대불이가 관심을 보이며 다급하게 되물었다.

"내사 으찌기 알겄냐."

"대불이 너나 가보그라. 나는 안 갈란다."

웅보는 완강히 거절을 하였다. 그는 혹시 양 진사가 웅보와 마님과의 관계를 알고 크게 벌을 주려고 그러는가 싶기도 하여 괜히 겁이 나기도 하였다. 그러면서도 제발 어머니가 쌀분이 앞에서 막음례와 마님의 이야기를 꺼내지 않았으면 하고 바랐다.

"어째서 고집을 부려쌓소 잉. 설마 종으로 다시 불러들이지야 않겄지요 잉. 엄니가 여꺼정 오셨는디 안 가면 쓴다요."

쌀분이는 은근히 웅보의 고집스러운 태도를 탓하였다.

"아부지 어무니, 설만 넴기고 개나리꽃 피기 전에 건너올 채비나 허씨요. 아부지가 마다고 허시면 업어서라도 뫼셔올 텐께요."

웅보는 양 진사의 부름에는 응하지 않겠다면서 딴소리만 하였다.

"느그 압씨는 죽어도 그 집에서 나오지 않겄다는디야!"

"양 진사가 누구라고 땅을 떼어주기를 기다려요?"

어머니의 말에 웅보는 괜히 짜증을 내고 있었다. 그는 벌컥 화를 내고 나서 약간 겸연쩍은 생각이 들었는지 목소리를 낮추어 말을 계속했다.

"노마님이 종문서 대신 땅문서를 내주라는 유언을 했다지만, 양

진사는 종문서를 내줬지 않어요. 양 진사가 누구라고 종문서 내주고
또 땅문서도 내주겠어요. 택도 없어요. 그 양반이 종문서도 내주고 싶
어서 내준 것이간디요? 나라님이 내줘라 해서 내준 것이라고요. 나라
님이 그렇게 허지 않었으면 지금꺼정도 우리는 양 진사 댁 종 신세 못
면했을 거로구만요. 그런디도 아부지는 앞뒤가 꽉 맥혀서 땅문서 노
래를 불러싸니 답답해서 죽겄네요. 이제 아부지 어머니는 종이 아니
란께요. 그러니 땅문서에 미련 갖지 말고 툭툭 털고 나와뿌러야 해요.
땅은 우리덜이 새끼내에서 우리덜 땀으로 장만헐 텐께 당장 그 집에
서 나와뿌러야 해요.”

웅보는 어머니한테 말을 하면서도 마음이 답답한지 여러 차례 버
릇처럼 한숨을 토해냈다.

다음날 새벽, 눈 덮인 산야의 밝은 빛으로 여느 때보다 훨씬 이르
게 하늘이 트여오는 듯싶었다.

웅보는 쇠말뚝처럼 꿈적도 않고 돈단에 선 채 어머니를 배웅했다.
대불이는 고집을 꺾지 않은 형에 대해 노골적으로 불만을 털어내며
어머니와 함께 새벽길을 떠났다.

“진사 나리가 뭐라고 허거들랑 아퍼서 못 왔다고 해라.”

웅보가 대불이에게 말했으나 대불이는 듣는 시늉조차 하지 않고,
쌩쌩 영산강물을 훑고 휘몰아쳐오는 차가운 새벽바람을 맞바라기로
받으며 성큼성큼 걸었다.

영산포 선창에 당도할 즈음에는 완연히 날이 밝았다. 대불이가 어
머니와 함께 마방거리를 지날 때 보니, 이른 아침부터 세곡을 실은 마

바리가 바리바리 줄을 지어 늘어서 있었으며, 마방집 앞에도 빈 마바리와 마바리꾼들이 떼 지어 웅성거렸다. 지난여름 큰물이 들을 갈퀴질해버려 농사를 족치고 쭉정이만 거두어들인 것으로 아는데, 세곡을 가득가득 실은 마바리가 줄지어 늘어선 것을 보니 믿어지지가 않았다.

영산포 선창거리는 이른 아침부터 벅신거렸다. 선창에는 젓배가 들어왔는지 젓 동이를 푸는 인부들의 목쉰 소리가 시끌시끌했고, 소금전 모퉁이 큰 세곡창고에서는 실어온 곡식들을 일일이 점고하여 쌓아놓느라, 인부들의 모습이 뻑적지근했다.

"흉년이라고 해싸도 선창거리만 오면 푸지드라."

대불이 어머니가 곡식들을 가득가득 싣고 세곡창고 쪽으로 줄지어 가는 마바리들을 보며 입을 열었다.

"농사꾼들이야 곧 죽어도 세곡을 안 낼 수가 없지라우 잉."

대불이는 처음 그가 노루목에서 나와 영산강을 건너왔을 때부터 사람들이 벅신거리고 곡식이며 고기며 술 등 온갖 것들이 푸짐한 선창거리가 마음에 들었다. 할 수만 있다면 그도 선창거리에서 살고 싶었다. 그러기에 그는 얼마 전부터 말바우 어미한테 주막을 선창거리로 옮기자고 은근히 꼬드기고 있는 거였다.

"엄니, 후담에 나 각시 얻으면 선창에서 살고 싶어라우."

대불이가 마방거리 모퉁이를 돌아 광나루 쪽으로 서둘러 발걸음을 옮기며 뚝벅 말했다.

"네 형이랑 안 살고?"

"야, 나는 농사꾼이 되는 것이 싫구만요."

"이 자슥아, 사나그가 농사꾼이 안 되면 뭣 묵고 살게?"

"선창에 삼시로 돈을 모아야재요. 나는 말이라우, 엄니, 배를 타고 두레가 죽은 바다꺼정 가보고 싶구만요."

"너를 뱄을 적에 꿈에서 첨으로 물새를 봤단다. 아매도 네가 물새 모양으로 훨훨 날어댕김시로 살란갑다 잉."

"지발 나도 훨훨 날어댕김시로 살고 싶어라우. 나무 모양으루 한곳에만 뿌리를 지르고 살기는 싫어라우."

그러면서 대불이는 강심을 가로질러 선창 쪽으로 들어오는 큰 당도리배를 멀뚱히 바라보았다.

모자가 강을 건너 노루목에 당도했을 때는 툭툭 쏘는 겨울햇살이 질척하게 눈을 녹이기 시작할 무렵이었다.

노루목 양 진사 댁에 들어선 대불이는 대문간 모퉁이에서 묻어놓은 무구덩이에 이엉을 두르고 있는 아버지한테 인사를 할 겨를도 없이, 그의 어머니가 떼미는 대로 진사 나리가 거처하는 사랑채 큰 방 앞 섬돌 위에 머리를 조아렸다.

"나리마님, 쇤네 대불이옵니다요."

대불이가 큰 소리로 입을 열자, 이내 장지문이 열렸다.

"네 형놈은?"

양 진사가 턱을 쳐들어 수염을 만지작거리며 퉁명스럽게 물었다.

"고뿔이 들어서 못 왔구먼요."

대불이 옆에 허리를 꺾고 서 있던 어머니가 엉겁결에 그렇게 대답을 하고 말았다.

"고뿔 좀 들었다고 못 왔단 말이냐?"

양 진사가 대불이를 향해 벌컥 내지르자 대불이 어머니가 흠칫 놀라 어깻죽지를 조그맣게 오그렸다.

"고뿔에다 몸살이 엉겨갖고……."

대불이가 어물어물 말끝을 흐렸고, 그런 대불이를 양 진사는 한동안 말없이 내려다보았다.

"그래 지내기가 어쩌냐."

갑자기 양 진사의 목소리가 가라앉자 대불이는 자기도 모르게 고개를 들어 눈을 바로 뜨고 양 진사를 마주보았다. 웅보 형님의 말대로 이제 종의 신세가 아니므로 옛날의 상전 앞에서 꿉실거리지도 주눅이 들지도 말고 당당하고 야젓해야 한다는 것을 알고 있었지마는, 아무리 그리하려고 해도 몸이 마음을 따라주지 않았다. 그것은 마치 그의 부모가 발 한 번 떠는 데 겉보리 서 말씩이 나간다면서 발 떠는 버릇을 고치라고 성가시게 다그쳐 일렀지만 그 버릇이 너무 오랫동안 대불이의 몸에 깊숙이 배어 여태껏 고치지 못하고 있는 것과 같았다.

"그작저작 안 굶어죽고 삽니다요."

대불이는 말을 해놓고 나서야 뚜벅 내뱉은 말이 진사 나리의 귀에 거슬리지나 않았을까 싶어 얼핏 시울에 힘을 주어 표정을 살폈다. 양 진사는 잠자코 대불이를 내려다보고만 있었다.

대불이는 문득 양반들이 한 사람도 없는 세상에서 한 번 살아보았으면 하고 생각했다. 그의 생각에 새끼내에 사는 동안에는 꿉실거릴 만한 사람이 한 사람도 없어 배는 곯아도 마음은 편했던 것 같았다.

어쩌면 새끼내처럼 양반이 한 사람도 없이 풀려난 종들끼리 아무한테도 주눅 들지 않고 살 수 있는 곳은 천당에도 없을 것 같은 생각이 들었다. 천당에서도 찾아볼 수 없는 마을을 새끼내에 만들어가고 있는 웅보 형이 대단하게 여겨졌다. 웅보 형은 틀림없이 그렇게 하고야 말 것이라고 믿을 수가 있었다.

그렇지만 대불이는 새끼내가 천당에서도 찾아볼 수 없는 곳이라고 해도, 평생을 그곳에만 갇혀 살고 싶지가 않은 것이었다. 어머니 말마따나 대불이는 자신이 전생에 물새였는지도 모른다고 생각했다. 그래서 사람으로 환생해서도 전생의 물새가 날아다녔던 곳을 다 가 보고 싶은 것인지도 모를 일이었다.

대불이는 양 진사 댁 사랑채 섬돌 위에 고개를 꺾고 서 있으면서도 자신이 물새가 되어 강과 바다 위를 훨훨 날아가는 환상에 취해 있었다. 그런 환상에 사로잡히자, 양 진사 앞에서 더더욱 주눅이 들 필요가 없다는 생각이 들어 꺾었던 고개를 다시 곧추세웠다.

"내가 네놈 형제들을 도와주고 싶어서 불렀다."

대불이는 양 진사의 말에 귀가 열리지 않았다. 양반들이 천한 것들을 돕겠다는 말이 그렇게 실감 있게 들리지 않았기 때문이었다.

"대불이 에미는 물러가게!"

양 진사의 말에 대불이 어머니가 뒷걸음으로 사랑채에서 멀어져 갔다.

"내가 요번에 이쪽 고을의 세곡을 한양으로 운반하는 책임을 맡았다. 현감 자리라도 하나 얻어볼까 했는데 경차관이 아닌 차사원이 되었구나."

양 진사는 대불이한테 필요 없는 말까지 하였다. 경차관(敬差官)이란 매년 호조에서 각 지방에 농사의 풍흉의 상황을 조사하기 위해 파견하는 관리요, 차사원(差使員)이란 각 고을에서 거두어들인 세곡을 호조에 상납할 때 조선(漕船)에 함께 타는 운송 책임관을 말한다.

"영산포에서 배로 한수(한강)를 거쳐 호조에까지 실어가야 할 세곡이 오만 섬이 넘는다. 그 많은 세곡을 거두어들이는 일은 각 고을 관아에서 할 일이로되, 관아에서 거둔 세곡을 보관, 관리하는 일이며, 호조까지 운송을 하자면 이만저만 머리 무거운 일이 아니다. 해서, 네놈 형제들한테 일을 좀 시키려고……."

양 진사는 잠시 말을 멈추고 장죽에 불을 붙여 물었다. 대불이는 가슴이 뛰었다. 배를 타고 한수를 거쳐 한양으로 들어가는 자신을 상상해보았다. 세곡을 가득 실은 배를 탄 대불이 자신은 사람이 아니었다. 한 마리의 물새인 것이었다.

"해서, 내가 네놈 형제들 착실함을 알고 있는지라, 세곡을 보관 관리하는 일부터 배에 싣는 일, 배에 싣고 가는 일, 호조에 상납하는 일을 맡아줘야겠구나. 허나, 네놈들은 이미 종에서 풀려났기에 품삯은 상머슴 새경으로 쳐주겠다. 대불이 네놈은 힘꼴깨나 쓰니 소용이 되는 것이고, 네형 놈은 글을 알아 치부를 할 수 있으니 부른 게야. 그리 알고 점심 먹고 나를 따라 선창으로 가자."

양 진사는 대불이 대답은 들을 생각도 않고 장지문을 닫아 버렸다. 대불이는 한동안 물새가 된 기분으로 섬돌 위에 서 있었다. 한참 후에야 그는 반쯤 얼이 빠진 얼굴로, 무구덩이에 이엉 덮는 일을 거의 끝마친 아버지에게로 돌아왔으며, 오랜만에 만난 아버지를 보고도 멍청히 바라보고만 서 있었다.

"진사 나리께서 왜 부르셨다냐?"

아버지가 물었으나 선뜻 대답을 못하고, 눈 내린 뒤의 햇살이 겨울답지 않게 화사하게 내리꽂히는 하늘 한복판에 물새가 되어 훨훨 날아가고 있는 자신의 곡두 때문에 잠시 하늘을 쳐다보고 서 있었다. 그때 그의 어머니가 가까이 오며 안방마님한테 문안을 여쭙지 않고 뭘 하느냐는 닦달함에, 하늘로부터 시선을 내렸다.

대불이는 아버지와 말 한마디 주고받을 틈도 없이 다그치는 어머니를 따라 안채로 들어갔다. 안방마님 유 씨 부인은 햇볕이 넉넉하게 퍼져 내리는 안방마루 끝에 앉아 있다가, 대불이가 들어서는 것을 보더니 전에 없이 고개까지 끄덕이며 엷게 웃었다.

"그래, 어찌하고 사느냐."

안방마님이 대불이의 문안 인사를 받고 물었다.

"그작저작 삽죠."

대불이는 조금 전 진사 나리한테 했던 대로 대답을 했다.

"네 형은 많이 아프냐?"

안방마님의 물음에 대불이는 얼핏 옆에 서 있는 어머니의 눈치를 살폈다.

"그리 대단치는 않습니다요."

"없을수록 몸이 성해야 한다. 네 에미한테 듣자니, 쌀분이가 아기를 가졌다며?"

모를 일이었다. 대불이는 마님이 전에 없이 친절하고 싹싹한 것에 놀라지 않을 수가 없었다. 종들이라면 닭 지네 보듯 하던 마님이 웅보 형 걱정까지 해주다니 세상이 달라진 느낌이었다.

"네, 마님."

대불이는 대답을 하고 나서 마님을 올려다보았다. 처음 안채로 들어설 때는 잘 몰랐었는데, 가까이서 보니 마님의 몸이 이상하게 커진 듯싶어 마음속으로만 몇 번이고 고개를 갸웃거렸다.

"산달이 정월이라고?"

마님이 다시 물었다.

"그렇다고 들었습니다."

"마님께서도 정월입죠? 마님께서 먼첨 귀동자를 낳으십쇼."

대불이의 대답이 끝나자마자 그의 어머니가 마님을 향해 아첨하는 눈빛을 보내며 말했다. 그제야 대불이는 마님이 아기를 가졌다는 사실을 알고 크게 놀랐다. 아기를 갖지 못해 치성을 드리고, 씨받이까지 들였으나 소식이 없었는데, 느닷없이 잉태를 했다니 믿어지지가 않았다.

"내년이 백마 띠라 아들이면 좋아도 딸이면 팔자가 드셀 테니 걱정이구만."

마님은 혼잣말처럼 말하고 콩깍짓동만큼 부푼 몸을 어렵게 일으켜 방안으로 들어가 버렸다. 대불이가 막 돌아서려는데 안방 문이 다시 열리면서 마님이 엽전 꾸러미를 들고 나왔다.

"이 돈 네 형 갖다 줘라. 뜬골로 객지에 터를 잡자면 어려운 일이 많을 테니 요긴할 때 쓰라고 하여라."

마님이 돈 꾸러미를 내밀자 대불이 어머니는 송구스러워 몸 둘 바를 모르고 허리만 굽신거렸고, 대불이도 냉큼 받지를 못하고 머무적거리고만 서 있었다.

"에미가 받게!"

마님이 대불이 어머니한테 이르자 연신 허리만 굽적이던 그녀는 차마 돈 꾸러미를 받으러 마루로 올라가지 못하고 엉거주춤 메추라기처럼 엉덩이를 사렸다.

"뭘 꾸물거려!"

마님의 언성이 높아지자 대불이 어머니는 기듯 마루로 올라가 돈 꾸러미를 받았다. 마님은 다시 방문을 닫아버렸다. 대불이 어머니는 안방에 대고 서너 차례 허리를 굽신거리고 나서야 마루를 내려와 돈 꾸러미를 대불이의 고의춤에 쑤셔 넣어주었다.

"마님이 어째서 이러신다요?"

대불이가 돈 꾸러미가 든 고의춤을 추스르며 말했다.

"클씨, 나도 모르겄다."

"애기를 갖더니 사람이 싹 달라졌구만요."

"클씨 마다."

"그나저나 이 댁에 복 터졌구만 잉. 막음례도 애기를 뱄담서라우?"

모자는 안채 봉당을 가로질러 대불이가 태어나기 전부터 그들 부모가 살아온 행랑채 문간방으로 돌아왔다.

"막음례만 짠허게 되았다."

"짠허게 되았다니라우."

"폴세 쫓겨났어."

"애기를 뱄는디 쫓겨나다니요?"

"안방마님이 애기를 가졌는디, 막음례가 무신 소양이 있겄냐."

"저런…… 새끼내에 오셨을 때 왜 그 이애기 안했는기라우?"

"네 형 맴 상헐까 싶어서 그랬다."

"형 맴이 상허다니, 어째서라우."

대불이가 다그쳐 물어서야 대불이 어머니는 아차 하고 속으로 주둥이 싼 자신을 나무람 하였다. 대불이 어머니는 막음례가 양 진사 댁에서 쫓겨 가는 날, 그의 뱃속에 든 아이가 웅보의 핏줄이라는 것을 말해주었던 것을 혼자만 알고 있는 터였다.

대불이 어머니는 아직 그녀의 영감한테도 내색조차 하지 않았다. 그녀는 안방마님이 수태를 한 것을 웅보와 연관 지어 생각하지 않을 수가 없었다. 더욱이 그녀는 웅보가 수퇘지처럼 안방마님의 회초리에 몰려 막음례와 잠자리를 같이하여 막음례가 씨를 받게 된 경위를 알고 있는지라, 그런 안방마님이 막음례의 수태를 시새워 웅보를 안방에까지 끌어들였을지도 모른다는 생각을 하고 있었다.

양반들이란 남자 여자 할 것 없이 자기네들 하고 싶은 대로 하는 사람들이고, 자기네들 한 짓은 무엇이든 옳게만 생각하는 무리들이라, 한갓 종놈인 웅보를 씨돼지로 부리고도 남을 사람들이었다.

안방마님이 수태를 한 뒤 알게 모르게 웅보를 도와주려고 하는 것만은 사실이었다. 대불이 어머니는 지난봄 웅보가 노루목에 왔을 때 안방마님이 웅보를 밤중에 불러들였던 일을 잊지 않고 있었다.

그러나 대불이 어머니는, 그녀가 어림한 대로 설령 안방마님이 웅보의 씨를 받았다고 해도 조금도 기쁜 마음이 아니었다. 되레 아들한테 해가 미칠까 걱정이 앞서는 것이었다.

나리마님이 느닷없이 웅보와 대불이를 불러오라고 했을 때도 그녀는 간이 담배씨만큼이나 오그라들었었다. 나쁜 일이 아니라는 것을 미리 알았기에 망정이지 그렇지 않았더라면 새끼내에 갔다 오는 동안 잠시도 숨을 제대로 쉬지 못하고 간을 벌떡거렸을 것이었다.

"네 늠은 막음례가 쫓겨났다는 말 듣고도 속이 안 상허냐?"

대불이 어머니는 아들을 쓸어보며 눈을 흘겼다.

"왜 속이 안 상해요? 애까지 밴 씨받이를 쫓아내다니 벌 받겄구만이라우. 약조대로 땅은 을매나 떼어줬당가요?"

"땅은 무신 늠에 땅."

"맨몸뚱이로 쫓아냈단 말이오?"

"엽전 꾸레미나 던져주었을겨."

"어디로 갔다요?"

"자식들헌티로 갔겄재. 아서, 막음례 이약 그만허고, 진사 나리께서 뭣이라고 허시더냐?"

"참, 내 정신 봐. 내가 여적지 그 이약을 안했구만 잉."

대불이가 조금 전 양 진사한테서 부탁받았던 일을 흥분을 누르지 못하고 어깨를 추썩거리며 쏟아놓자, 기뻐할 것으로만 알았던 그의 어머니는 이상하게도 시큼한 표정을 지었다. 그의 어머니는 아들이 막상 배를 타고 멀리 갈 수 있게 되자 마음이 덜컥 내려앉는 것만 같았다. 죽으나 사나 가까이서 얼굴 맞대고 오불오불 있고 싶었다.

"네 형은 냅두고 너나 그렇게 허그라."

대불이는 어머니의 그 말이 기분 좋게 들리지가 않았다.

"엄니는 꼭 내가 배 타고 죽으러 가는 것같이 생각허시는갑네 잉."

"돌아가신 네 할아부지가 허신 말이 있다."

"불도장 찍힌 할아부지 말잉교?"

"할아부지가 그러시는디, 네 형은 큰 청구렝이모양 한곳에 오래 사는 업이 될 것이고, 너는 굴뚝새모양 한 번 날아가면 다시는 못 찾어올 것이라고 허시드라."

"허, 형님은 업구렝이가 되고 나는 굴뚝새라고요?"

"굴뚝새나 물새나 마찬가지가 아니냐."

"업이라면 부자가 된다는 말잉그라우?"

"부자도 되고, 새끼덜도 많고……."

"그래도 나는 작고 보잘 것 없는 굴뚝새가 더 좋구만이라우. 훨훨 맘대로 날아댕기는 굴뚝새."

대불이는 부모님과 얼굴 맞대고 엉덩이 붙일 여유도 없이 점심 숟갈을 놓기가 바쁘게 양 진사를 따라나섰다. 그가 아버지 어머니한테 하직인사를 하자, 어머니는 새끼내에 가거든 막음례가 쫓겨났다는 말을 하지 말라고 귓속말로 당부를 하였다.

대불이는 오랜만에 노루목에 갔다가 친구들도 만나지 못하고 되짚어오자니 마음이 쓰렁하였지만, 장차 세곡선을 타고 멀리 여행을 떠난다는 생각에 발싸심하며 흥분을 가라앉힐 수가 없었다.

햇빛은 여전히 넉넉하게 내려 꽂혔으나, 영산강이 가까워질수록 상류 쪽에서 드밀고 내려오는 된바람이 뒤통수를 때렸다. 대불이는 양 진사를 따라 된바람을 등에 업고 걸었다.

"나리마님, 강물이 풀려야 배가 댕길 수 있겠습죠?"

대불이는 언제쯤 세곡선을 탈 수 있을지 몰라 넌지시 양 진사한테 물어보았다.

"내년 유월까지는 상납을 끝내야 허니, 강이 풀리는 대로 서둘러야 할 것이야."

"경칩 때면 영산강이 풀리겠습죠?"

"풀리다마다, 우수 경칩 때는 대동강도 풀린다고 안 허드냐."

"배가 여러 척 있어야겠네요."

"그렇다마다."

"한 배가 서너 행보 더 헙니까요."

"글쎄다. 배로 실어갈 세곡이 워낙 많아서……."

"대충 얼마라고 허셨습죠?"

"글쎄다. 대동미를 제하고도 오만 섬이 넘을 게다. 그건 왜 묻느냐."

"오만 섬이면 얼마나 될깝쇼?"

"네눔이 오만을 셀 수나 있을 것 같으냐?"

"봇수세를 받아본 가늠이 있어서 몇 백꺼정은 헤아릴 수가 있으나, 만꺼정은…….”

“그래도 봇수세를 받아본 가늠이 있으니 도움이 되겠구나.”

“오만 섬을 쏟아놓으면 금성산만 허겄구만요.”

“금성산만은 못해도 가히 집채덩이 몇 개 모아놓은 것만 헐 께다.”

“그 많은 세곡이 다 워디서 나옵죠? 더욱이 올 같은 흉년에…….”

“별걸 다 걱정허는구나. 그건 네눔이 걱정헐 일이 아니다.”

“팔도에서 그 많은 세곡을 거두어 나라님은 어디에 다 쓰실깝쇼?”

“그것도 네 눔이 알 일이 아니다.”

“이 세상에서 나라님보담 더 부자가 있을깝쇼?”

“허, 이눔이 별걸 다…….”

“나리마님은 나라님이 될 수는 없을깝쇼?”

“이눔아, 잔소리 그만하거라. 듣자듣자하니 못할 소리가 없구나.”

대불이는 갑자기 알고 싶은 것들이 너무나 많아졌다. 그러나 앞으로 새처럼 안 가본 곳 없이 훨훨 날아다니다 보면 그가 알고 싶은 것들을 모두 듣고 볼 수 있을 것이라고 믿었다.

그는 영산강을 건너면서까지도 그 많은 세곡들이 어디서 나오며, 왜 백성들은 흉년이 들어 죽네 사네 하면서도 세곡을 꼬박꼬박 바쳐야 하는 것인지 궁금하여, 몇 번이고 양 진사한테 물어보고 싶었지만 그러다가 또 괜히 퉁만 맞을 것 같아 혼자 속으로만 저울질 하듯 생각을 굴렸다.

영산포에 당도한 양 진사는 대불이를 데리고 마바리가 줄지어 늘어선 조운창으로 갔다. 나루턱 아랫목에 있는 조운창에는 큰 문을 활쩍 열어놓고 등짐꾼들이 마바리에서 곡식가마니들을 져서 창고에 들여 넣고 있었다. 점고하는 관아 사람들도 여럿 있었다.

양 진사는 대불이를 마바리로 싣고 온 세곡들을 치부하며 곡식 가마니를 낱낱이 점고하고 있는 키가 큰 관아 사람한테 데리고 갔다. 관찰부에서 나왔다는 차비관(差備官)은 대창처럼 끝을 날카롭게 깎은 호비칼로 곡식가마니를 쿡쿡 찔러 곡식낱알을 일일이 간심하여, 쭉정이가 많거나 마르지 않은 것들을 가려내었다. 그가 어찌나 까다롭고 능장을 부리는지, 멀리서 세곡을 싣고 따라온 작은 고을의 관속들은 그의 앞에서 벌벌 떨며 굽실거렸다. 먼저 수납을 하려고 기를 썼으나 차례대로 간심을 해주지 않았다. 수납이 늦어지면 멀리서 세곡을 마바리에 싣고 온 마바리꾼들이나 세곡을 운반해온 고을 관속들이 수납이 제대로 잘될 때까지 며칠이고 선창 객주거리에 눌러 있어야만 했다.

대불이의 눈에 세곡을 간심, 점고하고 수납하는 과정에서 여러 가지 못마땅한 점이 그대로 비쳤다.

"이 어른께 인사 올려라."

양 진사가 대불이를 차비관 앞으로 끌고 가다시피 하여 일렀다. 대불이는 키가 크고 얼굴에 수염이 많으며 눈이 부리부리하여, 얼핏 보면 소금점의 손팔만을 닮은 듯한 차비관 앞에 허리를 굽혔다.

"우리 집에서 내가 데리고 있는 아이요. 나이는 어려도 다부지고 착실해서 부릴 만한 아이지요."

양 진사가 대불이를 소개하자, 차비관은 거만한 태도로 부리부리한 눈으로 대불이를 위아래로 쓸어보는 것 같더니 "이름이 뭐냐?" 하고 내지르듯 물었다.

"대불이올씁니다."

대불이는 턱 끝에 힘을 주어 대답을 하면서도 어쩐지 그가 준 것 없이 마땅찮게 여겨져 한주먹 쥐어박아주고 싶은 심정이었다.

"이 늠 형 놈이 있는데, 까막눈을 면해서 치부는 잘헐 겝니다."

양 진사가 차비관에게 말하자 "형놈은 어디 있느냐?" 하고 차비관이 턱을 쳐들어 대불이를 후벼보며 물었다.

"내일부터 나올 게요."

양 진사가 대신 말해주었다.

"그렇다면 낼부텀 네 형 놈허고 함께 나오거라."

차비관은 귀찮다는 듯 말을 끝내고 다시 세곡 가마니들을 점고하기 시작했다.

대불이는 양 진사를 따라 조운창 안팎이며, 세곡을 싣고 온 마바리들이 즐비하게 늘어선 조운창 앞과 마방거리들을 한 바퀴 둘러보고 새끼내로 돌아왔다.

그는 선창거리에서 양 진사와 헤어지면서, 아무래도 웅보 형이 양 진사의 부름에 응하지 않을 것 같은 생각이 들어 미리 사정을 이야기해두는 것이 좋을 듯싶어, 웅보 형의 병이 쉽게 나을 것 같지가 않다는 말을 했다.

"나리마님, 그러니 제 형 대신 다른 사람을 구하시는 것이 좋을듯싶구만요."

"이눔아, 그까짓 고뿔 좀 들었다고 엄살이 그리 심하단 말이냐."

양 진사는 되레 그렇게 말하는 대불이를 나무람 하였다.

"쇤네가 보기에는 그냥 고뿔이 아닌 듯싶구만요. 앓아누운 지가 벌써 스무 날도 더 됐습죠."

"그렇다면 고뿔이 아닌 게로구나."

"그렇습니다요. 쇤네도 걱정이옵니다. 그러니 형은 믿지 마셔요."

"알겠다. 네눔이라도 낼부텀 꼬박꼬박 나오거라."

"여부가 있습니까요. 새벽같이 나옵죠."

양 진사와 헤어진 대불이는 오달진 마음을 어떻게 풀어야 좋을지 몰라 곧장 새끼내로 돌아가지 않고, 양 진사 눈에 띄지 않을 객주 거리에서 병아리를 여수는 솔개처럼 뱅뱅 돌다가, 고의춤을 까고 안방 마님이 웅보 형 갖다 주라고 던져준 돈 꾸러미에서 엽전 몇 냥을 꺼내 쥔 채 때죽나무집 주막으로 들어섰다.

그는 난생 처음으로 돈을 손에 쥐고 주막에 들어선 자신이 자랑스러워 되도록이면 두 어깨에 힘을 주고 술청에 앉았다. 앞으로는 맞전을 쥐고 얼마든지 주막 출입을 할 수 있게 될 자신이 갑자기 대견스럽게 느껴졌다. 그것은 마치 지난여름 말바우 어미와 처음으로 잠자리를 같이 하여, 온몸을 쥐어짜듯 실컷 사내구실을 하고 난 다음날 아침 하늘을 보았을 때, 한없이 넓기만 하던 하늘이 갑자기 손바닥만큼 좁아지고, 심장이 찢어질 것처럼 마음이 달떠오를 때와 똑같은 기분이었다.

탁배기를 거푸 석 잔을 마셨으나 취하지 않았다. 갑자기 온 세상이 그의 것이 된 기분이었다.

대불이는 어슴어슴 어둠이 깔려오기 시작할 무렵에야 기분 좋게 취해서 새끼내로 돌아갔다. 그가 새끼내에 당도했을 때는 방천을 쌓다가 막 들어온 웅보가 저녁밥상을 받고 있었다.

대불이는 방에 들어서기가 바쁘게 고의춤을 까고 돈 꾸러미를 쏟아놓았다.

"게서 눈곱재기만큼 빼서 한잔 했수다."

웅보와 쌀분이는 우선 대불이가 쏟아놓은 돈 꾸러미를 보고 놀랐다.

"오늘 이놈은 천지가 개벽을 하고, 나 혼자만 살아남은 기분이네요."

"되련님, 이 돈은 워디서 난 거유?"

쌀분이가 먼저 물었다.

"안방마님이 형님 드리라고 줍디다."

"마님께서라우?"

순간 쌀분이는 소스라치게 놀랐고, 웅보는 잠시 맥맥한 얼굴로 대불이를 바라보더니 돈에 대해서는 관심이 없다는 듯이 "뭣 땜시 불렀디야?" 하고 노루목에 갔다 온 내력부터 물었다.

"이것이 생신가 꿈인가 원……."

대불이는 쉽게 까발리지 않고 한사코 머무적거리며, 콧구멍을 벌름거리기도 하고 넋 나간 사람처럼 씰룩씰룩 웃기도 하였다.

"진사 나리께서 세곡을 배로 실어다가 한양 호조에 바치는 책임을 맡았담시로, 형님허고 나허고 그 일을 도와주라고 허드랑께."

"세곡 운송 책임을?"

"되련님, 그라믄 좋은 일인가유?"

웅보와 쌀분이가 대불이한테 거의 동시에 묻고 있었다.

"당장 낼부텀 영산포 조운창으로 나오라고 헙디다."

대불이는 그렇게 말하고 나서 눈이 한사코 감기려는 것을, 눈 꼬리에 힘을 빳빳하게 세워 웅보 형의 눈치를 살펴보았다.

"형님헌티는 세곡을 조운창에 넣을 때 치부 일을 시킨다고 헙디다. 조운창이 가득 차면 강이 풀리는 대로 배로 실어가야 허는디, 그때도 배를 타고 한양꺼정 간다고 허드랑께요. 형님, 워쩔라요. 당장 낼부텀 나오라는디."

대불이의 말을 들은 웅보는 얼굴이 소태껍질을 씹는 것처럼 변했다.

"내가 평생 소원이던 한양을 가게 되었으니 어떤 돈이 됐건 술 안 마시게 됐겄남요?"

"그래, 대불이 너는 좋기도 허겄구나."

"형님은 안 그렇수?"

"나는 새끼내에서 꼼짝도 않는다. 내가 시방 방천 쌓는 일을 팽개쳐뿔고 세곡 치부나 허고 있겄냐? 나는 목에 홀랭이를 감고 끌고 가도 안 간다."

그러나 웅보는 그렇게 말을 하면서도, 다른 사람도 아니요 오랫동안 그가 모셔왔던 상전의 부름을 어떻게 거역할 수 있을 것인지, 자신도 알 수가 없는 노릇이었다. 쌀분이와 대불이 앞에서 큰소리는 쳤지만 은근히 걱정이 되는 것은 어쩔 도리가 없었다. 술이 취해 정신이 가물가물해 있는 대불이는 웅보 형의 얼굴에서 걱정의 검은 그림자를 읽을 수가 있었다. 그래서 대불이는 양 진사한테 형이 아프니 대신 다른 사람을 구해보는 것이 좋겠다는 말을 했었노라고 하려다가 뚜벅 "그런데 참, 막음례가 쫓겨났대요. 안방마님이 애기를 갖게 되자 쫓아냈다고 헙디다" 하고는 어머니가 당부했던 것도 잊고 그렇게 입을 열어버리고 말았다.

"막음례가 쫓겨나다니라우? 마님께서 애기를?"

웅보보다 쌀분이가 더 놀라고 있었다.

"쫓겨난 지가 벌써 오래되었다고 허드만요. 그라고 마님 몸이 장태만헌 것을 보니 산달이 가까와진 모양입디다."

대불이는 묻지도 않은 말을 술술 쏟아놓고 있었다.

웅보는 잠시 눈을 감은 채 글을 읽을 때처럼 상반신을 흔들거렸으며, 쌀분이는 얼굴빛깔이 여러 가지로 변하면서 웅보와 대불이를 번갈아 보았다.

대불이는 술 때문에 잠이 쏟아진다면서 저녁도 마다고 방에서 나갔다. 그날 밤, 그는 밤이 걸쭉하게 깊어지기를 기다렸다가 살그머니 주모 말바우 어미의 방으로 들어갔다.

막음례가 쫓겨나고 안방마님이 아기를 갖게 되었다는 말을 듣고, 잠을 이루지 못하고 뒤척이던 웅보와 쌀분이는 대불이의 방문과 주모의 방문 여닫는 소리를 들었다.

잠 못 이루는 웅보는 묘한 기분이 들었다. 그가 염려했던 대로 결국은 마님까지도 그의 씨를 받게 되었으니, 장차 닥쳐올 일들을 어찌 감당해야 좋을지 머리가 빠개질 것만 같았다. 그는 자신이 한없이 미웠다. 씨돼지 구실을 한 자신이 사람이 아닌 것처럼 생각되었다. 그는 쫓겨난 막음례보다 안방마님이 그의 씨를 받은 사실 때문에 몸과 마음이 큰 맷돌에 짓눌리는 기분이었다.

동이 트기 전에 주모의 방에서 빠져나온 대불이는 아침을 먹을 생각도 않고 서둘러 선창으로 나갔다.

선창거리는 이른 아침부터 세곡을 수납하기 위해 온 사람들과 마바리들이 벅신거렸다. 그들은 먼저 차비관의 간심을 받으려고 미리 서둘러 나와서 줄을 서서 기다렸다. 그러나 여러 고을에서 실어온 세곡들을 일일이 검사하고 수량을 치부하는 관찰부에서 나온 관속들은 해가 떠오르도록 나타나지 않았다. 그들은 아무 탈 없이 먼저 수납을 하려고 서두르는 작은 고을들의 관속들이 시새워 베풀어준 향응으로, 객줏집에서 밤늦도록 퍼마시고 해가 떠오를 때까지 잠에서 헤어나지 못하고 있을 것이었다.

대불이는 관찰부 관속들이 나오기를 눈이 빠지도록 기다리며, 서너 차례나 때죽나무집 주막을 들락거리며 탁배기를 둘러마셨다.

겨울해가 광나루 팽나무 가지에 매달릴 무렵에야 관찰부 관속들이 푸석푸석한 얼굴로 조운창 앞 넓은 마당으로 기어 나왔다.

대불이가 차비관 앞에 나가 허리를 서너 차례 굽실거렸다. 처음에 그는 대불이를 잘 몰라보는 눈치였으나, 대불이 쪽에서 양 진사 말을 꺼내자, 핏기 선 왕방울 눈을 수리부엉이처럼 부릅뜨며, 왜 이리 늦었느냐고 호통을 치는 것이었다. 대불이는 어이가 없어 말문이 막혀버렸다. 차비관은 대불이한테 조운창 창감리(倉監理)를 찾아가보라고 여전히 볼멘소리로 말했다.

대불이는 창자가 꿈틀 일어서고 대장간 모루채 같은 것으로 차비관의 골통을 깨버리고 싶은 충동을 가까스로 눌러 참으며, 지싯지싯 조운창 쪽으로 갔다.

전날 양 진사의 소개로 인사를 했음에도 조운창의 창감리 역시 첫눈에 대불이를 알아보지 못했다.

"어저께 양 진사 나리와 왔었습죠. 관찰부 차비관나리께 갔더니, 창감리 어른을 찾아가라기에……."

대불이는 되도록이면 목소리를 낮추고 여러 차례 거듭 허리를 굽신거렸다.

창감리 역시 양 진사의 말을 해서야 대불이를 알아보고는 해가 상투머리에 올라앉아서야 나오는 게냐면서 벌컥 고함을 질렀다.

창감리는 키가 작고 몸피도 여자처럼 가늘었으나 화를 낼 때는 대쪽 쪼개지는 소리가 났다. 그는 대불이한테 관찰부 관속들의 간색, 치부가 끝난 세곡들을 차례로 창고에 옮겨오는 등짐꾼들을 감독하는 일을 시켰다. 그는 처음엔 세곡들을 나르는 등짐꾼이나, 잘하면 창감리 밑에서 창고를 지키는 일을 하게 될 것으로 믿고 있었는데, 등짐꾼들을 부리는 일을 맡게 되자 두 어깨가 들먹거릴 정도로 기분이 좋았다. 이 모두가 그가 상전으로 떠받들었던 양 진사의 덕분이라는 생각이 들었고, 그런 상전을 모셨던 것이 자랑스럽기까지 하였다.

기분이 들뜬 대불이는 신바람이 나서 쉰 명도 더 되는 조운창의 등짐꾼들 사이를 수탉처럼 어깨를 흔들고 다니며, 은근히 새로 감독 일을 맡게 된 자신을 과시하였다.

영산포 선창에는 길목마다 세곡들이 밀려 발길에 채었다.

한때 영산창은 세곡을 취집하고, 취집한 세곡들을 경창(京倉)으로 실어가는 초겨울부터 늦봄까지의 근 반년 동안은, 매일 장시처럼 벅신거렸었다. 수로가 험하다는 이유로 폐쇄되기(中宗 7년) 전까지만 해도 전라의 남도지방 세곡들은 모두 영산포로 취집되었었다.

한때 영광(靈光)의 법성창(法聖倉)은 영광(靈光)·홍덕(興德)·부안(扶安)·함평(咸平)·무장(茂長)·장성(長城)·정읍(井邑)·고부(古阜)·고창(高敞)·옥과(玉果)·담양(潭陽)·곡성(谷城)·창평(昌平)·순창(淳昌) 등 열네 고을의 세곡을 취집하였으며, 영산창은 나주(羅州)·강진(康津)·진도(珍島)·무안(務安)·영암(靈巖)·순천(順天)·광주(光州)·낙안(樂安)·광양(光陽)·화순(和順)·남평(南平)·동복(同福)·홍양(興陽)·보성(寶城)·능성(綾城)·장홍(長興)·진원(珍原) 등 열일곱 고을의 세곡을 맡았었다.

그 무렵까지만 해도 영산포에는 세곡 1천 섬을 싣는 초마선(哨馬船) 한 척과, 이백 섬을 실을 수 있는 평저선(平底船) 10척이 있었다.

영산창이 폐지된 후, 전라의 남부지방 세곡들은 가까운 영광의 법성창으로, 법성창 소관의 세곡 일부는 군산창(群山倉)으로 이관되면서부터 쇠미해진 듯하였으나, 법성창이 워낙 번잡한데다가 순천·낙안·광양·화순·남평·동복·홍양·보성·강진·능성·장홍과는 거리가 너무 멀어 조운창까지 운반하기가 힘들어, 영산포에서 가까운 지역은 영산창에서 계속 세곡을 취집하도록 하였다.

영산포에서 검사하여 취집한 세곡들은 법성포를 경유하지 않고 서해안의 해안을 따라 경창에 상납하고 있었다.

처음에는 세곡을 경창까지 무사히 수송하기 위하여 경기 좌·우 수운판관(水運判官)을 두고, 전라·충청 양도 도사(都事)로 하여금 종5 품의 해운판관(海運判官)을 겸하게 하여, 만호(萬戶)로 하여 조선(漕船) 을 거느리게 하고, 감영이나 군아(郡衙)에 딸렸던 아전과, 각 조선마다 한 사람씩 조군(漕軍)에서 나온 사공, 수참선(水站船)마다 3명씩, 해선 (海船)마다 15명씩의 조군에서 나온 격군(格軍, 水夫)의 공동 책임 하에 군율로써 조운을 하도록 법규가 매우 엄격하였으나, 차츰 해이해지 기 시작하더니 근자에 와서는 관찰부에서 각 조창에서 세곡을 검사 하여 취집하는 데에만 마음을 쓰는 편이었다.

해마다 거두어들이는 조세의 가짓수가 어찌나 많은지, 그것들을 농민들로부터 징수하여 총합한 뒤 한양으로 운반하는 일이 쉬운 일 이 아니었다.

우선 결(結)마다 4말씩 거두는 정규적인 전세(田稅) 외에도, 포(砲)· 사(射)·살(殺) 세 수병(三手兵)의 급료를 위해 결마다 1말 2되씩 징수하 는 삼수미(三手米), 공물대(貢物代)로 결마다 12말씩 받는 대동미, 균역 세(均役稅)의 하나로 결마다 1말 2되씩의 결작(結作)에, 각종의 부가세 가 첨가되었다.

이밖에도 고종 때부터 제정된 전시특별세(戰時特別稅)의 하나로, 병 인양요(丙寅洋擾) 이후 외국선박의 침입이 빈번하여 조정에서는 포군 (砲軍)을 설치, 그 경비를 충당하기 위해 1결당 1말씩 징수하게 된 포 량미(砲糧米)와, 작지역가잡비(作紙役價雜費)라는 명목의 결당 2말, 짐을 실을 때의 선가부가(船價負價) 및 잡비라 하여 3말, 수령들의 잡비인 치계시탄가미(雉鷄柴炭價米)와 치계색락미(雉鷄色落米) 3말, 경작자가 세곡의 수량을 검사하는 창번(倉番), 고직(庫直)에게 주는 간색미(看色米), 낙정미(落庭米), 타석미(打石米), 인정미(人情米), 지필채(紙筆債)까지 붙어, 논 1결의 조세가 실로 27말 4되요, 이것을 금납(金納)으로 환산하면 25냥에서 30냥에 이르렀다.

이외에도 가짓수를 헤아릴 수 없을 만큼 갖가지 세의 명목으로 농사꾼들의 홀태 밑까지 갈퀴질해갔으니, 고을의 풍헌이나 소리(小吏)가 수령의 명으로 징수하는 세가 24종이요, 감·병영비소(監兵營費消)로 지방관의 명령으로 거두는 세가 24가지, 중앙관아비소(中央官衙費消)로 관리를 파견하여 직접 징수하는 세종(稅種)이 3가지며, 중앙에서 감사에게 하명하고 감사가 지방관을 시켜 징수하는 세종이 52종이나 되었다.

이무렵 국조의 출세(出稅) 실결수는 총합 75만 8천 87결로, 이를 지방별로 보면 전라도가 20만 2천 3백 20결로 가장 많고, 다음이 경상도 18만 6천 6백 99결, 충청도 10만 2천 7백결 순위이다. 이 숫자로 헤아리면 결당 징수하는 조세를 27말로만 따져도 전라도에서 54만 6천 2백여 섬이나 되었다.

이것뿐만이 아니었다. 정규적인 징수 외에도 정리가 안 된 토지대장을 빌미삼아, 황폐한 토지에서 징세하는 진결(陳結), 대장에 누락된 전답에서 징세하는 은결(隱結), 공금(公金) 부족함을 임시로 메우기 위하여 세를 과하는 도결(都結)이라는 것이 있고, 삼영(三營)에 입번(入番)하는 대신에 납입하는 군포(軍布)가 있었다.

또한 국법이 정한 것 외에, 중앙관아에 수납할 것도 아니고, 감영의 창고에 들어가지도 않는 것으로, 수령이 임의로 징수하여 마음대로 소비하는 무명잡세들도 한두 가지가 아니었으니, 그 중에서도 산골 백성이 내는 산세(山稅), 어민들이 내는 포세(浦稅), 짐을 운반하는 등짐꾼들에게 과하는 상하세(上下稅), 읍청의 임시비에 충용한다는 명목으로 받는 걸입(乞入)이 있으며, 지방관청의 관노가 시장의 노점을 일일이 임검하면서 세금을 걷는 시장세가 있었다.

대불이가 보기에 그 많은 조세들 중에서 가장 가당찮다고 생각되는 것은 전세 상납 시에 여러 가지의 수수료며 하역·운송료, 세곡의 자연소모의 보충 등을 명목으로 받아내는 이른바 부가세라는 것이었다.

대불이가 알기로 부가세에는 가승(加升), 곡상(斛上), 창역가(倉役價), 창작지(倉作紙), 호조작지(戶曹作紙), 공인역가(貢人役價), 간색미(看色米), 낙정미(落庭米), 타석미(打石米), 선가(船價), 이가(二價), 공석가(空石價), 인정미(人情米), 부석가(負石價), 차사원지공비(差使員支供費) 등 15가지나 되어 1결당 납세원액의 스무 배에 가까웠다.

15가지나 되는 이들 부가세의 내용을 자세히 들여다보면 더욱 기가 막힐 노릇이었다.

가승이라는 것은 납세곡의 일반 결손을 보충한다 하여 섬당 3되씩 규정 외로 징수하는 것을 말하고, 곡상은 쥐의 피해나 자연적으로 썩는 것을 보충하기 위해 섬당 3되씩 받아냈다. 또 세미를 경창에 납입할 때 그 사무를 청부맡은 경주인(京主人)의 보수로 섬당 6되를 징수한 창역가, 60섬 이상을 바치는 군에서 쌀 5섬을 납세의 수수료로 받는 호조작지, 창고에 바치는 수수료로 받는 창작지, 대동법 실시 이후 서울의 사무를 대행하는 공주인(貢主人)의 보수로 섬당 1되를 받는 공인역가, 세곡을 선박에서 하선 입고하는 잡비로 섬당 3되를 받는 이가, 상납하는 세곡의 수운비(水運費)로 섬당 3되씩 징수하는 선가, 세무 각사의 담당 관리들을 위로하는 비용으로 섬당 2되씩 받는 인정미, 세미를 배에 실은 때 고용된 인부에게 지급하기 위해 받는 부석가, 세곡을 수검한 후에 포장에 소용되는 가마니 대라고 하는 공석가, 세곡 상납 시에 조선에 동승하는 운송책임관과 그 수행원의 양료 지급을 위한 차사원지공비, 각 군에서 수세 시에 납세를 검수하는 급창(及唱)과 수검 후에 보관하는 고지기에 섬당 한 되씩 징수하는 간색미, 배에 실을 때와 검수할 때 누락, 감축되는 것을 예상하여 이의 보충을 목적으로 섬당 네 되씩 받는 낙정미(실제로는 고지기한테 지급되었다), 감영의 주인과 봉상시(捧上時) 사환에게 지급되는 것으로 섬당 한 되씩 받는 타석미 등이 그것이다.

동짓달 하순 무렵에 접어들자 강바람도 드새지고 사흘 걸러 눈발이 비치곤 하였다.

세곡을 검수, 간심하는 곳이 바람막이 하나 없이 툭 터진 조운창 앞의 난장이라, 눈발이 조금만 비쳐도 검수하는 관속들은 아예 객줏집에서 나오지 않았다. 설사 눈 속에서 검수를 한다고 해도 창감리와 고지기가 눈 맞은 세곡을 받아들이지 않았다.

궂은 날씨가 며칠씩 계속되자 영산포 객주거리에는 장흥, 흥양, 순천, 낙안, 광양, 구례, 곡성 등 영산창에서 멀리 떨어진 곳에서 세곡을 신고 온 고을 관속들과 마바리꾼들이 상납을 못하고 며칠씩 늦어져 안달이었다.

객주거리에는 이들 고을의 관속들이나 마바리꾼들 외에도, 검수·간색을 맡은 관속들이며 등짐꾼들로 벅신거렸으며, 게다가 곡식이 나는 늦가을부터 섣달까지는 무곡(貿穀)하는 장사치들까지 몰려들어 주막집마다 흥청거렸다.

영산창에서 세곡을 취집할 때면 먼 곳에서부터 남정네들의 돈 냄새를 맡고 똥파리 윙윙거리듯 논다니패들이 수시로 몰려들고, 이들 논다니들의 썩은 살 냄새를 맡은 건달, 얼치기, 노름꾼들이 뒤를 따랐다.

어디 그뿐이랴. 소리 잘하고 춤 잘 추는 기생이며 걸립패, 줄꾼, 잽이, 소리꾼, 발탈꾼 등 각처를 떠돌아다니는 재인들이 조운창 곡식이 바닥날 때까지 이곳 객주거리에서 온몸이 흐물흐물 녹아내리도록 놀다가, 광나루 언덕바지에 흰제비꽃이 흐드러지게 피는 늦봄에야 떠나곤 하였다.

이틀째 눈이 술술 무너져 내렸다.

눈이 오는 날에는 대불이도 고지기들과 함께 객줏집에 붙박여 투전을 만지거나 술사발을 기울였다. 그까짓 술값이나 투전 밑돈쯤은 걱정할 것이 못되었다. 세곡을 검수 받지 못해 속이 타 죽고 못 사는 시골 관속들이 집어주는 인정도 심심찮게 들어왔거니와, 발에 채도록 시글시글한 곡식 가마니만 살짝 객줏집에 부려주면, 몇 날은 질탕하게 마시고 놀 수가 있었다.

밤이면 밤마다 물컹한 논다니들을 끼고 잘 수도 있었다. 논다니들은 얼굴도 그럴싸했지만 잡스럽게도 남자 하나는 요절나게 잘 다루었다.

대불이는 코피를 쏟도록 밤마다 논다니들을 갈아가며 질탕치게 놀았다. 한갓 진사 댁의 천한 비자였던 그가 영산포 객주거리에 짜하게 이름이 돌았다. 힘세고 돈 잘 쓰는 그를 모두들 불알 큰 대불이라고 불렀다. 불알이 크다는 소문에 객주거리의 논다니들은 말할 것도 없고, 나이 젊은 주모, 소리꾼이며 멀리서 온 사당패들까지도 대불이와 함께 자기를 자청해올 정도였다. 그의 그 것이 고깃간 칼자루만 하다는 여자들도 있었고 거짓말 조금 보태 방망이만큼 크기도 하려니와, 박달나무 빨래방망이처럼 언제나 빳빳해서, 어지간한 논다니들이 밤새도록 그와 놀아나도 힘이 빠지는 일이 없다고들 하였다.

요즈막 대불이는 갑작스럽게 세상살이가 요지경 속 들여다보듯 신이 났다. 조운창의 등짐꾼이 되고자 하는 사람들이 줄을 지어 그를 찾아왔고, 기왕에 조운창에 빌붙어 살아온 등짐꾼들도 떠밀려 나지 않으려고 시새우다시피 하여 그에게 인정을 썼다. 그는 마음대로 등짐꾼들을 갈아치웠다.

이미 그는 관찰부에서 나온 세곡 수검원이나 급창들이 창감리, 고지기들의 환심을 사두기 위해, 등짐꾼들한테서 받은 뇌물로 충분하게 인정을 써둔 터였다.

술과 계집을 좋아하는 지위가 낮은 관속들과는 벌써부터 형, 아우하며 지내고 있었다. 그가 객주거리의 여자들을 호리는 일은 도투마리 잘라서 넉가래 만들기보다 더 쉬운 일이어서, 손쉽게 호려낸 여자들을 못나고 나이 많은 관속들의 방에 들여 넣어주기만 하면, 다음날 아침 그의 입에서는 금방 아우라는 말이 튀어나오게 마련이었다.

그때마다 대불이는 "헤헤, 형님이 잡수셨으니 오늘밤에는 이 아우가 맛을 봐도 괜찮으시겠습죠. 그렇게 되면 우리는 베갯동서가 되는 것이옵니다요" 하고 넉살을 부리곤 하였다.

기름 먹인 가죽이 부드럽다더니, 이제 대불이는 뇌물을 받을 줄도, 그것을 적절하게 쓸 줄도 알고 있었다.

그리고 무엇보다도 조운창 사람들이 대불이를 함부로 하지 않는 데는 그의 싸움 실력을 알고 있었기 때문이었다.

그가 양 진사의 일붙이로 조운창에 발을 들여놓은 지 사흘째 되는 날이었다. 그때까지만 해도 영산포 객주거리에서 방석코라고 하는 서른 안팎의 메기주둥이에 사팔뜨기 눈을 한 힘센 사내가 모든 건달 패거리들을 휘어잡고 있었다.

방석코는 그를 형님이라고 부르는 떨거지 셋과 어울려 다니면서, 객줏집마다 공술을 퍼마시고 장사를 하기 위해 데려다놓은 색주들을 마음껏 주물럭거리는가 하면, 그것도 모자라 투전 밑돈까지도 뜯어가곤 하였다. 방석코의 요구를 거절하는 날이면 그 객줏집은 장사를 치우지 않을 수가 없었다. 그들은 객줏집 문 앞을 쇠말뚝처럼 가로막고 서서 손님들의 출입을 방해하였으며, 걸핏하면 출입하는 손님들을 붙잡아 트집을 잡고 행티를 부렸다.

그날 대불이는 하루 일을 마치고 고지기 네 사람과 목을 축이려고 때죽나무집 주막으로 들어서려던 참이었다. 주막을 들어서려는데,

방석코의 떨거지인, 손으로 남의 얼굴을 잘 후빈다 해서 갈퀴라고 부른다는 그 갈퀴가 대불이의 등을 툭 쳤다. 대불이는 주춤 걸음을 멈추어 섰다. 대불이는 방석코 떨거지들의 행티 사나움에 대해 익히 알고 있었던 터라, 되도록 그들의 찍자붙임에 말려들지 않으려고 잠시 걸음을 멈추어 섰다가 아무 말 없이 다시 안으로 들어서려고 하였다.

그때, 또 다른 떨거지 하나가 대불이의 가슴팍을 툭 쳤다. 대불이는 눈꼬리를 빳빳하게 세우고 그의 가슴팍을 친 주걱턱 사내를 쏘아보았다. 방석코 떨거지들은 대불이와 같이 간 고지기들과 잘 알고 있는 사이라서 못 본 척하였으나, 처음 본 대불이를 붙잡고 시비를 붙이려고 한 것이었다.

"왜 이러슈!"

대불이가 턱 끝에 힘을 주며 주걱턱을 노려보았다. 분위기가 심상치 않음을 눈치 챈 고지기들이 대불이의 어깨를 잡으며 그만 돌아가자고 하였다.

"마, 피도 안 마른 조막만한 놈이 누구한테 시비야!"

주걱턱이 오른팔을 올려 대불이의 어깨를 찍어 잡아 흔들었다. 그는 대불이의 어깨를 찍어 잡아 흔들며 발로 대불이의 가랑이를 떠서 넘어뜨리려고 하였다. 그러나 대불이는 꿈적도 않고 주걱턱의 오른팔을 힘껏 뿌리쳤다. 그 바람에 주걱턱이 바람 맞은 수수깡처럼 휘청거리다가 잎이 떨어진 때죽나무 등걸까지 밀려서고 말았다.

"이 자슥 봐라?"

다시 주걱턱이 우르르 내달았으나 대불이가 날쌔게 몸을 옆으로 피하며 왼팔로 주걱턱의 다리를 걸었다. 주걱턱은 질척거리는 길바닥에 미꾸라지처럼 나자빠지고 말았다.

"어? 어어?"

다음에는 갈퀴가 싸움닭처럼 머리 위로 치켜 올린 두 손을 빙글빙글 돌리며 접근해왔다. 갈퀴가 싸움닭처럼 풀썩 뛰며 내달아오자 대불이의 주먹이 날았다. 갈퀴는 그의 두 손이 대불이의 얼굴에 닿기도 전에 비틀비틀 꼬꾸라지고 말았다.

대불이는 주먹에 힘을 주고 무서운 눈으로 그를 찔러보고 서 있는 방석코를 흘깃 보았다. 그 무렵에는 구경꾼들이 때죽나무집 앞에 무리로 모여들고 있었다. 때죽나무집의 술손님들과 색주 논다니들 외에, 그 앞을 지나던 짐꾼들이며 관속들까지도 싸움을 구경하느라 숨을 죽이고 있었다.

구경꾼들은 모두 방석코의 성난 모습을 훔쳐보고 나서 곧 회를 쳐 놓은 오징어가 될 것이 뻔한 대불이를 애잔한 눈으로 쓸어보았다.

"이런 쥐알만한 놈이, 내가 누군 줄 알고!"

방석코는 이를 응등물고 눈을 부라리며 왼손으로 대불이의 멱살을 움켜잡았다. 순간 대불이도 팔을 뻗어 왼손으로 방석코의 턱밑을 받쳐 들고 오른손을 높이 쳐들었다. 방석코가 대불이의 멱살을 움켜잡아 바짝 끌어당기며 발로 정강이를 걷어찼다. 이때 대불이의 주먹이 픽 하고 방석코의 볼때기에 터졌다. 방석코가 다시 발로 대불이의 사타구니 언저리를 내지르자, 대불이가 헉 하고 허리를 구부리며 두 손으로 자신의 부자지를 감싸 안았다. 이때 방석코의 주먹과 발길이 계속 대불이의 얼굴과 옆구리를 난타했다. 대불이의 얼굴에 피가 터지고 말았다. 대불이는 쓰러질 듯 쓰러질 듯하다가, 피범벅이 된 얼굴을 들어 흰자위가 그득한 눈으로 방석코를 칩떠보았다. 대불이가 두들겨 맞는 것을 본 구경꾼들 입에서 혀 차는 소리가 새어나왔다.

"어— 우—."

대불이는 이빨을 응둥물고 두 무릎에 힘을 주며 비명도 아니고 울부짖음도 아닌, 묘한 소리를 내지르며 갑자기 벌떡 일어서서 머리로 방석코의 턱을 받았다. 순간 방석코가 뒤로 주춤 밀려났다. 대불이는 뒤이어 방석코의 얼굴에 주먹을 뻗었다. 방석코의 입에 피가 주르르 흘렀다.

"우— 우—."

대불이는 계속해서 마치 황소 우는 소리처럼 목청껏 내지르며 방석코의 얼굴에 주먹질을 하고 난 뒤, 방석코가 휘청거리는 틈을 타서, 그의 가랑이를 잡아 뒤로 넘어뜨렸다. 방석코의 우람한 몸뚱이가 질척거리는 흙탕 위에 깍짓동이 넘어지듯 하였으며, 대불이가 날렵하게 그의 배를 깔고 앉아서 두 손으로 힘껏 멱을 조르기 시작하였다.

방석코가 발버둥을 치며 대불이를 보듬고 돌려고 하였으나, 그때마다 대불이의 무릎이 그의 가슴팍을 자귀질하듯 내리쳤다.

그대로 내버려두면 영락없이 방석코가 대불이의 손에 죽을 것만 같았다. 방석코가 대불이한테 깔려 버둥거리는 것을 본 방석코 떼거리들이 달려들려고 하였지만, 고지기들이 그들을 막아섰다.

"방석코를 쥑여라! 쥑여서 없애뿌러!"

구경꾼들 가운데서 누구인가 흥분한 목소리로 내질렀다.

방석코는 이미 버둥거릴 힘마저 잃고 캑 캐액 숨이 막혀오는지 여우 기침 소리를 내고만 있었다. 그제야 구경하던 관속들이 대불이를 떼어냈으며, 대불이는 관속들한테 팔을 붙잡혀 일어서면서도 흙 범벅이 된 털메기 신은 발로 방석코의 얼굴을 서너 차례나 짓이겨놓고 말았다.

그날 밤부터 선창거리에서 대불이의 이름이 입에서 입으로 짜하게 퍼졌다. 감히 그 누구도 얼굴을 바로 쳐다보지도 못했던 건달패의 큰형님이라고 하는 방석코의 코를 수많은 구경꾼들 앞에서 더욱 납작하게 만들어놓은 대불이가 일약 유명해진 거였다.

그런 일이 있은 뒤부터 조운창 사람들이 고하 가림 없이 대불이를 대하는 태도가 달라졌으며, 방석코의 떼거리들도 대불이를 만나면 비칠비칠 자리를 비켰다.

대불이 생각에 틀림없이 방석코가 한 번쯤 보복을 해오리라 생각하고, 며칠 동안은 과음을 피하고 밤늦게 홀로 선창거리를 돌아다니는 것도 삼가고 있었다. 방석코는 대불이가 생각했던 것보다 훨씬 사내다운 데가 있었다.

방석코를 납작하게 만든 지 나흘째 되는 날 밤, 대불이가 혼자 술도 마시지 않고 고지깃방에 큰대자로 편하게 누워 있는데, 방석코가 갈퀴와 주걱턱을 데리고 찾아왔다. 밖에서 인기척이 있기에 문을 열고 나간 대불이는 어둠속에서 방석코를 보자 뜨끔했다.

세 사람이 한꺼번에 달려든다면 당해낼 도리가 없을 것 같기에 우선 몸을 피하려고 두렷두렷 어둠을 쑤석여보았다.

"어이 대불이, 저 앞순에는 내가 잘못했네!"

대불이가 어둠속으로 도망을 치려고 했을 때 방석코가 그에게로 다가서며 차분하게 가라앉은 목소리로 말하고 있었다. 대불이는 자신의 귀를 의심하면서 멈칫 섰다.

"사과허는 뜻에서 찾아왔네."

방석코가 다시 말했다. 그제야 대불이는 방석코가 보복을 하러 온 것이 아니라는 것을 알고 방으로 들어가자고 하였다.

"영산포를 떠날까 허다가, 그렇게 되면 진짜 남자가 아닐 것 같기에 그냥 남기루 했구만!"

방석코가 대불이를 따라 들어와서 방에 앉으며 말했다. 순간 대불이는 자기를 찾아와서 그렇게 말할 수 있는 방석코의 사람됨에 놀라고 있었다.

"이제는 여기저기 떠돌아댕기기도 싫고……."

방석코는 말을 하면서 대불이의 눈치를 살폈으나, 대불이는 이럴 때 무슨 말을 해야 좋을지 몰라 잠자코만 있었다.

"왜, 아직도 화가 덜 풀렸는감?"

방석코는 대불이가 아무 말도 하지 않자 한참 동안이나 뜨악하게 앉아 있었다.

"그때는 나이 많은 윗사람덜헌티 너무 버르장머리 없는 행동을 했구만이라우."

대불이는 방석코를 정면으로 바라보며 말했다.

"아녀, 아니라니께. 우리가 잘못헌 거여."

방석코가 다가앉으며 대불이의 손을 잡았다.

"앞으로는 서로 의좋게 지내세. 부탁이구만."

방석코가 대불이의 손을 흔들며 말하자, 대불이도 마음속 깊숙한 곳으로부터 미소를 뿜어 올렸다.

"그리고만이요."

"고마우이."

그날 밤 방석코는 한사코 대불이를 때죽나무집 주막으로 끌고 가서 술판을 벌이기까지 하였다. 술자리에서 거나하게 술이 오른 방석코는 그의 지나온 삶을 푸념처럼 쏟아놓았다.

방석코는 영암 덕진(德津)이라는 곳에서 어려서부터 종살이를 했다고 털어놓았다. 지난 이월에 홀몸으로 종살이에서 풀려나자 살아갈 방도를 찾으려고 강진으로 영암으로 흘러 다니다가, 선창 등짐꾼이나 될까 하고 영산포까지 오게 되었다고 하였다. 그러나 조운창에서는 그를 등짐꾼으로 써주지 않았다. 영산포에는 등짐꾼이 되고자 왔다가 등짐꾼이 되지 못하고 객줏집을 기웃거리며 빈둥거리는 반거충이들이 하나 둘이 아니었다.

세상살이가 뜻대로 되지 않아 창자가 삐딱하게 외로 꼬인 방석코는 같은 신세의 반거충이들을 모아 패거리를 만들었다고 하였다.

"첨에는 씨름판이라면 죄다 찾아댕겼재. 이래봬도 종살이를 그만둔 뒤에 송아지 두 마리를 땄어."

방석코는 술이 취해 거침없이 말했다.

대불이는 우선 그가 비자 출신이었다는 데에 마음이 끌렸고, 나이가 자기보다 열한 살이나 더 많은데도 부끄럼 없이 고지깃방에까지 찾아와서 용서를 비는 그 사내다운 배포가 좋았다.

술이 오를 만큼 오르자 대불이는 방석코를 형님이라고 서슴없이 불렀고, 방석코도 대불이의 어깨를 잡아 흔들며 동생이라고 불렀다. 방석코와 대불이 사이뿐만 아니고 방석코의 모든 떨거지들과도 형님 동생하고 부르게 되었다.

대불이는 다음날 이들을 모두 등짐꾼으로 썼다. 그렇게 하여 방석코와 대불이는 친형제처럼 가깝게 지내게 되었다.

대불이의 조운창 생활은 하루하루가 오달지고 즐거웠다. 그때문에 어느덧 한 달이 넘도록 새끼내에 가보지 못하였다. 그는 여러 차례 팔만이네 소금점에 찾아가서 그때까지도 염한이 노릇을 하는 새끼내의 형님 친구들과 만나, 소금 지게를 팽개치고 등짐꾼이나 되라고 하였지만 하나같이 그들은 대불이의 제의를 받아주지 않았다.

아침부터 눈이 술술 내리자, 밤새도록 술을 퍼마시고, 새로 온 나이 적은 논다니와 질탕하게 재미를 보고 늦잠을 퍼질러 잔 대불이는 조운창으로 나가려다 다시 이불속으로 파고들었다. 아침이 되도록 방바닥이 쩔쩔 끓는 이불속에서 밤새 끼고 잔 논다니의 물컹한 살이 찐득찐득 인절미처럼 엉켜왔다.

대불이가 이름이 보름달이라고 하는 열여섯 살 논다니의 나긋나긋한 허리를 휘감은 팔에 힘을 주자, 보름달이 헉 하고 숨을 토했다. 그는 마치 하늘에 둥실 떠 있는 보름달을 어루만지기라도 하듯 그녀의 몸을 샅샅이 되작거려가며 쓰다듬은 다음, 바지를 무릎 아래로 흘려 내리고 얄캉한 그녀의 배 위에 몸을 실었다. 대불이는 벌써 꼬박 나흘째 밤마다 보름달을 끼고 살았다. 투실하고 물크러지게 홈실홈실한 여자들만 상대하다가 허리가 낭창낭창한 보름달과 잠자리를 같이해본 뒤부터는 그녀를 놓아주려고 하지 않았다.

보름달 위에 몸을 실으면 마치 드넓은 강물에 일엽편주를 띄운 것처럼 물살에 얄랑거리는 맛이 있었다.

"아이고매. 밤새두록 곤죽을 맹글아놓더니만 또 허실라요? 워따, 징허요 징해. 쇠작대기를 삶어묵었는가 원, 무신 힘이 그리 시다요?"

보름달은 가랑이를 쩍 벌리고 희번하게 밝아오는 봉창을 쳐다보며 얼굴을 찡등그렸다.

"오늘도 눈이 오니, 이 짓 말고 혈 일이 있어야재."

대불이는 눈 녹은 고샅처럼 질척질척한 회음 언저리를 더듬어, 쇠막대기 같은 그것을 푹 내질렀다. 그러자 보름달은 헉 하고 모두숨을 내쉬었다. 대불이가 두 손바닥으로 물동이 바가지만 한 엉덩판을 받쳐 들고 숨을 들이쉴 때마다 힘껏 끌어당기자 우두둑우두둑 삭정이 부러지는 듯한 소리가 났다.

"워매 워매, 내 삭신 다 부러지는개벼. 이러다가 스물도 못 채우고 죽겄소, 좀 쌀쌀 허씨요. 워매 워매, 창시 끊어지겄네 잉."

보름달은 모두숨을 계속 헉헉 몰아쉬며 씨부렁거렸다.

"작긋아, 쥐둥아리 좀 닥치고 있그라. 너는 혈 때마닥 지랄같이 왜 그리 말이 많냐. 쥐둥아리로 허는 것도 아닌디."

대불이는 너무 더워 이불을 걷어차며 다그치듯 말했다. 그래도 보름달은 잠시도 입을 닫지 않고 숨 가쁜 목소리로 뭐라고 인지 계속 씨부렁거렸다.

"이녁허고 사는 여자는 제 명대로 못 살겠구만."

"쥐둥아리 닥치라니깐!"

대불이는 너무 더워서 참을 수 없자 바지를 긁어 올리더니 방문을 훨쩍 열어버렸다. 홑치마가 가슴 위로 똘똘 말려 올라가버려 아랫도리가 그대로 드러난 보름달이 소스라치듯 일어나며 홑치마를 내렸다.

대불이는 웃통을 벗은 채 문턱에 서서 바람을 맞고 있었다. 어느 사이에 눈발이 뚝 그치고 햇살이 퍼져 내려오고 있었다. 눈이 멎었으니 조운창으로 가봐야겠다 싶어 윗도리를 찾아 꿰었다.

"오늘밤에도 올 테니 낮에 실컷 잠이나 자둬!"

대불이는 보름달을 향해 말을 던지고 방에서 나가, 눈 온 뒤의 윤기 나는 겨울햇살을 담뿍 받으며 조운창 쪽으로 발걸음을 재촉했다.

그가 객주거리 모퉁이 대추나무 아래를 지나려는데, 빈터에 사람들이 시끌시끌하게 몰려 있었다. 북, 장고 소리도 들렸다. 줄꾼이 온 것이었다.

객주거리 모퉁이 널찍한 공터에, 사람 키로 서너 길 남짓 됨직한 작수목이 세워지고, 공중에 실하고 팽팽한 사합(四合)으로 꼰 삼 줄이 매어져 있었다.

"쩡꿍— 쩡꿍—."

장고 소리가 났다. 염불타령과 함께 몸피가 가늘고 키가 작달막한 쉰 안팎의 줄꾼이, 황갈색 저고리에 바지를 입고 관을 쓴 채 작수목을 놓고 부채와 손수건을 들고, 천천히 휘청거리며 앞으로 걷기 시작했다.

대불이는 그냥 지나치려다가 그때 마침 줄꾼의 재담이 흘러나왔기 때문에 잠시 서서 구경을 하였다.

"여러분 원근을 불고허시고 이렇게 많이많이 왕림해주셔서 감사하고 감사합네다. 광대 기생들은 땅에서 춤추고 노래를 불러 여러분들을 흥겨웁게 했으나, 이 사람은 공중에서 여러 가지 재주로 여기 왕림하신 손님들을 즐겁게 해드리겠습니다. 헌디, 이쪽에서 저쪽 작수목까지 건너가야 할 터인데, 가슴이 도굿대질을 해싸니…… 이거 큰일 났네. 그러하나 염불타령 떠쿵 붙여놓고 이쪽에서 저쪽 작수목까지 건너가 보는디 장히 어렵겠구나."

줄꾼은 땅위의 악공한테 장고를 치라고 쩡쿵 하고 소리를 한 뒤 바른손에 부채를 펴 높이 들고 왼손은 줄을 붙잡을 자세로, 겁이 나는 표정에 눈을 크게 뜨고 허리를 굽힌 채 한 다리만 내딛고는 벌벌 떤다.

구경꾼들이 줄꾼의 겁먹은 표정을 보고 웃는 사이에 익살맞은 줄꾼은 몇 번을 벼른 후 두 다리를 앞으로 내딛다가 다시 깜짝 놀라 한 다리를 뒤로 물러 디디며 작수목을 잽싸게 잡고 벌벌 떨었다.

줄꾼은 다시 건너가기를 시작하여 고의로 벌벌 떨면서 줄 중간쯤 갔을 때, 옆으로 줄이 막 흔들렸다. 줄꾼은 더욱 심하게 겁먹은 표정을 하다가, 줄의 흔들림이 멎자 살살 건너가서 작수목을 거의 붙잡을 정도에 이르러 얼른 작수목을 잡고 후유 한숨을 내쉬었다.

구경꾼들의 웃음소리와 함께 장고 소리가 뚝 멎었다.

줄꾼은 겁은 났지만 아무렇지도 않은 것처럼 큰 소리로 하는 희떠운 소리를 하였다.

"어쨌든 줄 한 번 잘 탄다. 헌디, 저기서 여기까지는 무사히 건너왔는디, 한 번 건너오고 그만두는 것도 아니고 다시 건너가야 할 터인데 야단났네. 자, 또 한 번 건너가 보자, 쩡쿵!"

줄꾼은 두 번째 간신히 건너가다가 중간쯤 갔을 때 줄이 심하게 흔들리자 바른발을 헛디디고는 잔뜩 겁을 먹고 뒤돌아 건너오고 만다.

"그런디 줄을 앞으로만 걸어댕기면 재미가 없으니 이번에는 뒤로 한 번 건너가 보는디, 앞으로는 보는 눈이 있으니까 줄을 보면서 갈 수 있지만 뒤통수에 눈이 붙은 것도 아니고, 눈도 코도 없는 발바닥만 믿고 건너가 보는디, 이 발바닥이 줄을 잘 디뎌줘야지 만약 잘 못했다가는 황천길이라. 자, 쩡쿵!"

줄꾼은 뒤로 찬찬히 건너오다가 여러 차례 헛디디면서 가까스로 작수목을 붙잡았다.

"자, 그러면 이번에는 장단을 스리슬쩍 허튼타령으로 넘겨놓고서, 장단을 맞춰가며 발짝을 떼어보는데, 자— 쩡쿵— 쩡저쿵—."

줄 위에서 춤이 나올 듯이 장고 가락이 달라졌다. 줄꾼은 타령장단에 맞춰서 부채도 경쾌하게 펴들고, 앞으로도 뒤로도 걸어가며 춤도 추고 앞뒤로 저적거리다가 작수목을 잡곤 하였다.

갑자기 장고 소리가 빨라졌다. 줄꾼은 앞으로 종종걸음을 치며 건너갔다가 다시 뒤로 돌아오다가, 중간쯤에서 뒤로 떨어지는 것처럼 털썩 두 발을 헛디뎠다. 이때 구경꾼들이 우우 하고 크게 놀랐다. 떨어지는 줄로만 알았던 줄꾼은 줄을 타고 앉았다가, 줄의 탄력에 몸이 위로 솟구쳐 오르더니 줄을 성큼 올라 딛고 서며, 앞으로 줄달음질을 쳐 작수목을 붙들고 섰다.

늙은 줄꾼은 계속해서 갖가지 묘기를 보였다. 대불이는 줄꾼의 재주에 정신을 빼앗기고 있었다.

줄꾼은 다시 혈기 있게 부채를 펴들고 한 다리를 꾸부린 채 외발로 껑충껑충 뛰며 걷는 앵금이며, 줄 위에서 공중으로 몸을 솟구쳐 발로 코를 차는 외홍채비, 풍치기, 쌍홍채비 재주를 부렸다.

구경꾼들이 박수를 치고 소리를 지르자 줄꾼은 공중에서 몸을 써서 방향을 바꾸며 두서너 차례나 돌아앉고, 줄의 탄력으로 먼저보다 더 높이 치솟아 공중에 떴다가 줄을 사뿐히 딛고 섰다.

"자, 이번에는 두 발로만 걸을 것이 아니라 두 무릎을 꿇어 앉아 무릎으로 걸어가는 것을 해보는디, 쩡쿵—."

줄꾼은 두 무릎을 꿇고 회목발목에 줄을 건 다음 두 무릎 황새두렁 넘기를 보여주었다.

이어서 책상다리하고 손가락으로 발가락 새를 후비는 고리환 파내기며 할머니 화장하는 흉내, 갈지자의 노론 양반걸음 흉내, 바람난 여편네 호마궁뎅이 흔들기 등 요절복통할 재주를 다 부려 보였다.

대불이는 줄꾼의 재주를 다 구경하고 그냥 돌아서려다 어쩐지 마음이 찜찜하여, 조그마한 대소쿠리를 들고 구경꾼들 사이를 돌며 관람료를 동냥질하는 여남은 살쯤 되었음직한, 치자 물을 들인 저고리에 검정 두렁치마를 입은 아이를 불러 줄 타는 노인이 누구냐고 넌지시 물어보았다. 계집아이는 자랑스러운 듯 제 아버지라고 대답했다.

　대불이는 악공들이 작수목을 치우는 동안 늙은 줄꾼한테 가서 탁배기를 한잔 사겠다고 하여, 줄꾼의 딸을 앞세우고 게서 가까운 때죽나무집 주막으로 되돌아갔다.

　대불이는 주모한테 국밥 두 그릇과 술을 가져오도록 시켰다.

　"참 재주가 뛰어나십니다."

　잠시 후 사발에 술을 따라주며 대불이가 말하자, 늙은 줄꾼은 몸에 병이 들어 이제는 줄 타는 것도 힘겹게 되었다고 하면서, 갑자기 모두 기침을 토해냈다. 그는 단숨에 술 한 사발을 다 들이켜고 나서야 기침을 참아냈다. 어디가 아프냐고 물어봐도 늙은 줄꾼은 가르쳐주지 않고 거푸 술잔만 비웠다.

　"나야 세상귀경 잘 허고 살 만치 살었으니 여한인 없지만 저것 땜시 걱정이우."

　늙은 줄꾼은 국밥을 퍼먹고 있는 딸아이를 자오록한 눈으로 바라보며 말했다. 순간 대불이의 마음이 이상하도록 먹먹하게 죄어들었다.

　봉팔이라고 부르는 그 늙은 줄꾼은 다음날도, 그 다음날도 영산포 객주거리 공터에서 줄타기를 하였다. 그러나 그의 줄 타는 재주를 구경나오는 사람들은 날마다 줄어들었다. 폭설이 내린 뒤끝이라 햇살이 비치기는 해도 매서운 강바람이 휘몰아치는 한 겨울이라, 바람막이 하나 없이 툭 트인 난장에서 오돌오돌 떨며 줄타기를 구경하는 사람들은 그리 많지 않았다.

　줄타기 한 마당이 끝날 때마다 줄꾼 봉팔이는 그의 딸 난초의 손목을 잡고 때죽나무집 주막에 와서 술을 마시곤 하였다. 대불이가 주모한테 줄꾼이 마신 술값은 자기가 부담할 테니, 마시고 싶은 대로 줘도 좋다는 말을 해두었기 때문이었다.

그런데 이상하게도 줄꾼 봉팔이는 줄을 탈 때는 아무렇지 않다가도, 줄에서 내려오기만 하면 허리를 꺾어가며 심하게 모두기침을 쏟는 것이었다.

"줄 위에서는 암시랑 않더구만, 줄에서 내려오기만 하면 기침이 그리 심허니 어쩐 일이우?"

대불이가 어느 날 그에게 술을 권하면서 물었더니 "줄 위에서 기침이 나오면 떨어져서 죽게? 줄 위에서야 안 죽을라니께 기침을 안 허는 기재" 하고 대답하고 나서 다시 까르르 끄윽 쿠르르 끄윽 얼굴이 벌겋게 달아오르도록 기침을 토하는 것이었다. 그러면서 줄꾼 봉팔이는 어느 때고 줄 위에서 기침을 참지 못하는 날이 자기가 저승에 가는 날이라고 씁쓸하게 웃으면서 말했다.

사나흘 동안 햇빛이 반짝하더니, 다시 하늘이 무너져 내리기라도 하는 듯 눈이 쏟아졌다.

눈이 내리는 날은 세곡 수검하는 일도, 봉팔이 노인 줄타기하는 것도 쉴 수밖에 없었다. 꼬박 나흘 동안이나 푸실푸실 눈이 날렸다. 대불이야 세곡 수검을 하지 않는지라 객줏집에서 보름달을 보듬고 아랫도리가 후들거리도록 질펀하게 놀아도 상관이 없지만, 늙은 줄꾼 봉팔이는 돈벌이를 못해 죽을상이었다. 그는 겨울 들어 벌이가 시원찮아 악공과 그의 부녀 목구멍의 때 벗기기도 어렵다고 푸념이었다.

술로 가까스로 기침을 잠재우고 눈발이 멎기를 기다리며 객줏집 마당에 서서 하늘만 쳐다보던 줄꾼 봉팔이는, 여우 시집가는 날처럼 푸실푸실한 눈발과 햇빛이 숨바꼭질하듯 오락가락하자 악공을 다그쳤다. 대불이와 악공이 눈이 멎지를 않았는데 어떻게 줄을 타겠느냐고 한사코 말렸지만, 닷새째나 줄을 타지 않으면 영영 줄 위에서 기침을 참을 수 없게 될 것이라면서, 단 한 벌의 줄타기 옷인 황갈색 저고리와 바지를 바꿔 입는 것이었다.

그의 말로는 그가 줄을 탈 때면 온몸의 피가 몇 바퀴씩 몸을 돌아, 폐를 갉아먹는 나쁜 피를 맥 못 추게 한다는 거였다.

"줄타기를 오랫동안 안 흐고 있으면 나쁜 피가 목구멍까지 올라온단 말여."

봉팔이 노인은 그러면서 정성스럽게 줄타기 옷을 입었다. 그는 줄타기가 끝나면 어김없이 그의 딸 난초가 숯불을 불어가며 다리미질을 해놓는, 기장이 길고 갓이 너울너울한 짙는 황갈색 저고리에 바지를 껴입고, 초록 비단 띠를 허리에 두르고, 머리에 관을 얹고 살잽이 꽃이 그려진 부채를 손에 들었다.

그가 줄타기 행장을 차리는 데는 많은 시간이 흘렀다. 허리에 두른 초록색 비단 띠도 마음에 들도록 여러 차례 고쳐 맸으며, 머리에 얹은 관끈 하나에도 신경을 썼고, 줄타기 옷이 한 군데라도 꾸겨지거나 주름이 잡혀 있으면, 입었던 것을 벗어, 물을 뿜어가며 다리미질을 다시 하였다.

정성들여 줄타기 행장을 다 갖춘 봉팔이의 모습은 꼬리가 긴 삼광

조처럼 날렵하고, 한 마리의 청띠제비나비처럼 아름다웠다. 줄타기 옷을 입기 전의 찌그러진 몸피에 병색이 짙은 창백한 얼굴, 찡등그려 가며 모두기침 토해내는 볼품없는 그의 모습에 비하면, 완연히 딴사람이 되어 있는 것이었다.

봉팔이가 줄타기 행장을 차리고 객줏집에서 나갈 때 "난초 아부님, 줄타기 옷을 입으시니 꼭 신선 같네요" 하고 대불이가 뚜벅 말을 했더니 "그래서 나는 이 옷을 입은 채로 죽고 싶다우" 하였다. 대불이는 그의 입에서 여러 차례 죽는다는 말을 들었다. 그때마다 대불이의 기분이 이상하게도 꽉 막히는 것이었다.

"나 죽는 것이사 괜찮재만 우리 난초 땜시 걱정이여!"

봉팔이는 객줏집 싸리문을 나서다 말고, 토마루에 앉아 있는 대불이를 돌아보며 큰소리로 말했다.

"죽기는 왜 죽는다고 그러시우. 설령 그렇게 되시드래도 젊은 악공이 따님 뒤를 잘 봐줄 거 아니우."

"그놈한테 난초를 맽기다니. 호랑이한테 강아지 앵겨주는 격이재. 그놈은 지 의붓어미를 붙어묵고 쫓겨난 호로불상놈이여. 나 없으면 우리 난초 그놈이 요절을 내고 말 것인디……."

그러면서 봉팔이는 잠시 거무죽죽한 기분이 되어 눈발이 멎지 않는 하늘을 원망스럽게 쳐다보며 공터로 나갔다.

봉팔이 노인이 줄타기 행장을 차리고 공터로 나가는 사이, 젊은 악공은 난초를 앞세우고 북, 장고 두드리며 선창거리를 한 바퀴 빙 돌았다. 손님들을 몰아오기 위해 객주거리에서부터 마방거리, 쇠전머리,

닭전머리, 젓 비린내 풍기는 선창거리를 꿰고 돌았지만 악공 뒤를 따른 것은 꼬맹이들 서넛과 똥개 한 마리뿐이었다.

대불이는 객주거리 공터에서 들려오는 장고 소리와 염불타령을 들으며, 보름달의 허벅다리를 베고 반듯하게 누워 있었다. 그의 예감이 꼭 줄꾼 봉팔이 노인이 줄 위에서 모두기침을 토하며 땅에 곤두박질치듯 떨어질 것만 같았다.

"밖에 여적지 눈발이 치는감?"

대불이는 천정을 바라보고 코딱지를 뜯으며 물었다.

"봉창이 금세 어둑해진 걸 보니 해님이 숨고 눈발이 치는개벼요."

보름달이 문을 열어보지도 않고 지나가는 말투로 대답했다.

"바람도 불재?"

대불이가 다시 물었다.

"쌩쌩대는 소리 안 들리는개벼."

보름달은 싱겁게 대답을 하고 나서 잠이 오는지 하품을 쩝쩝 삼켰다.

"바람이래도 자야 헐 것인듸" 하는 대불이의 말에 "날이 궂으면 오져서 못 살드니 오늘은 참 이상허시구만 잉" 하고 보름달이 찍는 소리를 하였다.

"걱정이 되어서 안 그러냐."

"오매— 이녁도 걱정이 있소?"

"내 걱정이 아니고, 줄 타는 난초 아부지 땜시 그려. 바람이 불어싸면 기침을 참어내기가 힘들 텐듸."

그 사이에 장고 가락 소리가 멎은 듯싶자, 대불이는 잠자다가 악몽을 꾼 사람처럼 벌떡 일어나 앉았다.

"장고소리가 안 들리쟈?"

대불이가 귓바퀴를 바짝 세워 일으키며 다급하게 물었다.

"아따, 왜 그래쌓소 잉."

"염불타령 소리도 안 들리쟈?"

"내 귀에는 바람소리뿐이구만."

그때 사립짝 쪽에서 숨 가쁜 발걸음 소리가 들려왔기에 대불이는 방문을 열고 나가보았다. 젊은 악공이 숨을 헐떡이며 봉팔이 노인을 등에 업고 들어왔다. 악공 뒤에 난초가 따라 들어왔다.

"무신 일이오? 난초 아부님이 어찌됐소?"

대불이가 마당으로 뛰어 내려가며 물었다.

"떨어지고 말았소. 오늘은 안 된다고 그리 말려도 듣지 않더니, 외홍채비를 하다가 기침을 쏟고 떨어지고 말았어요."

젊은 악공은 봉팔이 노인을 업고 방으로 들어갔다.

봉팔이 노인은 의식을 잃고 있었다. 황갈색 저고리 앞섶과 입언저리에 뱀딸기를 으깨놓은 듯 붉은 피가 멍울멍울 덩이져 묻어 있었다. 대불이가 의원을 불러왔으나, 진맥을 해보더니 가망이 없다는 말만 하고 가버렸다.

난초는 울지도 않고 아버지의 머리맡에 앉아서 목에 두르고 다니던 흰 무명수건에 흥건히 물을 적셔, 줄타기 옷에 묻은 피를 닦아냈다. 난초는 어쩌면 아버지의 죽음보다 줄타기 옷에 묻은 피를 어떻게 깨끗이 닦아내야 할지가 더 걱정인 듯, 여러 차례 수건을 정한 물에 헹구어가며 정성스럽게 문질러댔다.

밤이 깊어서야 봉팔이 노인이 얼핏 정신을 수습하였다. 그는 눈을 뜨고 자기가 누워 있는 것을 알고는, 희끄무레한 석유 등잔불에 비쳐 보이는 난초를 찾아보더니 주르르 눈물을 흘렸다. 그때까지도 난초는 울지 않았다.

"바람 땜시…… 기침이……."

봉팔이 노인은 잠시 후 대불이의 얼굴을 알아보고 억지로 쓴 미소를 머금어 보이며 희미하게 말하고 나서, 계속 입을 달싹거렸는데, 무슨 말을 한 것인지 알아들을 수가 없었다.

"눈이 많이 와서…… 너무…… 오래 쉬었기 땜시……."

봉팔이 노인은 한참 후에 다시 힘을 주어 말을 하고는 숨을 거두어버렸다.

줄꾼 봉팔이 노인이 숨을 거두자 휘익 눈발이 거칠게 봉창을 때렸다. 갑자기 으스스한 찬바람이 방안에 스며들어오는 것 같았다. 대불이는 그것이 죽음의 바람이라고 생각을 하면서, 아버지가 죽은 것도 모르고 정성스럽게 옷섶의 핏자국을 닦아내고 있는 난초의 옆얼굴을 보았다.

봉팔이 노인이 숨을 거두자, 젊은 악공은 뭐라고 알아들을 수 없게 혼잣말로 씨부렁거리는 것 같더니 휭하니 밖으로 나가버렸다. 그가 밖으로 나가면서 방문을 여닫을 때 한 줄기의 바람이 휘익 덮쳐 석유 등잔불이 꺼질 듯이 출렁거렸다.

대불이는 난초에게 아버지가 숨을 거두었다는 말을 해주려고 했으나 차마 그 말이 나오지 않아 멀뚱히 앉아 있기만 했다. 밖으로 나가고 싶었지만 난초 혼자만 방에 남겨두기가 미안해서 밖에 나간 젊은 악공이 다시 들어오기만을 기다렸다.

　그러나 아무리 기다려도 젊은 악공은 다시 들어오지 않았다.

　"난초야, 이제 그만둬라, 느그 아부지는 돌아가셨어."

　대불이는 방안이 너무 고즈넉한 것이 싫어서 참았던 말을 힘들여 입 밖에 내놓고 말았다. 막상 그 말을 해놓고는 난초가 너무 서러워할까봐, 어떤 말로 난초의 마음을 위로하면 좋을까 하고 생각했다. 그러나 난초는 대불이의 말을 들었는지 못 들었는지 눈썹 하나 흐트러짐 없이, 지금껏 하던 대로 핏물이 배어든 흰 무명수건을 여러 차례 헹구어가며 죽은 아버지의 줄타기 옷 앞섶을 닦아내고만 있었다. 대불이 생각에 어쩌면 난초는 처음부터 아버지의 죽음을 알고 있으면서도 내색을 하지 않고 있는 것인지도 모른다는 생각이 들었다. 그런 생각이 들자, 어린 난초가 갑자기 죽은 그녀의 아버지보다 더 무섭게 느껴졌다.

　"난초야, 내 말 못 알아들었냐?"

　대불이가 다시 한 번 말을 하자, 난초는 핏기 없는 얼굴을 들어 대불이를 쳐다보았다.

　"느그 아부지가 죽었단 말이다."

　대불이는 이상하게도 자기도 모르게 화를 내고 있었다. 어쩌면 자기 자신한테 화를 내고 있는 것인지도 몰랐다.

"알고 있었구만요. 울 아버지가 죽을 것이라는 걸 폴쎄부텀 알고 있었어요."

난초는 어린아이답지 않게 서러운 기색 하나 보이지 않고 또렷하게 말했다.

"느그 아부지가 죽었는디도 눈물이 안 나오냐?"

대불이는 다시 화를 내고 있었다. 그렇게라도 해야 견딜 수 있을 것만 같았기 때문이다.

"나는 배가 고플 때가 아니면 눈물이 안 나와요."

난초의 말에 대불이는 퍼허 하고 이빨 사이로 헛바람을 토해내고 말았다.

"너 참 이상한 아이로구나."

"울고 싶을 때가 되면 울 거로구만요."

"그때가 언젠디?"

"몰라요."

대불이는 더 할 말을 잃었다. 그런 아이라면 죽은 아버지 옆에 혼자 두고 나가버려도 아무렇지도 않겠다 싶어 무릎을 짚고 일어서려는데, 새벽을 알리는 첫닭이 홰를 쳤다. 대불이는 다시 주저앉고 말았다. 첫닭이 울어도 젊은 악공은 들어오지 않았다.

대불이는 죽은 봉팔이 노인의 옆에 앉아서 꼬박 밤을 새우고 말았다. 봉창이 희번하게 밝아 와서야 밖으로 나와 주모에게 늙은 줄꾼의 죽음을 알리고, 그가 아는 조운창 등짐꾼 몇 사람을 불러오게 하여 치상 준비를 시켰다.

날이 밝자 젊은 악공을 찾아보았으나 코빼기도 보이지 않았다. 객줏집 논다니의 말로는 밤중에 광나루 쪽으로 가는 것을 보았다고 하였다.

대불이는 눈썹이 솔잎처럼 빳빳해지고 꺼끄러기가 박힌 것처럼 눈알이 썸벅거려서 보름달의 방으로 들어가 큰대자로 누워 곯아떨어지고 말았다.

한잠 푹 자고 일어나서 밖이 소란하여 나가보았더니, 등짐꾼들이 대불이가 준 돈으로 관을 사서 지고 들어왔다. 죽은 봉팔이 노인의 얼굴처럼 무겁게 가라앉은 하늘에서는 눈이 펑펑 쏟아지고 있었다. 객줏집 주인이 죽은 사람을 빨리 치우라고 어짜나 성화가 대단한지 봉팔이 노인을 해가 저물기 전에 묻기로 하였다.

조운창 등짐꾼들 중에서 방석코와 그의 떼거리 몇 사람이 몰려와 치상하는 것을 도와주었다. 그들은 죽은 사람한테 입힐 수의를 걱정하였으나, 대불이가 우겨서 줄타기 옷을 그대로 입혀 묻기로 하였다. 관 속에 그의 살잽이꽃 부채도 넣어주었다.

관에 못질을 하기 전에 난초에게 마지막 가는 아버지의 얼굴을 다시 한 번 보아두는 게 좋다고 했더니, 난초는 고개를 돌려버렸다. 그녀는 핏물이 든 흰 무명수건을 어느새 칼칼히 빨아 말려서 목에 두르고 있었다.

"혹여 너 같은 딸 낳을까 무서워서 장개가기가 싫구나."

대불이가 관에 못질을 하면서 난초를 향해 나무람 하듯 쏘아붙였다.

"악공놈은 어디로 가서 코빼기도 안 뵌다냐?"

못질을 하고 나서 방구석에 우두커니 서 있는 난초에게 여전히 불 컥거리는 말투로 물었다.

"나를 데리러 오실 거로구만요."

난초는 자신 있게 말했다.

"너를 데리러 온다고? 언제?"

"꼭 와요."

"느그 아부지 죽은 것을 보고도 치상하기가 싫어서 도망친 거여. 다시 코빼기를 내밀었다가는 다리모갱이를 작신 분질러불 거로구만!"

대불이는 아버지의 죽음에도 눈곱만큼도 슬퍼하는 기색이 없는 난초의 태도에 심통이 부글부글 끓어올랐다. 철없는 아이니 그러려니 하고 마음을 다독거려보았다가도, 곰곰이 따져보면 난초는 너무나 어른스러운 데가 있었으며 그게 역겹도록 싫었다.

힘이 센 방석코가 봉팔이 노인의 관을 지게에 지고 눈 속을 나섰다. 그는 관을 지고 객줏집을 나서며 "이노무 영감 방석코 등에 업혀 저승길 가니 호강허는구만. 허지만, 유명한 줄꾼을 지고 북망에 가는 내 기분도 괜찮네" 하고 대불이를 보며 말했다.

관을 지고 앞서가는 방석코 뒤로 난초가 바짝 걷고, 그 뒤에 대불이와 등짐꾼 네댓 사람이 삽과 괭이를 들고 따랐다.

해당화야 해당화야
명사십리 해당화야
네 꽃 진다 설워 마라

명년 삼월 다시 오면
너는 다시 피련마는
우리 인생 한 번 가면
어찌 그리 꽃과 같이
다시 돌아날 줄 모르느냐

　괭이를 어깨에 메고 맨 뒤에 따라오던 갈퀴가 상엿소리 대신 화초
가를 불렀다. 화초가를 부르는 갈퀴의 목소리가 눈발에 실려 멀리멀
리 퍼졌다. 눈은 그치지 않고 드세어진 바람과 함께 휘뿌려 눈앞을 막
았다.
　나루터 모퉁이 잔솔밭에 봉팔이 노인을 묻고 내려온 대불이는 치상
하느라 고생한 사람들을 때죽나무집으로 몰고 가서 취하도록 마셨다.
　이상하게도 대불이는 아버지의 장례라도 치르고 난 것처럼 마음
이 허전하고 무거웠다. 이마에 불도장이 찍힌 것을 늘 자랑하던 그의
할아버지를 금성산에 묻고 내려왔을 때보다 기분이 더 언짢았다.
　대불이는 평생을 줄 위에서 살아온 줄꾼 봉팔이 노인의 죽음을 겪
고 나자 지나간 몇 달 동안 자신이 허랑방탕하게 살아왔던 것이 한갓
물거품처럼 헛되이 생각되어 괴롭기까지 하였다. 평생 줄 위에서 수
많은 사람들을 웃기고 울리며 갈채를 받고 살아온 봉팔이 노인의 죽
음이 이렇듯 허무할진대, 술이나 먹고 계집질이나 하며 사는 자신의
죽음은 얼마나 더 삭막할까 하는 것을 생각하니 바짝 정신이 드는 듯
싶기도 하였다.

"그나저나 저 아이는 어쩔 텐가."

방석코가 보글보글 술국이 끓고 있는 화로 옆에 밤송이처럼 웅크리고 앉아 있는 난초를 턱으로 가리키며 대불이에게 물었다.

"형님이 수양딸로 키우실라요?"

대불이가 웃으면서 반문했다.

"에끼, 징그러운 소리 마소. 장개도 안 간 놈이 딸이라니!"

"생긴 게 반반해서 키워놓으면 괜찮을 것이요."

대불이는 여전히 푸실푸실 웃으며 농담을 하였다.

술자리가 끝나자 대불이는 때죽나무집 주모한테 당분간 난초를 좀 맡아달라고 부탁을 하였다. 주모는 두말 않고 난초를 맡겠다고 하였다.

이러구러 섣달이 되었다. 섣달이 되면서부터는 강바람이 드세어지고 대낮에도 찬바람이 살점을 도려내듯 추웠으나, 눈발이 없어 세곡 수검이 계속되었다.

대불이는 줄꾼 봉팔이 노인의 죽음을 겪은 뒤로는 되도록 술도 삼가서 마시고, 계집들과 어울리는 것도 멀리하였다. 논다니 보름달이 다른 사내들과 잠자리를 같이해도 찍자를 부리지 않았다. 방석코는 그런 대불이를 보고 사람이 좀 맹근해진 것 같다고 하였다.

난초의 말대로, 봉팔이 노인이 죽던 날 밤 자취를 감췄던 잘생긴 젊은 악공이 치상한 보름쯤 뒤에 영산포에 나타났다. 조운창에서 등짐꾼들과 함께 수검이 끝난 세곡들을 창고에 옮기고 있는데 때죽나무집에서 나무 심부름을 해주는 아이가 헐레벌떡 숨을 몰아쉬며 찾아왔다. 악공이 난초를 데려가겠다고 하는데 어찌하면 좋으냐는 하소연이었다. 그러고 보니 열네댓 살 되었음직한 때죽나무집의 땔나무꾼 넙바우란 놈은 난초를 은근히 좋아하는 눈치였다.

"난초를 못 데려가게 해줘요."

넙바우가 대불이의 팔을 붙잡으며 숨넘어가는 소리로 사정을 했다.

"난초는 뭐라드냐?"

"별로 따라갈 생각이 없는 것 같드만요."

"주모는 뭐라고 허든?"

"대불이 형님한테 가서 어찌했으면 좋으냐고 물어보라고 허시드만요."

"알았다. 어서 가보자."

대불이가 넙바우를 따라 때죽나무집에 당도해보니, 그 사이에 젊은 악공은 객줏집에 두고 갔던 장고를 찾아 메고, 난초의 옷 보퉁이까지 들고 서서, 방안에 들어 있는 난초를 빨리 나오라고 큰소리로 다그치고 있었다. 그는 대불이를 보자 섬칫 놀라는 얼굴로 고개를 돌려버렸다.

"이보씨요 장구잽이!"

대불이가 화난 목소리로 입을 열자 젊은 악공은 얼굴을 심하게 찡등그리며 대불이를 쏘아보았다.

"여그는 뭣하러 왔소?"

대불이가 찍어 누르듯 물었다.

"난초를 찾으러 왔소."

젊은 악공의 말하는 투가 남의 일에 상관하지 말라는 기색이었다.

"그 애는 왜 찾소?"

"데리고 갈라고 찾소."

"난초의 오래비라도 되시오?"

"한식구나 마찬가지요."

"그 말 잘 했소. 한식구가 되어갖고 난초 아부지가 죽자 낯짝을 감 췄다가 이제사 왔소?"

"그것은 내 사정이요."

"난초는 못 데려가오. 죽기 전에 난초 아부지가 댁헌티는 딸을 맽 길 수 없다고 헙디다."

"거짓말을 잘도 허네. 나는 기어코 난초를 데려가겠소."

"좋소. 그렇다면 난초한테 물어봅시다. 난초가 좋다면 데려가씨요."

대불이는 막상 그렇게 말을 해놓고 나서 자신이 너무 성급했다고 후회하고 말았다. 난초의 말로도 곧 젊은 악공이 자기를 데리러 올 것 이라도 했었는데, 그렇다면 물어보나마나 그를 따라가겠다고 하지 않겠는가.

"좋소. 난초 하자는 대로 하겠소."

젊은 악공도 대불이의 제안에 자신 있게 동의를 했다. 대불이는 넙 바우를 시켜 방안에 있는 난초를 데리고 오도록 시켰다. 넙바우가 난 초를 좋아하고 난초도 넙바우를 좋아한다면, 그녀는 넙바우의 말을 들어주리라고 믿었다.

대불이가 짐작했던 대로 난초는 악공을 따라가지 않겠다고 분명하게 말했다. 악공은 맥이 풀려 장구를 메고 영산포를 떠났다. 대불이가 날이 저물었으니 하룻밤 묵고 떠나라고 했으나 그는 대불이의 말을 듣는 시늉도 않고 나루터 쪽으로 가버렸다.

4

섣달그믐이 되자 개미굴처럼 벅신거리던 선창거리가 쓰렁하게 텅 비어버렸다. 세곡을 검수, 간색하던 관속이며 등짐꾼, 마바리꾼들도 모두 서둘러 고향으로 돌아갔다.

객줏집의 논다니들이며 선창거리를 어슬렁대던 건달 왈패들, 주막의 땔나무꾼, 부엌대기들까지도 고향을 찾아가버려 거리가 큰 물난리를 겪은 뒤처럼 스산해졌다.

설 명절에는 까마귀도 제 집을 찾아간다는 푼수로, 오랫동안 고향에서 떠나와 있던 사람들은 팔월 한가윗날과 정월 초하룻날에는 꼭꼭 고향산천으로 돌아갔다. 돌아갈 고향도, 반겨줄 친지도 없이 뜬구름처럼 떠돌음하며 살아가는 뜨내기들만이 객줏집에 남아 있었다.

눈 온 뒷날은 비렁뱅이가 빨래를 한다는 말대로, 간밤 늦게까지 눈발이 들이치더니 섣달 그믐날 아침에는 햇살이 퍼졌다. 해가 떠오르는 쪽에서 되알진 강바람이 해가 지는 쪽으로 쌩쌩 몰아쳐왔지만 눈이 그치고 햇살이 퍼지는 것으로 보아 정월 초하룻날은 맑은 날이 될 듯싶었다.

조운창을 지킬 고지기 몇 사람만 남겨두고 등짐꾼들까지 모두 고향으로 떠난 섣달 그믐날 아침, 여태껏 객줏집의 쩔쩔 끓는 방에서 몽그작거리며 남은 사람은 대불이와 방석코, 갈퀴 세 사람뿐이었다.

"자, 설 쇠고 내년에 만나세."

갈 곳이 없어 객줏집 방에서 설을 맞겠다던 방석코가 갑자기 떠날 준비를 하며 대불이한테 말했다.

"어디 갈 디도 없음서, 그러지 말고 두 분이서 새끼내 우리 집으로 가시자니께요."

대불이가 섣달 그믐날 아침까지도 새끼내에 가지 못하고 있는 것은 방석코 때문이었다. 오갈 데 없는 방석코를 객줏집에 남겨둔 채 혼자만 집으로 갈 수가 없었다.

"갈 데가 있네."

방석코는 급하게 떠날 사람처럼 서두르며 말했다.

"갈 디가 있다니, 어디를 가시겠다는 거요?"

"종살이를 하던 상전 집에."

"아니 형님, 거기는 죽어도 안 가시겠다고 허시더니 어쩐 일이시오?"

방석코가 떠난다는 말을 듣고 찜찜한 얼굴로 코딱지를 뜯어내고 있던 갈퀴가 마땅찮은 말투로 물었다.

"옛날 상전한테 세배허러 가시려우?"

방석코가 대답이 없자 갈퀴가 다시 물었다.

"세배는 무신 얼어죽을 세배냐."

"그렇다면 그 집엔 뭣하러 가요?"

"만나볼 여자가 있어."

"여자요?"

대불이가 놀라면서 반문을 했다. 방석코가 사람됨이 워낙 와살스러워서 대불이는 여태껏 그가 여자들을 가깝게 끼고 도는 것을 보지 못했었는데, 여자를 만나러 간다니 알다가도 모를 일이었다. 그동안 대불이는 방석코한테 논다니 하나를 붙여주려고 여러 차례 별러왔지만 한 번도 성사를 시키지 못했다. 방석코 혼자 잠들게 하여, 그 방에 쓸 만한 논다니를 들여 넣고 방문 고리를 걸어버리기도 하였는데, 다음날 아침 그 논다니의 말로는 대추나무로 깎아서 만든 남자인지 원 아무리 엉겨 붙어도 꼼짝도 않고 머리털 하나 건드리지 않더라는 거였다.

"어떤 여자를 만나시겠다는 거요?"

갈퀴가 물었다. 그는 방석코가 여자를 만나러 가겠다는 말을 믿지 않는 듯, 묻고 난 뒤에도 킁 하고 콧방귀까지 뀌는 거였다.

"그 집에 내가 몸을 망쳐 논 큰애기가 있어."

방석코는 말을 하면서 대불이와 갈퀴의 얼굴을 번갈아 보았다.

"큰애기가?"

"몸을 망쳤다니요?"

대불이와 갈퀴가 거의 동시에 묻고 있었다.

"내가 그 집에서 나오던 전날 밤이었구만, 애기종 시절부텀 그 집에서 살아오다가 막상 바깥세상으로 나오려고 하니께, 거 머랄까 잉, 맘이 너무 허심허드란 말여, 종문서 한 장 달랑 받고 그냥 조용히 나올려고 하니 심통도 나고, 시원섭섭하기도 하고…….그래서 일을 저질러뿌렀어. 나를 좋아하지도 않고 마주치면 찌그락찌그락 해쌓던 젊은 아기씨마님을 따라온 종년이 있었는디, 그날 밤 복면을 하고 그 종년 방으로 쳐들어가서 요절을 내뿌렀어. 일 년이 거지반 다 된 일이라 잊어뿌고 있었는디, 섣달그믐이 되니께 뿌질뿌질 생각이 나는구만. 어저께 밤에 잠이 안 와서 곰곰이 생각해봤는디, 사람이란 암만해도 마음 붙일 집이 있어야겄다는 것을 알았네. 그래서 요번 참에 내려가서 그 종년이 속량을 했다면 좋거나 싫거나 끄집고 올라네."

방석코는 이야기를 하고 나서 희미하게 웃어 보였다. 그러나 방석코의 그 이야기에 갈퀴가 갑자기 시무룩해졌다.

"잘 생각허셨네요. 함께 오세요. 같이 오셔서 살림을 채려요. 그러시면 얼런 떠나셔야겄구만."

대불이도 그제야 마음이 홀가분해졌다. 그는 마음속으로 방석코가 그 큰애기를 데리고 와주었으면 하고 생각했다.

방석코가 방에서 나가자, 잠시 시무룩하게 앉아 있던 갈퀴도, 혼자 객줏집에 뒹굴고 있는 것보다 옛날 상전 집에라도 갔다 오겠다고 하였다.

방석코와 갈퀴가 각각 선창에서 떠나자, 대불이는 때죽나무집으로 가서 난초를 만나보았다. 난초를 좋아하는 땔나무꾼 넙바우가 선창에서 두어 마장 떨어진 자기 집으로 가면서 데리고 가려고 하였으나, 한사코 안 가겠다고 남았다. 술손님 하나 없는 널따란 술청에 화롯불을 보듬고 앉아 있던 난초는 대불이를 보자 버릇처럼 방긋 웃었다. 대불이가 자기 집에 같이 가서 설을 쇠자고 하였더니 깨끗하게 빨아서 말려둔 흰 무명수건을 목에 감으며 좋아라고 따라 나섰다.

대불이는 난초한테 왜 넙바우집으로 가지 않았느냐고 물어보았다. 난초는 부끄러워서 가지 않았노라고 대답했다.

대불이가 보기에 난초는 아버지가 살아 있을 때보다 성격이 훨씬 밝아진 듯싶었다. 처음에 난초는 누구를 보고 웃거나 먼저 말을 걸어오지도 않았었는데, 때죽나무집 술청에서 잔심부름을 하기 시작하면서부터는 대불이를 보고도 방싯방싯 웃고 이야기도 잘했다.

"너 때죽나무집에 있는 것이 좋으냐?"

주막을 나오면서 넌지시 물어보았더니 "사람덜이 너무 많아서 싫구만요."하고 분명하게 말했다.

"그렇다면 젊은 악공을 따라가지 않고 왜 여기 있겠다고 그랬냐."

"아부지가 묻혀 있는 땅에서 살고 싶어서 그랬구만요."

그 말에 대불이는 마치 꾸지뽕열매를 따먹을 때 가시에 찔린 것처럼 아르르한 아픔을 느꼈다.

대불이는 봉팔이 노인이 죽은 뒤부터 난초를 잘 돌봐주고 싶은 생각을 해오고 있는 터였다. 어쩐 일인지 난초가 사내들과 함께 어울려 여기저기 떠돌음하며 사는 것을 원하지 않았다. 대불이 자신은 물새가 되어 이 세상 끝까지 훨훨 날아다녀보고 싶었지마는, 난초만은 노루목 양 진사 댁 뒤뜰 화단의 난초처럼 한곳에 오래오래 뿌리를 박고 살면서 붉은 빛 나는 노란 꽃을 피우기를 바라고 있었다. 그러기에 난초가 남자들이 득실거리는 때죽나무집에 오래 빌붙어 있게 하고 싶지가 않았다.

대불이는 난초를 데리고 때죽나무집에서 나와, 조운창의 고지깃방에 들러 그가 설날에 쓰려고 미리 사두었던 마른 명태며 조기, 대추, 배, 미역, 말린 홍합 등을 챙겨들고 나왔다. 그는 이틀 전에 새끼내 집에 등짐꾼을 시켜 쌀 한 가마니를 미리 보냈다.

속량을 한 뒤로 상전한테서 떨어져 나와 처음 맞는 설에 쓸 반찬거리를 사들고 집으로 돌아가는 대불이의 마음은 이상하게 들떠 있었다. 그는 특별히 형수와 말바우 어미한테 줄 비단저고리 한 감씩을 떠서 따로 싸들었다.

점심때 못 미쳐 새끼내에 당도하자, 말바우네 주막에는 마을 아낙들이 모두 모여 있었다. 대불이가 미리 보내준 쌀로 쑥떡을 빚고 있는 중이었다.

술청 옆 돌확에서 떡을 치고 있던 웅보가 대불이를 보자 떡메를 힘껏 치켜 올리다 말고 허리를 펴며 반가운 얼굴로 맞았다. 새끼내와 선창은 엎드리면 코가 닿을 지척 지간이었으나 형제가 얼굴을 맞댄 것은 두 달 만이었다.

개산만한 배를 하고 확 옆에 바짝 다가앉아서 손을 물에 적셔가며 떡을 으깨 넣던 쌀분이도 일어서며 활짝 웃었다.

"형수님, 이 지집 좀 잘 부탁허구만요. 오갈 디가 없어서 함께 설을 쇠자고 데려왔으니께요."

마을 아낙들과 형님 내외가 난초를 눈여겨보는 것 같기에, 대불이가 큰 소리로 말해주었다.

말바우와 그 어미는 보이지 않았다. 대불이가 말바우네 큰방과 집 안을 둘레둘레 돌아보자, 눈치 빠른 쌀분이가 "말바우랑 말바우어미 는 친정으로 설 쇠러 갔당만요" 하고 말했다.

대불이는 선창에서 사온 반찬보따리를 쌀분이한테 건네주고 나서 웅보한테서 떡메를 받아들었다. 그는 갑자기 떡을 치고 싶었다. 양 진 사집에 살면서도 명절이나 잔칫날에는 대불이가 도맡아서 떡을 치곤 했었다.

떡 치는 소리가 퍽퍽 새끼내 마을을 흔들었다. 오랜만에 떡 치는 것을 보려고 새끼내 마을 아이들이 말바우네 주막으로 몰려들었다.

아이들뿐만이 아니고 남자 어른들까지 코를 킁킁거리며 여들없이 푸실푸실 웃으며 몰려와서는 서로 다투어 떡메를 빼앗으려고 하였다. 새끼내 남자들은 돌아가며 한 번씩 떡메를 바꿔 쥐고 힘껏 떡을 쳤다.

"허, 떡메를 잡아 본 지가 을매만인가."

"대불이 덕분이여."

"우리 땅만 생김사 내년에는 집집마다 떡 치는 소리가 개산을 울 릴 꺼여."

"첫 농사를 짓기 전에 돌확허고 떡메부텀 장만해야겠구만!"

"쑥덕도 좋재만 인절미도 좀 해야재 잉."

"아먼, 인절미에 조청을 찍어묵어야 설을 쇠는 것 같은겨."

"배부른 소리 말어. 조청이 어디가 있어. 쑥덕이라도 많이만 있음 사, 소금을 찍어묵어도 좋겄어."

"그래도 종놈들이라는 게 부잣집 음식을 묵어본 가남이 있어서 입

맛 하나는 일품이로구만."

"아먼, 잘 묵고 살었재. 종놈 소리는 들었어도 말여."

"이 사람 다시 종놈이 되고 싶은 겨?"

"말이 그렇재. 배가 고파도 시방이 좋아!"

새끼내 남자들은 번갈아 떡메를 잡아보며 한마디씩 하였다.

쑥떡을 버무리고, 떡국을 쑤어 먹을 흰떡도 빚었다. 아무리 가난해도 흰 떡국을 먹어야 나이를 한 살 더 먹는 게 되었다. 종살이 할 때의 상전 집에서는 떡국에는 꿩고기를 넣어 끓였지만 꿩고기를 구할수 없는 새끼내 사람들은 대불이가 떠온 저육을 한 칼씩 나눴다.

쑥떡과 가래떡을 집집이 고루 나눈 뒤 새끼내 사람들은 설맞이 집안 닦기를 하였다. 마당엔 검부러기 하나라도 치우고, 집안 여기저기 높은 곳을 깎고 얕은 곳을 메우고, 외양간도 치우며 두엄자리 주변도 깨끗이 하였다. 설맞이 집안 닦기를 잘해야 묵은해의 잡귀와 액이 물러간다고 믿고 있었기 때문이었다.

대불이도 웅보 형과 함께 집안을 깨끗이 치웠다. 웅보는 얼마 전에 노루목 안방마님이 대불이 편에 보낸 돈으로 암송아지를 한 마리 들여놓았다.

"이 쇠앙치가 무럭무럭 커사 쟁기질을 헐 것인디……."

웅보는 새로 지은 외양간을 치우며 말했다. 대불이 생각에도 송아지를 산 것은 참 잘한 것 같았다.

"송아지 우는 소리가 들리고, 인저는 새끼내도 사람 사는 동네 같구만."

대불이가 형을 보며 말하자 "저 쇠앙치가 새끼를 낳을 텐게 몇 년 만 지나면 새끼내가 욱신욱신허두룩 소 울음소리가 날 거다"하고 웅보가 자랑스럽게 말했다.

웅보는 또 아직 일구어 먹을 밭 한 뙈기도 없으면서 집 모퉁이에 두엄자리를 만들고 외양간에서 나온 거름이며 여름에 틈틈이 뜯은 풀을 모아 두엄을 노적가리만 하게 쳐올려놓았다.

설맞이 집안 닦기가 끝나자 나이 많은 어른들을 찾아다니며 구세 배를 하였다. 구세배는 원래 가까운 친척들끼리만 하는 것이었으나 새끼내 사람들은 기실 친척보다도 더 가까웠기 때문에, 밤늦도록까지 관솔불을 밝혀들고 묵은세배를 하였다.

세찬이며 설빔을 장만할 것도 없이 가난한 새끼내 사람들이었지마는, 묵은 한 해를 보내고 새해를 맞을 정성들은 대단했다. 그들은 집집이 방이며 뜰, 부엌, 헛간, 측간 할 것 없이 집안 구석구석에 불을 밝혀놓고 수세(守歲)를 했다. 불 하나만은 그들이 마음 놓고 밝힐 수가 있었기 때문에, 집집마다 여기저기에 불을 밝힌 새끼내 마을의 섣달 그믐날 밤은 횃불싸움을 하는 강변보다 더 휘황했다.

섣달 그믐날 밤에 불을 밝혀야 잡귀가 침입하지 않는다고 하였다.

쌀분이는 부엌의 부뚜막 솥 위에도 조왕신(竈王神)을 위해 불을 밝혔다. 부엌의 길흉을 맡은 조왕신은 매년 섣달 스무 닷샛날에 말미를 받아 천제(天帝)에게 가서, 자기네 집에서 일 년 동안에 있었던 일을 죄 아뢰고, 그믐날에 다시 제자리로 돌아온다고 하였다.

섣달 그믐날 밤에 잠을 자면 눈썹이 희어진다고 하여, 밤새도록 윷

놀이를 하였다. 잠자는 아이가 있으면 눈썹에 백분을 묻혀놓고 설날 아침에 눈썹이 희어졌다고 놀려대기도 하였다.

새벽이 되자 새끼내에도 조리장수들이 찾아왔다. 새벽부터 복조리 사라고 외쳐대는 소리가 새끼내 고샅마다에서 들려왔다. 새끼내 사람들은 자기들 마을에도 조리장수가 찾아와준 것이 반가워 없는 돈에도 복조리를 하나씩 사주었다. 그들은 복조리를 사주며, 내년에는 더 많이 사줄 테니 꼭 다시 와달라고 당부까지 했다.

새해 설날은 돼지날이라고 했다. 설날이 털 있는 짐승날이니 틀림없이 풍년이 들 것이라고들 하였다. 그들은 오래전부터 쥐, 소, 호랑이, 말, 염소, 원숭이, 닭, 개, 돼지 등 털 있는 짐승의 날이 든 설날의 새해에는 풍년 들고, 용, 뱀 날이 든 새해에는 흉년이 든다고 믿어왔다.

"내년에는 꼭 부모님과 같이 설을 쇠야 할 텐디⋯⋯."

해뜨기 전에 떡국을 먹으면서 웅보가 말했다. 그러면서 그는 대불이한테 서둘러 노루목으로 세배를 가자고 하였다.

떡국을 먹고 옷을 갈아입은 그들 형제는 새끼내의 어른 몇 사람을 찾아 세배를 하고 서둘러 노루목으로 떠났다.

새끼내의 다른 남자들도 아침 일찍 해뜨기 전에 마을 세배를 마치고, 옛날 그들이 모셔왔던 상전들이 사는 곳으로 길을 떠났다. 대부분 그곳에 부모의 묘가 있었기에, 부모 산소에 성묘를 하고 상전들을 찾아 세배를 하기 위해서였다.

나루터에 이르러보니 성묘객들과 세배꾼들이 먼저 나룻배를 타려고 아우성이었다. 웅보와 대불이는 차가운 정월 초하룻날 아침의 햇살이 바람과 씨름하듯 물위에 곤두박질치며 거친 물비늘을 일으키는 강물을 바라보면서, 강을 건널 차례가 오기를 기다렸다.

나룻배를 기다리던 많은 사람들이 대불이한테 알은 체를 하며 먼저 강을 건너라고 양보를 해주었으나 사양했다. 선창 사람들은 말할 나위도 없으려니와, 선창 가까운 마을 사람들은 거의 대불이를 알고 있었다. 그가 조운창에 나간 지 두 달 남짓 동안에 그렇게 변한 것이었다. 우선 장사를 하고 있는 선창사람들은 대불이가 방석코의 행티 사나움을 막아준 것에 고마워하고 있는 것이었다.

"그러고 보니 대불이 네가 돋보이는 사람이 되었구나."

많은 사람들이 대불이한테 알은 체를 하며 먼저 강을 건너라고 양보까지 해주는 것을 보자, 웅보도 기분이 좋은 듯싶었다. 그는 선창을 하루에 한 번씩 출입하는 새끼내의 염한이들이나, 소금점의 손팔만한테, 대불이가 날마다 술타령이며 계집치기에 빠져 있더라는 말을 귀에 못이 박히도록 들어왔는지라, 언제고 기회를 보아 눈에서 번갯불이 튀도록 나무람을 해주겠거니 했었던 차에, 선창 사람들이 대불이를 대하는 태도가 결코 눈에 나지 않았기에, 지금까지 품고 있었던 그의 생각이 일시에 물거품처럼 녹아버리는 것이었다.

"저들은 나를 무서워하고 있지라우."

대불이는 형의 귀에 입을 바짝 갖다 대고 속삭이듯 말했다.

"네 행티가 그렇게 사나우냐?"

"행티 사납던 놈을 내가 꺾어줬어요. 사귀고 보니께 참 좋은 사람이드만요. 의형제를 맺었으니 언제 한 번 새끼내에 같이 가겠어요."

대불이가 방석코를 두고 하는 말이었다.

"내가 짐작컨대 대불이 너는 암만해도 농사꾼이 될 것 같지가 않구나. 그러니 각별히 행동거지를 조심해야 쓴다. 농사꾼한테는 땅이 밑천이재만 이런 난장에서 사는 사람들은 행동거지가 큰 재산이다."

웅보는 대불이를 나무람 하는 대신 이렇게 다독거려주는 것으로 끝냈다.

그들 형제는 햇살이 영산강변 모래톱을 당그래질 하듯 되작거릴 무렵에야 노루목 어귀에 들어섰다. 마을 어귀 뽕나무가 듬성듬성하게 서 있는 돈단에서는 노루목 아이들이 설빔을 차려입고 연날리기를 하고 있었다. 대불이는 아이들이 연날리기하는 것을 보자, 몇 년 전까지만 해도 양 진사의 심부름으로 봇수세를 받으러 다니면서 연날리는 아이들한테 시비를 걸며 뺑줄 치기를 하던 때의 일이 생각나서 혼자 마음속으로 슬며시 웃음을 삼켰다.

웅보는 햇살이 거미줄처럼 걸려 있는 마을 앞의 늙은 팽나무를 바라보았다. 문득 지난해의 일이 화살처럼 그의 가슴에 박혀왔다. 정확히 열한 달 전, 그는 쌀분이와 함께 양 진사 집에서 영산강을 건너서 해가 지는 쪽으로 멀리 도망을 치려다가 붙잡혀 강바람이 윙윙거리는 추운 겨울밤, 늙은 팽나무에 묶여 있었다.

팽나무에 묶인 채 추운 밤을 넘기면서, 그는 처음으로 영산강이 우는 소리를 들었었다. 그리고 아침에는 그이 등골을 쪼아대는 듯한 까마귀 떼 울음소리를 들었다. 강굴락궁— 강굴락궁— 하는 이상한 소리를 들으면서 죽음을 생각했다. 그 까마귀들이 저승사자처럼 자신의 죽음을 미리 알리고 있는 듯싶었다.

아들이 얼어 죽지 않도록 팽나무 밑동에 쪼그리고 앉아서 불을 피우고 밤을 새운 그의 어머니가, 양 진사가 웅보의 할아버지처럼 이마에 불도장을 찍게 할지도 모른다는 말을 했을 때, 웅보는 차라리 그렇게 되기를 마음속으로 빌었다.

그는 할아버지가 종살이하는 것이 죽기보다 싫어서 세 차례씩이나 도망을 치다 붙잡혀 이마에 불도장이 찍히게 되었다는 이야기를 손자한테 해주면서, 할아버지 이마에 찍힌 불도장을 부끄럽게 생각해서는 안 된다고 몇 번이고 되풀이해서 말해준 것을 떠올리며, 자신의 이마에도 불도장이 찍히게 되기를 원했었다.

"형, 세배를 아부지 어머니한테 먼저 흐까, 진사 나리한테 먼저 흐까?"

대불이가 돈단을 지나 두껍다리를 건너면서 뚜벅 물었을 때에야 웅보는 일 년 전의 악몽으로부터 헤어날 수가 있었다.

"그것을 말이라고 허는 게냐?"

웅보는 막상 그렇게 대불이한테 핀잔을 주긴 했지만, 기실 그도 어찌해야 좋을지 몰랐다.

"작년까지만 해도 우리는 진사 나리와 안방마님한테만 세배를 했었잖우."

대불이 말대로 작년 설 때까지만 해도 그들 형제는 부모한테는 세배를 하지도 않았고 할아버지 묘에 성묘를 가지도 않았었다. 위선(爲先)이나 효도는 양반들만이 해야 할 것으로 알고 있었다.

"올해부텀은 아버지 어머니한테 세배를 해야재."

웅보는 마음속으로 그렇게 결정을 해버렸다.

"진사 나리께서 알았다가 벼락 치면 어쩌재?"

대불이가 걱정이 되어 반문했다.

"이제는 우리가 진사 나리한테 매인 몸이 아니기 땜시 우리 맘대로 하는 겨."

그나저나 웅보는 아버지 어머니한테 세배를 하는 것이야 당연하고 즐거운 일이나, 양 진사와 안방마님을 만날 일을 생각하면 두 다리가 쇠말뚝처럼 굳어져버리는 것이었다. 양 진사를 만나면 그는 또 대불이한테도 여러 차례 서운한 말을 했듯이, 조운창에 나와서 자기를 돕지 않는다고 윽대길 것이 뻔하고, 또 안방마님은 안방마님대로 웅보의 씨를 받아 해산날을 기다리고 있는 터라 얼굴 맞대기가 죽기보다 더 싫었던 것이다.

웅보 형제가 양 진사 댁에 들어서자 안방마님한테 산기가 있다 하여, 집안이 조용한 가운데 술렁거렸다. 아기를 받기 위해 대소가의 나이 많은 아낙들이 들락거렸다. 하인들은 물을 끓이고 왼 새끼줄을 꼬고, 아들을 낳기를 바라고 미리 고추를 준비하느라 바빴다.

웅보와 대불이는 행랑채 문간방으로 들어가, 아버지 어머니가 오기만을 기다렸다. 대불이가 한사코 사랑채로 나가보자고 하였으나 아버지 어머니가 들어올 때까지 꼼짝 말고 앉아서 기다리자고 하며 붙잡아 앉혔다.

한나절이 훨씬 지나서야 어머니가 안채에서 해산 뒷바라지를 하다가 잠시 행랑채 문간방에 들어왔는데, 그때 대불이는 코를 골고 잠들어 있었다. 웅보 어머니는 두 아들을 보자 설날인데 왜 이렇게 늦게 왔느냐고 나무람을 하였고, 웅보는 일찍 왔으나, 방안에서 부모님을 기다리고 있는 중이라고 말했다.

어머니는 이제 막 안방마님이 옥동자를 낳았다고 하면서 두 아들에게 사랑채에 나가 진사 나리한테 세배를 올리라고 다그쳤다. 웅보가 아버지 어머니한테 먼저 세배를 한 다음에 사랑채로 가보겠다고 하였으나 그의 어머니는 되레 화를 내며 어서 나가라고 큰 소리까지 하였다.

"뜬금없이 무신 세배냐, 우리는 이날꺼정 세배를 한 번도 안 받고 살아왔응께 그만두고 냉큼 사랑채로 나가 보그라."

그러면서 그들의 한사코 다시 방에서 나가려고 하였다.

웅보는 웅보대로 어머니한테 먼저 아버지를 모시고 들어오라고 사정을 하였다. 아버지 어머니한테 세배를 하기 전에는 사랑채에 나가지도 않을 것이며, 그길로 강을 건너 가버리겠다고 버티었다.

그들의 어머니는 웅보의 꼬장꼬장한 고집을 꺾을 수 없다는 것을 알고, 알아들을 수 없게 구시렁거리며 밖으로 나갔고 잠시 후에 아버지를 앞세우고 들어왔다.

아버지 역시 세배를 받지 않겠다고 하였으나 두 아들이 어깨를 찍어누르다시피 하여 아랫목에 아버지 어머니를 나란히 앉게 하여, 난생 처음으로 그들을 낳아준 부모한테 세배를 하였다.

아들들한테 처음으로 세배를 받은 장쇠는 어색한지 큼큼 헛기침을 여러 차례 토했고, 그들의 어머니는 눈물을 질금거리기까지 하였다.

"아버님 어머님, 내년 설에는 새끼내에서 우리 식구덜 함께 쇠도록 해야 쓰겠구만이라우. 올봄에는 업어서라도 뫼서 가겠으니 그리 아서요."

웅보의 말에, 다른 때 같으면 죽어도 양 진사 댁을 떠나지 않겠노라고 성깔을 부리곤 하던 장쇠도 수연히 앉아 있었다.

웅보와 대불이는 어머니한테 떠밀려나오다시피 하여 사랑채로 나가 진사 나리에게 세배를 했다. 조금 전에 부인이 옥동자를 낳았다는 기별에 마음이 들떠 있던 양 진사는, 웅보가 조운창 일을 도와주지 않는다고 나무랄 경황이 아니었다. 그는 세배도 받는 둥 마는 둥 하고는 일어섰다 앉았다 마음을 가다듬지 못 하였다. 웅보는 그런 양 진사를 대하기가 송구하여 물러나고 말았다.

양 진사 댁에 더 오래 머물러 있고 싶지도 않아서, 대불이를 재촉하여 금성산 할아버지 산소로 향했다. 그는 아버지와 함께 할아버지 산소에 성묘를 하고 싶었지만, 아무래도 아버지한테 그만한 틈이 생길 것 같지가 않아서 그들 형제만이 산으로 올라갔다.

할아버지의 산소로 올라가면서, 웅보는 그들 삼부자가 할아버지를 묻던 날을 떠올렸다. 그날은 온종일 눈이 퍼부었었다. 할아버지의 시신 위에 흙을 덮으면서 웅보는 복받쳐 오르는 울음을 참느라고 이를 응등물고 입을 굳게 다물었었다. 그리고 할아버지를 묻고 산을 내려오면서, 조금도 슬픈 얼굴을 지어 보이지 않던 아버지가 땀을 훔치면서 눈물을 닦는 것을 보고서야, 참았던 울음이 목구멍 가득히 드밀고 올라와 소리 내어 울어버렸던 일도 생각났다.

할아버지를 금성산에 묻고 내려온 뒤로 아버지는 두 번 다시 할아버지의 무덤을 찾지 않았다. 웅보는 그런 아버지가 늘 불만이었다.

언젠가 웅보가 아버지한테, 비록 천한 종의 신세이지만 선조를 잘 모시는 일을 게을리 하지 않는 것이 좋겠다고 했더니 "이눔아, 종놈이 무신 뼉다구 자랑헐 것이 있다고 그려?" 하면서, 살아생전에 천한 종은 죽은 후에도 천대를 받는 것이 당연하다는 투로 말했다.

그런 아버지는 당신의 할아버지 무덤이 어디에 있는지조차 모른다고 하였다. 웅보는 어렸을 때 할아버지를 따라 두어 번 증조부의 무덤에 벌초를 하러 갔었으나, 할아버지가 죽은 뒤로는 한 번도 다시 찾아가보지 않았기 때문에 이미 어디 근처인지조차 잊고 있었다.

산으로 높이 올라갈수록 바람이 살 껍질을 뚫고 내장 속으로 스며드는 것만 같았다. 마치 바람 끝에 나막신의 코 속을 호비어 파내는 호비칼이 달린 것처럼 살 껍질을 후벼 찢었다.

웅보와 대불이는 할아버지 무덤에 아버지의 몫까지 세 가지의 생솔가지를 꺾어 얹고 두 번 절했다. 바람 끝이 너무 차가왔기 때문에 대불이가 한사코 빨리 내려가자고 했으나, 웅보는 할아버지의 봉송한 무덤을 바람막이로 하고 앉아 있었다. 그는 설날 하루 동안만이라도 되도록 홀 맺힌 기분을 풀어보려고 애를 썼으나, 찜찜한 마음이 더욱 조그맣게 옥죄어드는 것을 어찌할 수가 없었다. 그의 기분이 문틈에 손가락 넣은 것처럼 아리고 언짢은 것은 안방마님이 옥동자를 낳았다는 것 때문인지도 몰랐다. 그는 처음에 양 진사를 대했을 때까지만 해도 사람 죽인 죄인처럼 고개조차 바로 들 수가 없었던 것인데, 차츰 그 죄스러움이 슬픔으로 변한 것이었다. 어찌되었건 안방마님은 바로 웅보 자신의 아기를 낳은 것이 아닌가. 그런데 안방마님이 아들을 낳았다는 것을 알고 자신이 슬퍼지는 것은 무엇 때문인가.

웅보는 얼굴과 귀뿌리 언저리가 얼다 못해 얼얼하게 후끈거리기 시작해서야 산에서 내려왔다. 그는 강을 건너기 전에 잊지 않고 송월촌에 사는 그의 스승 홍 거사를 찾아가 세배를 하였다.

그들 형제는 날이 어둑어둑해서야 새끼내에 돌아왔다. 새끼내로 돌아오는 길에 아이들이 논과 밭두렁을 태우며 쥐불놀이를 하는 것을 보았다. 이날은 또 밤 자시에 방아를 찧으면 쥐가 없어진다고 해서 아낙들은 밤중에 방아를 찧었고, 곡식이 없으면 빈 방아라도 찧어 요란한 소리를 냈다.

설날 밤에는 하늘에 있는 야광귀(夜光鬼)라는 귀신이 인간 세상에 내려와 여러 곳을 두루 돌아다니다가, 인가에 들어가서 사람들의 신을 신어보고 발에 맞는 것이 있으면 신고 간다고 하였다. 이날 밤 신을 야광귀한테 도둑맞은 사람은 그해 일 년 내내 운수가 나쁘다고 하였다. 그래서 설날 밤이면 어른이고 아이들이고 할 것 없이 모두 신을 벗어 방에 들여놓거나 다락에 감추고 잠을 잤다.

대불이는 정월 대보름까지 새끼내에 머물러 있었다. 새끼내에 머물러 있는 동안 밤낮으로 통잠을 잤다. 보름이 다 되어도 말바우네는 돌아오지 않았다. 말바우 어미는 설날에 대불이가 새끼내에 설을 쇠러 올 것이라는 걸 번연히 알고 있으면서도 친정으로 가버렸고, 그것도 보름이 가깝도록 돌아오지 않는 것은 아'만저만 마음이 꼬여 있는 것이 아닐 것이었다. 대불이는 그런 말바우 어미의 심정을 손바닥 들여다보듯 환히 헤아리고 있었다. 그동안 자신이 말바우 어미한테 너무한 것을 알고 있었다. 아마 말바우 어미는 그의 정이 다른 여자에게로 옮아가버렸을 것으로 알고 있을 것이라고, 대불이는 말바우 어미 마음속에 들어앉아 있기라도 하는 것처럼 지레 생각하고 있었다. 그러면서도 대불이는 속으로 은근히 그녀를 기다렸다. 말바우 어미한테 준 죽순보다 더 청청한 숫총각의 첫정을 잊지 못하는 것인지도 몰랐다.

대불이가 집에 있는 동안 그의 형 웅보는, 설날부터 열이튿날까지의 십이지일의 일진을 짚어가며 식구들의 행동거지를 일일이 간섭하였다.

상축일인 첫 축일에는 소달깃날이라고 하여 송아지한테는 말려둔 취나물을 삶아 먹였으며, 첫 인일에는 호랑이날이라고 하여 식구들이 문밖출입을 못하게 하였다. 이날은 새끼내 사람들이 아무도 남의 집을 찾아가지 않았다. 이날 함부로 나돌아 다니다가는 호랑이한테 물려간다고 믿었다. 만일 이날 남의 집에 가서 대소변을 보게 되면 그 집의 식구 중에서 호환(虎患)을 당하게 된다 하여, 집집마다 사립짝문을 걸었다.

묘일에는 토끼날이라고 하여, 여자가 일어나 문을 열면 가운이 불길하므로 남자가 먼저 일어났다. 이날은 또 장수를 비는 날이라고도 하여, 명주실을 청색으로 물들여 팔에 감거나 옷고름에 매달기도 하고 돌쩌귀에 걸어두어 장수를 기원했다. 이날 실을 짜거나 옷을 지어 입으면 오래 산다고 하여, 아낙들은 식구들의 옷을 짓느라 온종일 눈코 뜰 새 없이 바빴다.

용의 날 이른 새벽에는 아낙들이 앞을 다투어 물동이를 이고 샘으로 물을 길러 갔다. 예로부터 하늘에 사는 용이 이날 새벽에 지상에 내려와 우물에 알을 낳는다고 하였고, 용알이 든 물을 길어다 밥을 지으면 그해 농사가 풍년이 든다는 것이었다. 우물에 맨 먼저 나온 아낙은 지푸라기를 잘라 우물에 띄우게 되며, 그것을 본 다음 아낙들은 지푸라기가 떠 있는 우물에서는 물을 긷지 않고 다른 우물을 찾아가야만 했다. 아낙들은 또 이날 머리를 감으면 머리털이 용처럼 길어진다고 믿어 시새워가며 욕발(浴髮)을 하였다.

또 뱀날에는 머리를 빗거나 깎으면 뱀이 집에 들어와 화를 입게 되고, 닭의 날에 바느질을 하면 손이 닭의 발처럼 흉하게 갈라진다고 하여 아무 일도 하지 않았다.

개날과 말의 날에는 좋은 날이라 하여 집집마다 장 담기를 하였고, 염소날에는 아무리 위독한 환자라고 해도 약을 먹이지 않으며, 원숭이날에는 나무를 자르지 않았다. 원숭이날에 나무를 자르면, 집을 짓거나 할 때 좀이 많이 먹게 된다는 것이었다.

보름날에는 사발밥을 지어서 그해의 길흉을 점치기도 했다. 쌀을 씻어 사발에 넣고 이를 다시 솥에 넣어 불을 지펴 밥이 되도록 하는데, 밥이 다 된 사발밥의 모양이 가운데가 불룩하면 그해 운수가 길하고, 움푹 패이면 흉하다고 하였다. 또 시루떡을 쪄서 떡이 설면 흉하고 잘 익으면 길할 징조라고 하였다.

칠복이 영감은 보름날 부르뫼 마을 앞까지 가서 논에 보리를 뽑아 뿌리가 외뿌리인 것을 보고 가뭄이 들 것이라고 했다. 칠복이 영감의 말로는 보리 뿌리가 외뿌리이면 그해에 가뭄이 들고, 뿌리가 둘이면 비가 알맞게 내려 풍년이 들 것이며, 뿌리가 세 개면 큰 비가 와서 물난리를 겪게 될 것이라고 하였다.

칠복이 영감은 또 새끼내에서 삼재(三災)가 든 사람들 집 문전에 삼재부적을 만들어 붙이고 제상을 차려 믄전 할아버지에게 빌라고 하였다. 부적을 그릴 때에는 쇠 피나 돼지 피, 흰 수탉 피로 그려야 하는데, 부적에 그려진 그림이 실제로 그 피대로 돼지, 수탉이 되어 나쁜 귀신을 막아준다는 것이었다. 부적을 만들어 문전에 붙인 다음 제상을 차려놓고, 상에 차려진 백지와 옷감을 태워 지붕 위로 올리면 그것으로 삼재 운을 면하게 된다고 했다.

정월 열엿샛날 대불이가 느지거니 점심을 먹고 선창으로 떠나려고 하던 차에 친정에 갔던 말바우 어미가 말바우와 함께 돌아왔다. 말바우 어미가 돌아오자 대불이는 하루 더 쉬어갈 요량으로 집을 나서지 않고 몽그작거렸다.

말바우 어미가 돌아오자 누구보다 반가워한 것은 쌀분이였다. 그녀는 산일이 가까워지자 집안에 아기를 받아줄 사람이 없어 여간 애가 타지 않았었는데, 때를 맞추어 말바우 어미가 돌아와 주어 더없이 반가웠다.

새끼내 사람들은 보름이 지나자 해 뜨는 날 한낮을 이용해서 자갈과 흙을 퍼 날라 방천의 사춤을 메우기 시작하였다. 대불이가 보기에도 이대로 봄까지 매조짐이 잘 된다면 올여름에는 어지간한 큰비에도 방천이 견뎌낼 것만 같았다.

새끼내 사람들은 정초에 소금 장사나 젓 장사를 할 수가 없는지라, 방천 일을 하지 않을 때는 개산에 가서 나무를 해와 방돌이 쩔쩔 끓도록 군불을 지피고 윷놀이를 하며 어서 추위가 물러가기만을 기다렸다. 정월 한 달을 먹을 정도의 식량도 미리 여투어놓았기에 느긋하게 봄을 기다렸다.

말바우 어미가 돌아온 날 밤, 대불이는 식구들이 잠들기를 기다렸다가 말바우 어미의 방으로 건너갈 요량으로, 늦게까지 잠을 자지 않고 방바닥에 배를 깔고 엎더 있었다.

대불이는 후두둑후두둑 튀는 소리를 내며 타들어가는 기름 심짓불을 끄고, 문에 비스듬히 비쳐 흐르는 정월 초엿샛날의 희디흰 찔레나무 꽃잎 같은 달빛을 지켜보며 밤이 더 깊어지기를 기다렸다. 대불이가 방바닥에 배를 깔고 엎더서 선창에서 배운 담배를 삐억삐억 빨고 있는데, 누구인가 삐그더억 하고 그의 방문을 여는 것이었다. 달빛에 비쳐 보이는 말바우 어미의 모습을 보자 대불이는 천천히 일어나 앉았다.

"안 그래도 시방 막 건너가려던 참이었는디……."

대불이는 이불을 아랫목으로 밀어붙여 말바우 어미가 앉을 자리를 내어주며 말했다.

"흥, 우리 방에 건너오다가 오금쟁이라도 부러지면 으쩔랴고?"

말투로 보아 말바우 어미가 심통이 부걱부걱 끓고 있음을 헤아리고도 남았다. 그녀는 이불을 밀어붙여놓은 아랫목으로 털부덕 소리가 나게 앉았다.

"선창에는 지집들이 쉬포리 끓듯 헌다드니, 쉬포리 꽃방석에서 을매나 욱신욱신 좋았으면 발걸음을 뚝 끊었으까?"

"말바우 엄니도 참, 내가 오기 싫어서 안 왔으까요 잉. 오자도 짬이 나야재요. 조운창 일이 발바닥에서 다듬이질 소리가 나두록 바뻐서요."

"흥! 핑계가 좋아서 사돈네 집에 가겠구만."

"고것이 아니라요. 실은 설만 쇠고 그냥 갈라다가, 말바우 엄니 기다리니라고 이르케 늦어지고 말았당께요. 오늘도 마악 떠날라고 허던 참이었구만."

대불이의 그 말에 말바우 어미의 기름불 심지 같은 성질이 숨을 죽인 듯싶었다. 대불이는 그새를 놓치지 않고 말바우 어미의 허리를 바짝 끌어당겨 방바닥에 뉘었다. 말바우 어미는 대불이가 하는 대로 하면서도 여느 때 같지 않게 찰싹 엉겨 붙지 않고 마른 짚단처럼 푸슬푸슬했다.

대불이는 말바우 어미와 이러구러 긴 이야기를 하지 않았다. 그들은 처음부터 긴 말을 하지 않았었다. 기실 말이 필요 없는 그들이었다. 그것을 서로가 잘 알고 있었다.

말바우 어미는 설맞은 멧돼지처럼 푸왁푸왁 숨이 목구멍에 차올라 헐떡거렸고, 대불이는 그런 말바우 어미를 대장간 풀무 다루듯 바람을 넣었다 뺐다 하였다.

선창 객줏집의 논다니 보름달이 바지게 덫으로 잡아 파삭파삭 구운 참새고기 맛이라면, 말바우 어미는 포동포동 살이 찐 늦가을 암탉의 느끼한 똥집 맛이었다.

"엎어지면 코 닿을 텐디, 많이도 말고 한 달에 두 번은 와줘어, 웅?"

말바우 어미가 한 말은 그것뿐이었다.

그녀는 첫닭이 홰를 칠 때까지 대불이를 잠 못 들게 하더니 두 번째 닭이 울어서야 대불이의 털렁한 가슴살을 이빨 자국이 생기도록 응등물어주고 나서 지그시 방문을 열고 나갔다. 대불이는 말바우 어미가 그의 가슴살을 물 때 하마터면 소리를 내지를 뻔했다. 그는 말바우 어미가 나간 뒤 이내 곯아떨어졌으며, 아침밥도 마다고 자다가 겨울 햇살이 처마를 핥아댈 무렵에야 일어났다.

그는 말바우 어미한테 난초를 맡기고 서둘러 선창으로 향했다. 말바우 어미는 난초가 어떤 연유로 와 있는지를 알고 있던 터라 대불이의 부탁을 거절하지 않았다.

강물이 흘러오는 쪽에서 불어오는 정초의 맵짠 바람을 맞바라기로 받으며 선창에 당도한 대불이는 조운창과 고지기들이 자는 방, 관속들이 거처를 정해놓았던 객줏집 등을 돌아보았다. 정월 대보름이 지났는데도 선창과 객주거리는 아직 한산했다. 세곡을 검수하는 관속들은 고사하고 잠시 고향에 내려간 등짐꾼들이며 마바리꾼, 여들없이 빈둥거리던 건달패거리들도 아직 돌아오지 않았다. 하기야 이제 세곡 수납도 거의 끝났으니 조운창에 가득가득 쌓여 있는 세곡들을 경창으로 실어가기 시작할 때까지는 잠시 선창이 한가할 것이었다.

대불이는 혹시 방석코 형이 돌아왔나 싶어 때죽나무집으로 발걸음을 돌렸다. 때죽나무집에 지싯지싯 들어서자, 깎아놓은 돌부처 모양 사람을 보아도 언제나 반가워하는 기색 한 가닥 떠올리지 않고 오면 오거니 가면 가거니 소 닭 보듯 하던, 겨릅처럼 핏기 하나 없이 깡마른 주모가 어쩐 일인지 병어 입을 쫙 벌려 이빨을 드러내 보이고 웃으며 반가워하였다. 그녀는 정초라 사람구경하기도 힘든 터에 대불이를 보자 친정 동생을 만나기라도 한 듯 반가웠던 것이다.

땔나무꾼 넙바우도 쪼르르 내달아오며 한사코 사립문 쪽에 눈을 주는 양이 난초의 모습을 찾고 있는 것이 분명했다. 잠시 후 넙바우는 난초가 오지 않았음을 알고는 시무룩한 얼굴로 대불이를 보았는데, 말은 하지 않았지만 그는 난초가 어디 있느냐고 묻고 있다는 것을 알 수가 있었다.

대불이는 봉놋방 토방에 털메기 두 짝이 놓여 있는 것을 보고 주모에게 누가 왔느냐고 물었더니, 주모는 병어 입을 밉지 않게 비쭉거리며 엄지손가락으로 자신의 코를 힘주어 눌러 보였다. 대불이는 방석코가 와 있음을 알고 벌컥 봉놋방 문을 열었다. 새까맣게 때가 묻은 목침을 베고 반듯하게 누워 있던 방석코가 대불이를 보자 맥없이 상반신을 일으켰다. 대불이는 한눈에 방석코가 그가 살던 상전 집에 내려간 일이 잘 안 되었다는 것을 알 수가 있었다.

"형님, 언제 오셨수?"

대불이가 성큼 들어서며 묻자, 방석코는 베고 있던 목침을 무릎 위에 올려놓으며 "가자마자 하룻밤 자고 올라와뿌렀어" 하고 여전히 맥 빠진 목소리로 대답했다.

"형님이 오신 줄 알았으면 나도 그냥 올 건디 그랬네요."

대불이는 손으로 방바닥을 쓸어 뜨뜻한 곳을 골라 앉으며 말했다.

"그래도 보름은 쇠고 와야재."

"보름이나 마나 개보름 쇠기지라우 머. 보름날 아침에 찰밥도 못 묵었으니."

"찰밥을 묵어야 보름인가. 보름달 한 번 쳐다보면 보름이재."

"형님은 어찌 되짚어 오서부렀능교."

대불이가 묻는 말에 방석코는 고개를 떨구고 무릎 위의 때 묻은 목침만 만지작거렸다.

"처자를 못 만나셨능교? 시집을 가뿌렀습디까?"

"시집이나 갔으면 좋았게."

"그러면 어찌됐습니까. 안 만나줍디까요?"

"만날 수가 없었구만."

"어째서요."

"뒈져뿌렀어. 지랄 맞게 칵 뒈져뿌렀드란 마시."

방석코는 말을 뱉고는 목침을 베고 다시 벌렁 누워서는 얼기설기 질러놓은 중천장 없는 서까래를 쳐다보았다. 대불이는 더 이상 묻고 싶은 용기를 잃어버린 채, 잠시 멀뚱히 방석코의 참담한 얼굴만 내려다보았다.

"내가 쥑인겨."

방석코는 알아들을 수 없는 말을 하였다.

"왜 죽었답뎌?"

대불이는 방석코의 기분이 상하지 않도록 조심스럽게 물었다.

"내가 죽였응께 그러네. 내가 살인자여!"

방석코는 퉁명스럽게, 자신의 괴로움을 참지 못했을 때 울분을 터뜨리듯 내질렀다.

"형님두 원!"

"내가 지난 추석 때만 갔었더라도 뒈지지는 않았을 것인듸…… 추석 때 갈려고 작정을 했었는듸, 해필 꿈에 그년이 뵈드란 말여. 그래서 안 가뿌렀더니 뒈지고 말았어."

방석코는 다시 목침을 들고 벌떡 일어나 앉았다. 그는 무엇인가 마음속에 나무비늘처럼 쌓인 괴로움을 허물어버리고 싶어하는 얼굴이었다. 괴로움을 울분으로라도 털어버리고 싶어 하는 눈치였다.

"형님, 그나저나 우리 목이나 좀 추깁시다."

대불이는 일단 큰 소리로 주모를 불러 술을 시켜놓고, 방석코 입에서 다음 말이 나오기를 기다렸다.

"그년이 내 애기를 뱄다여. 큰애기가 애기를 뱄으니 어찌 낯부끄러워서 살겠는가 잉. 추석 때가 되면 혹여 이 못난 놈이 돌아올란가 허고, 버럭버럭 불러가는 배를 칭칭 동여매고 참었겠재. 헌디, 추석이 되어도 안 돌아오니께 뒈져뿌린 거여."

술상이 들어오자 대불이는 방석코의 잔에 술을 따르면서, 괴로워하는 그의 얼굴을 빤히 들여다보았다. 여태껏 그가 그렇게 못 견디게 괴로워하는 모습은 한 번도 본 일이 없었기 때문에, 이번 일로 가까스로 잠재워놓은 그의 행티 사나움이 되살아나면 어쩌나 하고 은근히 겁이 나기까지 하였다.

"내가 나타나자, 동네사람덜이 나를 꼭 똥 친 막대기 보듯 허드란 마시. 알고 보니 내가 그년을 쥑인 것을 알았기 땜시 그랬던 거여."

방석코는 벌컥벌컥 단숨에 술잔을 좌악 비우고 나서 손수 자기 술잔을 다시 채우며 말했다.

"동네사람들이 형님이라는 것을 알고 있습더?"

"내 허리끈 땜시 알고 있었더구만, 그년도 나라는 것을 알고 있었고……."

"허리끈 땜시오?"

"그년은 추석 담날 내 허리끈으로 목을 매고 뒈졌응께……."

대불이는 방석코의 말에 가닥을 추릴 수가 없어 잠시 잠자코만 있었다.

"내가 그년 몸을 망치던 날 밤에 일을 끝내고 괴춤을 움켜쥐고 방에서 나올랴고 하는디, 그년이 내 허리끈을 꽉 붙잡고 뇌주지 않드란 마시. 그래서 나는 허리끈이 풀린 채로 엉겁결에 나왔는디, 내 허리끈은 누가 봐도 그냥 알거든. 나는 당최 헝겊 허리끈은 션찮아서 못 맨단 마시. 헝겊 허리끈을 매고는 일헐 때 힘을 못 쓰겄어서, 삼승끈에 벌똥을 멕여갖고 매고 댕겼어. 그러니 그년은 말헐 것도 없고 동네사람들이 모를 리가 없재. 나는 천벌을 받을 거로구마. 암, 천벌을 받고도 싸재."

방석코는 거푸 술잔을 기울였다. 여태껏 때죽나무집 봉놋방에서 뒹굴며 혼자 괴로워하던 그는 대불이를 만나자 괴로움의 둑이 무너진 듯했다. 술이 바닥나자 방석코는 집이 떠나갈 듯 고함을 쳐 주모를 부르더니 술을 더 시켰다. 한동안 날 받아놓은 섣달 큰애기처럼 조용하기만 하던 방석코가 갑자기 거칠게 고함을 지르며 눈을 부라리자, 주모의 입이 더욱 작아진 듯하면서 놀라는 기색이었다.

"앞으로 사는 동안 어찌게 죄닦음을 헐까. 뱃속에 든 죄 없는 새끼까지 쥑였으니 말여."

방석코는 목구멍에 불이라도 붙은 듯 헉헉 뜨거운 입김을 내뿜어가며 말을 계속했다.

"죽은 혼헌테라도 죄를 빌려고 무덤을 찾아갔드니, 무덤 속에서 애기 우는 소리가 나는 것 같데. 응애 응애 애기 울음소리가 시방도 들리는 것 같단 마시."

대불이는 어떻게 방석코를 위로해줘야 좋을지 몰랐다. 그가 할 수 있는 일이란 그의 빈 잔에 자꾸 술을 채워주는 것뿐이었다. 대불이는 방석코가 술을 거칠게 쉬지 않고 마셔대는 것을 말리지 않았다. 그는 방석코가 취하도록 내버려두었다. 그의 괴로움은 술 외에는 다독거려줄 아무것도 없었다. 그는 방석코가 곤죽이 되도록 술에 취해 잠들기만을 기다렸다. 그러나 어찌된 셈인지 자꾸자꾸 술을 퍼 부어넣어도 그는 취하지 않는 듯싶었다. 괴로움이 더 커지는 것만 같았다. 대불이는 방석코가 괴로워하는 모습을 차마 볼 수가 없었다.

한나절쯤에 만난 두 사람은 밤이 깊도록 마주앉아서 계속 술사발을 비웠다. 대불이가 먼저 취해버렸다. 술에 취한 대불이는 문득 작년

여름 큰물에 떠내려가는 것을 구하려고 강물에 뛰어들었다가 뿌리째 뽑혀 물속에 처박힌 팽나무를 붙잡고 함께 밤을 새웠던 필순이 생각이 송곳처럼 가슴에 찔려왔다. 다음날 아침 물이 빠진 뒤 아버지의 등에 업혀갈 때 헝클어진 댕기머리에 붙은 푸른 보랏빛의 물달개비꽃이파리도 보이는 듯싶었다. 그리고 필순이가 죽었다는 소식을 듣고, 정신없이 영산강변으로 뛰어나가 물달개비꽃에 그녀의 얼굴이 떠오르곤 하던 일이 생각났다.

필순이와 함께 물속에서 엉겨 붙는 뱀을 뜯어 던지며 둘이 부둥켜안고 보냈던 그 하룻밤이, 마치 한 십 년쯤 같이 살았던 것처럼 생각되어졌다. 대불이 생각에 그는 어떤 여자한테도 정을 듬뿍 쏟을 수가 없을 것만 같았다. 그것은 필순이 때문이었다. 그녀만 죽지 않았던들 그는 어떻게 해서라도 필순이한테 장가를 들었을 것이었다.

대불이는 이제 사람이 죽는다는 것보다 더 허무하고 두려운 것이 없다고 생각했다. 필순이의 죽음이 그랬고 줄꾼 봉팔이 노인의 죽음이 그랬다. 할아버지가 죽었을 때까지만 해도 그런 것을 느끼지 못했었다. 그러나 필순이와 봉팔이 노인의 죽음을 통해서 대불이는 삶의 끝이 한갓 물달개비꽃보다도 못하다는 것을 알 수가 있었다. 그런데 지금 방석코가 또 죽은 한 여자 때문에 괴로워하고 있는 것이다. 그리고 방석코 때문에 죽었다는 그 여자의 죽음이 방석코한테 안겨준 괴로움을 생각해보면 그가 괴로워하는 만큼 그 여자의 죽음은 허무하지 않은 것인지도 모른다고 생각했다.

"형님, 여자 땜에 울지 맙시다."

대불이는 술에 취해 방석코의 어깨를 툭 치며 말했다.

"이 자슥아, 나는 시방 지집 땜시 우는 거이 아니고, 한심한 나 땜시 우는 거여."

방석코는 울먹이며 말했다.

5

입춘이 지나자, 강물이 흘러오는 쪽에서 바다로 내려가는 쪽으로 드밀어 내리던 되알진 바람도 차츰 기세가 꺾인 듯했다. 영산강변에 나가 바람의 냄새만 맡아보아도 봄이 오고 있다는 것을 알 수가 있었다. 봄을 싣고 오는 바람은 쌉쌀하면서도 상큼한 씀바귀뿌리 냄새가 났다.

강변의 봄은 신행길 아침의 신부처럼 서둘러 온다. 강변에 서 있으면 봄이 달음박질쳐오는 소리를 들을 수가 있다. 봄이 오는 소리는 동백의 꿀을 쪼아 먹으며 우는 동박새 울음 같기도 하다.

고추보다 더 매운 시집살이 시어미의 일그러진 상판대기처럼 겨우내 얼어붙었던 영산강이 상큼한 씀바귀뿌리 냄새 같은 바람에 서서히 녹기 시작했다. 칠백 리 긴 강을 녹이며 입김처럼 불어오는 바람은 어디서 오는 것일까. 강물이 흘러오는 쪽에서 불어오는 되알진 북풍도 아니며, 해가 뜨는 쪽에서 건듯 부는 샛바람도 아닌, 동박새 울음소리를 내며 햇살과 함께 퍼지는 그 바람은 동서남북 어디에서도 불어오지 않았다. 그 바람은 하늘에서 내려오는 듯싶었다.

바람이 깔깔하게 숨을 죽이고, 햇볕에 물기가 쫙 빠지면서 영산강 물이 보일 듯 말 듯 풀리기 시작하자, 겨우내 "나무 없다 부엉, 양식 없다 부엉, 걱정 마라 부엉" 하는 노래를 새소리처럼 불러대며 방속에 갇혀 있었던 사람들이, 상큼한 바람 냄새를 맡고 고개를 들고 밖으로 기어 나왔다.

개산에는 눈이 녹은 양지 밭에서 칡뿌리를 캐는 사람들이 희끗거렸으며, 산자락과 밭둑에는 솔새뿌리를 캐는 솔장수들의 모습도 보였다. 사람들은 산에서 도끼자루보다 더 크고 긴 칡뿌리와 수염처럼 보기 좋은 솔새뿌리를 캐면서, 모진 겨울을 참아내어 봄이면 어김없이 잎과 줄기를 뻗는, 살아 있음의 오기를 배웠다. 그 뿌리야말로 살아 있음의 증거였다. 하찮은 풀이라도 언 땅에 뿌리를 단단히 박고 죽은 듯 봄을 기다렸다가 어김없이 잎과 꽃을 피우고야 마는 끈질김에 고개가 숙여지는 것이었다.

봄의 빛깔은 푸름이 아니고 짙은 갈색 뿌리의 색깔이었다. 강물이 풀리는 봄의 영산강물 역시 겨울에도 말라죽은 풀 밑이나 양지바른 쪽에 파란 잎을 달고 이겨내는 보리뺑이나 질경이의 뿌리처럼 황갈색이었다.

골짜기의 눈이 녹고 이제 얼음이 풀렸는가 싶으면, 강물은 잠시 꺼끌꺼끌한 물억새잎의 색깔로 변했다가, 큰비와 함께 큰 누룩뱀의 등처럼 검고 칙칙해지는 것이었다. 여름이 지나고 가을이 되면 강물은 물달개비잎처럼 푸르러지며, 얼어붙으면서 흐르는 것 같지도 않게 해맑게 가라앉았다.

영산강물이 풀리고 솔장수들이 솔새뿌리를 캐러 나오면서부터 선창에는 고깃배와 무곡선들이 들락거렸다. 선창이 다시 벅신거리기 시작했다. 객줏집에는 무곡선을 타고 온 뱃사람들과, 생선을 떼러 온 장사치들, 영산포에서 배를 타고 목포진(木浦津) 쪽으로 나가려는 사람들로 가득 들어찼으며 논다니, 왈패들도 다시 몰려들었다.

조운창 일도 바빠졌다. 수납해두었던 세곡을 경창으로 실어가야 하기 때문이었다. 대불이는 조선(漕船)이 오기를 기다렸다. 당초에는 법성창에서 보내주기로 하였으나, 그쪽도 실어갈 세곡이 워낙 많은지라 늦어지고 있는 것이었다.

당초 세곡은 이듬해 정월까지 그 취집을 끝내고 이월 스무 이튿날부터 시작하여 오월 보름날까지 경도로 조운하되, 각 조선에는 세곡 팔백 석(전라·충청은 8백 석, 경상은 1천 석)을 한도로 싣고 한 파수에 조선 삼십 척을 한 종(綜)으로 삼아 순차로 운항하게 되어있었다.

또 조선이 지나가는 동안 연읍(沿邑)에서는 읍의 경계와 서초(嶼草)가 있는 곳에 표시를 하고, 수로를 잘 아는 자를 배에 태워 지휘케 했으며, 조선이 경강(京江, 漢江)의 입구에 닿으면 차사원이 무곡에 대한 중간 검열을 한 뒤에, 한강을 타고 한양으로 들어가 호조의 당상관이나 낭관(郞官)이 직접 점검하여 수납케 하였다.

만일 조선이 난파하는 시에는 해당 지방관이 주야를 불론하고 즉시 현장에 가서(이틀 이내에 현장에 나타나지 않거나 좌수, 별감을 대리로 보내면 처벌하게 되어 있다) 이를 구조하고, 피해 미곡을 건조시킨 다음 손해의 정도를 보아 규정에 따라 처리하였다.

또한 고의로 파선케 한 자나 세곡 열 석 이상을 도취한 자 등은 목을 베었고, 조선 오십 척 이상을 무사히 수송한 압령원(押領員)은 직계를 올려 상을 주게 했고, 세 척 이상을 패몰(敗沒)케 하면 벌로 다스리는 등 상벌이 엄중하였다.

이 조운의 노역을 맡는 조졸(漕卒)은 수군과 함께 가장 큰 고역으로 여겨, 처음에는 조졸의 신분을 가진 자가 모두 분번입역(分番立役)하였으나, 뒤에는 사공이나 격군(格軍) 등 일정한 직역으로 되고 나머지 조졸과 그 신분을 가진 자는 해마다 스물네 필의 포를 상납하게 하였다.

그러나 그때만 해도 영산창은 이미 폐창이 된 지 오래되어 영광 법성창의 관할을 받는 지창(支倉) 역할을 할 뿐이어서, 세곡을 싣고 곧장 경창으로 들어갈 수가 없었으며, 반드시 법성포 앞바다에서 법성창에 나와 있는 차사원의 중간 검열을 받아야만 했다.

영산창의 세곡 조운을 책임 맡은 양 진사는 엄밀히 말하면 법성창에 나와 있는 차사원의 지시를 받는 압령원에 지나지 않았는데도 통칭하여 양 차사원이라고들 불렀다. 양 진사가 수년 전부터 벼슬자리를 하나 사려고 돈꿰미를 지고 동분서주하더니 고작 압령원 자리를 얻게 된 것이었다.

양 진사는 나주 관찰사를 찾아가 법성창으로부터 조선을 조속히 보내줄 것을 요청하였으나, 법성창에도 조선이 남아돌지 않아 하는 수 없이 목포 만호(萬戶)에 청을 넣었다.

목포 만호는 전라 열다섯의 만호 중에서 오른팔로서 전라의 수문장이라고들 했으며, 고하(高下), 비금(飛禽), 팔금(八禽), 도초(都草), 기좌

(箕佐), 안창(安昌), 자은(慈恩), 장산(長山), 하의(荷衣), 암태(岩泰), 우이(牛耳), 흑산(黑山) 등 열두 섬을 관장했을 뿐만 아니라, 진영 소재 지구의 일반 행정도 맡았다. 목포 만호의 직접 관할에 속한 곳은 이로면(二老面)의 관해(觀海)와 용당(龍塘), 산정(山亭), 쌍교(雙橋), 목포 등이었다.

한편 영산강에서 목포진에 이르는 수로와 모든 선박의 운행, 조선의 관리는 목포 만호가 맡았다.

한때 영산강 부근에는 강의 상류 몽탄(夢灘) 깊숙이 있는 배산진(梨山津)의 전선창(戰船倉)을 비롯해서 나주 죽포(竹浦), 영암 고달도(古達島) 등에 선창(船倉)을 두어 이를 모두 목포 만호가 관장하였다.

나주 관찰사와 목포 만호 사이는 평소 잘 아는 처지이고, 만호 밑에 있는 이판(吏判) 또한 양 진사한테는 족숙(族叔)이 되는 사람이라, 세곡 팔백 석을 실을 수 있는 배 스무 척을 우선 보내주기로 하였다.

목포 만호가 약속한 대로 이월 열사흘, 먼지바람이 몹시 불던 저녁 나절에 배 스무 척이 영산창에 들어왔다. 한 배에 다섯 사람씩의 수군까지 딸려 있었다.

배가 들어오자 사공과 수군들을 객줏집에서 하루 느긋하게 쉬게 한 다음 보름날 아침부터 조운창을 열고 세곡을 싣기 시작하였다. 세곡을 실을 때 양 진사가 나와서 직접 지휘를 하였으며, 그의 심복 역할을 하고 있던 대불이가 등짐꾼들을 감독하였다.

양 진사는 그동안 두어 차례 영산포에서 미곡을 배에 가득 싣고 몇 해 전(1883년)에 개항을 한 제물포에 가서 크게 재미를 본 경험이 있기 때문에, 세곡을 싣고 경창까지 옮기는 것을 그리 어렵게 생각하지 않는 듯싶었다.

배가 일천 석을 실을 수 있는 초마선 크기였으나 관찰사의 지시대로 팔백 석씩만 실었다. 팔백 석을 한 배에 싣는 것도 보통 힘든 일이 아니었다. 이른 새벽부터 싣기 시작하여 한나절 무렵에야 겨우 끝마칠 수가 있었다.

대불이는 양 진사의 지시대로 세곡을 실은 배를 일일이 돌아다니며 세곡이 비에 맞지 않도록 간심을 하였다.

싣는 것을 거의 마치자 양 진사가 대불이를 불렀다. 양 진사는 조운창 뒷담 벽 쪽으로 대불이를 데리고 갔다. 대불이는 내일이면 배를 타고 바다로 나갈 것을 생각하고 벌써부터 흥분을 감추지 못했다. 대불이는 혹시 양 진사가 그를 데리고 갈 수 없다고 할까봐 불안했다.

"선창에 등짐꾼들이 모두 몇이나 되느냐."

양 진사는 조운창 담 벽에 바짝 붙어 서서 대불이를 냉엄하게 보며 조용한 목소리로 물었다.

"이백쉰 사람은 될 것이옵니다."

대불이는 양 진사가 무엇을 생각하고 등짐꾼들의 수를 묻는 것일까 하고 의아해하였다.

"그 가운데서 믿을만한 놈이 몇이나 되느냐."

"다덜 일을 잘합죠. 쇤네가 일을 잘하는 사람덜만 골랐으니께요."

대불이는 칭찬이라도 들으려는 듯 어깨까지 흔들며 자랑스럽게 대답했다.

"그것은 안다만, 그래도 대불이 네 말을 잘 듣고 각별히 믿을만한 놈이라면……."

"클쎄올씁니다요. 쉰네 말이라면 다 죽는 시늉이라도 허는 사람들 인뎁쇼. 왜 그러시는지요?"

"내가 묻는 말에만 대답하거라."

"네, 네."

대불이는 양 진사의 입에서 이번 파수에 그를 데리고 갈 수 없다는 말이 나오지 않는 것만도 다행한 일이어서, 몇 번이고 허리를 굽신거렸다.

"몇 사람이 소용되십니까요?"

"네눔과 각별히 지내는 등짐꾼이 몇 눔이나 되느냐."

"클쎄올시다요. 한 스무 남은 사람 가량이나……."

대답을 하면서 그는 대충 그와 형님 동생하며 마음을 터놓고 지내는 등짐꾼들의 얼굴들을 대충 떠올려보았다.

"스무 남은 명은 더 될 듯싶습니다요. 그 수로는 모자랍니까요?"

양 진사는 잠시 머릿속으로 생각을 굴리는 듯한 얼굴로 고개를 들어 하늘을 보았다. 해가 지기 시작하는 하늘에 두꺼운 구름들이 뭉얼뭉얼 금성산 쪽으로 몰렸다. 아침나절보다 바람도 약산 고개를 들기 시작하는 것 같았다. 대불이는 양 진사가 날씨를 걱정하고 있는 것이라고 생각했다.

"높새가 불 것 같은가요?"

대불이도 하늘을 보며 물었다. 구름이 몰리는 것이 심상치가 않았다. 높새가 불면 파도가 일 것이기 때문이었다.

"밤에 별을 보면 알 수 있을 게다. 그건 그렇고 오늘밤에 네 눔 말을 잘 듣는 힘좋은 등짐꾼 쉰 명만 뽑아놓거라."

"그렇게 헙죠. 하온데, 무슨 일을 시키시려고……."

"쉰 명이 세곡을 몇 섬이나 실을 수 있겠느냐."

"배에 말이옵니까?"

양 진사는 대답 대신 고개만 끄덕였다.

"밤새두룩 말입쇼?"

양 진사는 여전히 고개를 두어 번 끄덕였다.

"한 사람이 스무 남은 석은 실을 겝니다요."

"한 눔이 스무 석이면 쉰 눔이면 천 석이로구나."

대불이는 계산을 할 수가 없었기에 잠자코 양 진사만 바라보았다.

"배 두 척 분량을 허두룩 해라!"

"쉰 명이 천육백 석을 말입죠?"

대불이도 그만한 것쯤은 쉽게 셈을 할 수 있었으므로 자랑삼아 큰 소리로 자신 있게 말할 수 있었다.

"어려우냐?"

"몰아세우면 헐 수 있습죠. 탁배기라도 한 사발씩 멕이고 몰아세우면야 헙죠. 천한 등짐꾼들이란 살살 똥구멍을 긁어줌시로 몰아붙이면 일을 잘허니께요."

대불이는 양 진사를 보며 비굴하게 웃고 있었다. 그는 양 진사가 시키는 일이라면 그의 발바닥이라도 핥을 수가 있었다. 자기 주제꼴에 조운창에서 등짐꾼들을 부리 는 일을 맡고, 또 조선을 타고 한양까지 갈 수 있겠는가. 이 모두가 양 진사의 크나큰 은덕이라고 생각하고 있었기에, 대불이에게 양 진사는 하느님보다 더 고마운 사람이었다.

"그러지 말고 등짐꾼들을 한 백 명쯤 대기시켜라."

"어렵지 않습죠. 쇤네 말이라면 모두덜 벌벌 기니깐요."

"오늘밤 일을 시킨 놈들은 날이 새기 전에 돌려보내야 한다. 한 눔이라도 선창에 얼씬거렸다가는 네눔은 뒈질 줄 알아라."

양 진사의 말에 대불이는 가슴이 뜨끔했다. 이 양반이 무슨 일을 시키려고 저러나 싶어 두려운 생각이 앞섰다.

"무신 일을 시킬깝쇼?"

대불이는 숨을 죽이며 조심스럽게 물었다. 양 진사는 눈꼬리를 빳빳하게 세워 아무 말 없이 대불이를 쏘아보고만 서 있었다. 대불이는 양 진사의 눈을 피해 고개를 숙였다. 양 진사가 시키려는 일이 무엇인지는 몰라도 백 명씩이나 되는 등짐꾼들을 모두 집으로 돌려보내야 한다는 것이 마음이 걸렸다. 앞으로 더 많은 세곡을 계속 배에 싣자면 아직도 등짐꾼들이 필요할 터인데, 그것도 몇 십 명도 아니고 백 명씩이나 그만두게 한다는 것은 예사로운 일이 아닐 수 없었다. 선창 등짐꾼들이란 봄이 되어도 일굴 땅 한 뙈기 없는 불쌍한 사람들로, 조운창이 비기 시작하면 어차피 스실사실 흩어질 것이 뻔한데 구태여 하룻밤 일만 시키고 돌려보내라니 알 수 없는 일이었다.

"오늘밤 자정까지 등짐꾼 백 명을 이 자리에 모이두룩 허고, 다 모였거들랑 마방거리 첫들머리 자두나무가 있는 객줏집으로 나를 찾아오거라."

양 진사는 그 말만을 하고 돌아서려다가 "이 일은 아무에게도 말해서는 아니 되느니라" 하고 대불이를 쏘아보며 다짐을 주었다.

양 진사가 선창거리 쪽으로 사라진 뒤에도 대불이는 잠시 조운창 담 벽에 서 있었다. 양 진사가 자기를 찾아오라는 마방거리 자두나무집이라면 무곡선을 타고 온 쌀장수들이 한 패거리로 묵고 있는 집이 아닌가.

대불이는 찜부럭한 기분을 억누르지 못하여 조운창 앞으로 나왔다. 고지기들이 조운창에 열쇠를 채우고 있었다.

"대불이, 내일이면 배를 타고 떠날 텐디 오늘밤을 그냥 넘길 수가 있는가."

대불이가 형님이라고 부르는, 몸집이 나무둥치처럼 크고 얼굴에 살이 뒤룩뒤룩한 나이 많은 고지기가 술 생각이 나는지 마음을 떠봤다. 대불이는 한마디 대꾸도 없이 조운창 앞을 지나쳤다.

"대불이, 그냥 헤어질 거여?"

고지기가 큰 소리로 재우쳐 물었으나 대불이는 뒤도 돌아보지 않았다. 그는 방석코를 찾아가는 길이었다. 일이 끝났으니 방석코는 지금쯤 때죽나무집 술청에 있을 것이었다. 지난 설에 그가 오랫동안 살아왔던 상전 집으로 여자를 만나러 갔다가, 여자의 죽음을 알고 돌아온 뒤부터 방석코는 매일 일이 끝나면 술타령이었다. 방석코는 답답해서 영산포에 오래 붙어 있지 못하겠다면서, 어디론가 훨훨 돌아다니고 싶다고 하는 것을 대불이가 가까스로 붙잡아놓았다. 대불이는 벌써 양 진사한테 방석코와 함께 조선을 타고 경창까지 갔다 와도 좋다는 허락을 받아놓았던 것이었다.

생각했던 대로 방석코는 그의 패거리 몇 사람과 함께 때죽나무집 술청을 차지하고 있었다. 대불이가 들어서자 방석코 패거리들이 일어서며 앉을 자리를 비켜주었다. 대불이는 술상 가까이 앉자마자 아무 말 없이 빈 술사발에 술을 채워 단숨에 털어 넣었다.

"조선이 낼 아침에 뜬담서?"

방석코가 대불이의 찜부럭한 얼굴을 가깝게 들여다보며 물었다. 대불이는 대꾸를 하지 않고 거푸 술사발을 비웠다.

술청에 꾸역꾸역 어둠이 찾아들고 있었다. 땔나무꾼 넙바우가 등불을 걸어주고 나갔다. 넙바우는 난초가 새끼내에 가 있는 동안 대불이를 보면 주둥이를 비쭉거리며 심드렁한 얼굴을 하는 것이었다.

"형님, 오늘밤 자정꺼정 백 사람만 모아주슈."

대불이가 석 잔째 술사발을 비우며 무겁게 말했다.

"아닌 밤중에 홍두깨라드니, 한밤중에 무신 일로……."

"나도 모르겠구만요. 암턴 백 사람만 모아주슈."

"무턱대고 사람만 모으란 말여?"

"되두룩이면 믿을 만헌 사람들로요."

"지기럴, 불알만 찬 놈들인디 믿고 못 믿을 게 뭐 있남!"

"세곡을 배에 싣는답니다요."

"아니, 지랄헌다고 세곡을 한밤중에 실어?"

옆에 있던 갈퀴가 큰 소리로 튕겨내자 대불이가 그를 쏘아보며 눈을 흘겼다. 대불이의 눈길에 갈퀴는 더 이상 입을 열지 않았다.

"양 진사가 시키는 일인가?"

방석코가 물었다. 대불이는 고개만 끄덕였다. 그는 차마 자정에 모이게 한 백 명의 등짐꾼들을 날이 새기 전에 영산포를 떠나도록 해야 한다는 말을 할 수가 없었다.

잠시 후에 방석코가 그의 패거리들에게 자정까지 모일 등짐꾼들을 골라 미리 알려주는 것이 좋겠다고 하여, 술청에 같이 있던 좌중이 모두 나갔다. 술청에는 방석코와 대불이 두 사람만 남았다. 대불이는 방석코와 술을 두어 사발 서로 주고받은 뒤에, 자정에 조운창 담 벽 뒤에서 만나기로 하고 때죽나무집에서 나왔다.

아침에 조선을 타고 떠나자면 새끼내에 한 번 다녀와야겠다는 생각으로 객주거리를 지나오는데, 등짐꾼들을 모으러 다니던 방석코 패거리들과 마주쳤다. 그들은 대불이를 보자 다시 자정에 무슨 일을 할 거냐고 재우쳐 물었다. 대불이는 그냥 배에 세곡을 싣는 일일 것이라고만 말하고 지나치려다가 그들을 불러 세웠다.

"등짐꾼들 중에서 영산포에서 식솔 거느리고 사는 사람덜은 제허고, 타관에 살거나 뜨내기덜헌테만 나오라고 허슈."

대불이가 당부하는 말에 그들은 고개를 갸웃거리며 몸을 돌려세웠다.

대불이는 객주거리를 지나 강변 둔덕길로 접어들었다. 이월도 반이 지났는데 밤바람이 제법 쌀쌀했다. 쌀쌀한 밤바람이 강물을 뒤집는 소리가 촐랑촐랑 들려왔다. 휘익— 벌거벗은 미루나무들이 바람에 흔들렸다. 하늘에도 바람이 일고 있는지 별빛이 마치 물결치듯 흔들려 보였다. 별빛이 심하게 흔들리는 것으로 보아 큰 바람이 불어올 것만 같았다.

강변 둔덕에서 맞바라기로 건너다보이는 선창 뒤 언덕배기의 움막들에서 비추는 기름심지불도 유난히 출렁거려 보였다. 선창 뒤 언덕배기에는 등짐꾼들이 모여살고 있었다. 영산포에는 세곡을 취집하기 시작하면서부터 몰려드는 뜨내기 등짐꾼들이 많았지만, 일구어 먹을 땅 한 떼기 없이 식솔들을 거느리고 움막을 짓고, 선창을 상대로 눌러 사는 사람들도 많았다. 그들은 조운창이 텅 비어도 이곳을 떠나지 않았다.

대불이는 그가 등짐꾼들을 감독하면서, 움막을 짓고 식솔들을 거느리며 사는 사람들을 우선적으로 일을 시키곤 하였다. 그는 등짐꾼의 일자리를 찾아오는 사람들한테는 반드시 혼자 왔는가 아니면 식솔이 딸려 있는가를 먼저 묻고, 식솔이 딸려 있다고 하면 사는 곳을 찾아가 확인까지 한 뒤에 일을 시켰다.

물론 식솔을 거느리고 오지는 않았다 해도 근동에 식솔을 남겨두고 홀몸으로 돈벌이를 나온 사람들도 있고, 먹여 살릴 딸린 식솔도 없이 혼자 떠돌음하며 일자리를 구하러 온 사람들도 있었다. 그러나 대불이는 이들을 하나하나 구별하여 일을 시키는 것이었다.

식솔을 근동에 두고 돈벌이를 나온 사람들도 몇 사람씩 어울려 움막을 치고 살거나, 아니면 못 쓰게 된 선창의 창고를 빌려 쓰고 있는가 하면, 뜨내기들은 허랑허랑하여 객줏집이나 주막의 봉놋방에 살면서 버는 족족 술과 계집질에 탕진했다.

대불이는 그래서 뜨내기들한테는 특별히 일손이 부족할 때가 아니고는 일을 시키지 않았다. 방석코 패거리들한테 일자리를 준 것은 특별한 경우였다.

대불이는 가난한 사람들이 식솔을 거느리고 한곳에 뿌리를 박고 살기가 얼마나 어려운 것인가를 잘 알고 있었다. 그는 그 어려운 일을 해낼 수가 없기 때문에 새처럼 떠돌음하고 싶은 것이었다. 그는 자신이 떠돌음하며 살고 싶어 하면서도 이상하게도 떠돌아다니며 살아가는 사람들을 좋아하지 않았다.

대불이는 선창 등짐꾼들 외에도 한곳에 뿌리를 박지 못하고 바람처럼 떠돌음하며 사는 사람들을 많이 알고 있었다. 영산강변의 고리백정들이 그랬고, 솔장수들이 그랬다. 그들의 말로는 한곳에서 오두막이라도 지키고 살자면 별의별 무납(세금)이 쏟아져 나와 지탱할 수가 없다는 거였다. 아무데고 발길 닿는 대로 떠돌아다니며 살면 우선 이것저것 내라고 귀찮게 하는 사람이 없어 신간이 편하다고 하였다.

영산강 주변의 고리백정들이나 솔장수들은 가솔을 이끌고 결코 한곳에 자리를 잡지 않고 부평초처럼 떠돌음하며 살고 있었다. 그들 중 몇몇이 움막을 치고 선창 등짐꾼이 되기도 하였으나 끝내는 견디지 못하고 강을 따라 상류로 올라가버렸다.

새끼내로 내려가던 대불이는 갑자기 기분이 허우룩해져서 발길을 돌려 오던 길을 되짚어 올라왔다. 어차피 자신은 테 밖의 사람인데 잠시 배를 타고 외방엘 나간다고 해서 꼭 새끼내에 들러 인사치레를 할 게 뭐냐는 생각이 들었기 때문이다. 또, 새끼내 사람들은 죽을 둥 살 둥 방천 쌓는 일에 정신이 팔려 있는데, 배 타고 외방에 나갑네 하고 신둥부러지게 떠벌릴 필요가 없을 것 같기도 했다.

통샘거리까지 되돌아온 대불이는 잠시 서서 불빛이 출렁이는 황토산 날맹이를 쳐다봤다. 통샘거리 네거리에서 해가 뜨는 쪽으로 내려가는 길은 봉황(鳳凰) 세지(細枝)에 이르며, 영산강이 흘러들어오는 광나루 쪽으로 뻗은 판판하고 곧은길은 객주거리로 영산포의 중심지이며, 강이 흐르는 쪽은 새끼내를 거쳐 영암에 이르게 되는데, 통샘거리에서 객주거리와 어슷하게 선창을 향해 가로지른 길이 마방거리였다. 마방거리의 중간에서 객주거리로 돌아 나오는 길 또한 장사치들이 하루 내 벅신거리는 싸전거리로, 해가 진 밤에도 인적이 끊이지 않는 곳은 객주거리와 싸전거리뿐이었다.

대불이는 객주거리로 여남은 걸음 추어 올라가다가 되알진 황토고개로 발걸음을 돌렸다. 등짐꾼들이 옴딱옴딱 모여 사는 황토산 날맹이의 새발심지 불빛이 자꾸만 그의 발길을 끌어당겼기 때문이다.

대불이는 언틀먼틀 쌓은 강담 사이 가파른 황토길 고샅을 추어 올라가기는 하였지만, 산동네 사람들 중에서 누구를 만나야 할지 몰라 두 손을 양쪽 허구리에 넣어 팔짱을 끼고 서서, 눈에 밟혀오는 등짐꾼들의 얼굴을 대충 떠올려보았다. 선창에서 등짐꾼 노릇을 하는 허드레꾼들이란 하나같이 방퉁이들 같아서 특별하게 생각나는 사람이 없었다.

잠시 후에 대불이는 언제나 말이 없이 시뜻한 얼굴로 짐을 져 나르는 뻔대구리 영감이 생각났다. 처음에 그는 풀상투를 한 이마빡이 보기 흉하게 훌렁 벗겨져, 쉰이 넘은 영감으로 보고 그에게 일을 시키지 않으려고 했던 것인데, 뻔대구리라 그렇지 나이는 이제 서른다섯밖에 안 되었노라고 물 머금은 소리로 통사정을 하던 것이었다. 대불이는 그의 통사정에 마음이 움직여 등짐꾼으로 썼는데 나이 많은 약골인 줄로만 알았더니 알음 있게 일을 잘하였다.

대불이는 그 뻔대구리를 만나기로 작정하였다.

잠시 뒤에 휘주근한 노파가 악패듯 울어쌓는 아기를 업고 어둠이 가득 괸 고샅으로 나오기에, 다짜고짜로 뻔대구리집이 어디냐고 물어보았다. 노파는 정강이에 흘러내린 행전을 죄어치느라고 허리를 구부리고 있는 대불이 옆으로 바싹 다가와 어둠속으로 그의 얼굴을 들여다보는 것 같더니, 뻔대구리는 왜 찾느냐고 시비조로 되물었다.

"선창에서 같이 일하는 사람입니다요."

행전을 죄어치고 허리를 펴며 대답하자, 노파는 울어쌓는 아기의 엉덩이를 토닥거리며 턱 끝으로 어두운 고샅의 끝을 가리켰다.

"조오기 오동나무가 서 있는 앞 집이라우."

대불이는 노파가 턱 끝으로 가르쳐준 고샅의 끝 쪽으로 더 올라가, 심은 지 사오 년쯤 된 오동나무 앞에 섰다. 그는 뻔대구리의 이름을 몰라 그를 뭐라고 불러야 할지, 사립짝문도 없이 강담으로 입구를 터놓은 자리에 서서 잠시 미적거렸다.

옹바구니 속 같은 뻔대구리의 집에서도 불빛은 어둠을 가르고 환히 비쳐 나왔다.

"뉜 계시우?"

대불이는 큰 소리로 주인을 찾으며 강담에 몸을 붙여 섰다.

잠시 후에 키가 큰 뻔대구리가 방문을 지그시 열고 토방으로 내려섰다.

"뉘시우?"

"대불이요."

그제야 뻔대구리는 대불이를 대뜸 알아보고 우르르 좁은 마당을 가로질러 뛰어나왔다.

"아니, 이 밤중에 으쩐 일이시우?"

뻔대구리는 찰가난이 몸에 밴 사람답게, 키 큰 허리를 제대로 펴지 못하며 행여 아닌 밤중에 등짐꾼 일자리에서 잘려나가지나 않나하는 두려움으로, 어쩔 줄 몰라 하였다.

대불이는 옛날 양 진사 댁 비자 시절에 가난에 찌들어 갱신을 못하는 농사꾼들한테 봇수세를 받으러 다닐 때나, 선창에서 등짐꾼들을 부리는 목대잡이 노릇을 할 때나 자신이 때때로 지악스러운 들때밑 같은 생각이 들어, 조련찮게 추솔했던 마음이 가라앉곤 했다.

"뻔대구리 영감한테 미리 알려줄 일이 있어서 왔구만요."

대불이는 나이 서른다섯밖에 안된 그를 영감이라고 불렀다.

그때 방안에서 쇠기침 토해내는 소리와 함께 밖에 누가 왔느냐는 깔깔한 노인의 목소리가 흘러나왔다.

"네, 아부님, 조운창 목대잽이께서 오셨구만요."

뻔대구리가 고개를 돌려 방 쪽에 대고 큰 목소리로 대답했다. 그러자 방문이 삐그덕 열리면서 뻔대구리의 노부가 철늦은 수목 핫통이 오지랖을 여미며 마당으로 내려서며 "누가 왔다는 겨?" 하고 재우쳐 물었다.

"아부님은 들어가세요."

뻔대구리는 돌아서서 손짓으로 노부를 향해 나오지 말라는 시늉을 해 보였으나 어둠속이라 아들의 손짓을 알 턱이 없는 노인은 연방 쇠기침을 쏟으며 부득부득 그들 쪽으로 다가왔다. 그러자 뻔대구리가 노부를 부축해서 방안으로 모셔 들이고 나서 다시 나타났다.

"누추해도 잠시 안으로 드실 것인디……."

"아닙니다요. 몇 마디 말만 전해드리면 되는 일이니께요."

"그래도 이거 원……."

"혹여 방석코 패거리덜 왔던가요?"

"아니오, 그 사람덜이 어찌?"

"혹여 그 사람덜이 와서, 오늘밤 자정에 조운창 뒤꼍루 나오라고 허거들랑, 꼼짝 마시구 집에 계셔야 헙니다."

"무신 일이 있능교?"

"아무 일도 아닙니다. 좌우당간에 산동네 사람덜은 절대로 코빼기를 보여서는 안 됩니다요 잉."

"우리덜만 빼돌림허는 거 아닌감요? 등짐일도 못 허면 산동네 사람덜은 영락없이 또 사발농사(밥 빌어먹는 거지질)로 나서는 도리밖에 없다우."

"걱정 말고 내가 시키는 대로만 허씨요. 따돌림당헐까 무서워 조운창으로 나왔다간 모든 일을 허방치고 말 거요."

"알아들었구만요. 목대잽이께서 시키는 대로 허겠구만요."

"자, 그럼 나는 가겠소."

대불이는 뒤도 돌아보지 않고 빠른 걸음으로 산동네 고샅을 더듬어 내려왔다. 뻔대구리를 만나 이야기를 해주고 나니, 조금은 마음이 쓸쓸하게 가라앉는 듯싶었다.

밤바람은 더욱 드세어지고 별 하나 돋아나지 않은 하늘은 까마귀 날개보다 더 검게 내려앉았다.

대불이는 산동네에서 내려와 객주거리로 가는 길에 쇠살쭈(소의 거간꾼) 장만석을 만났다. 장만석은 한때 노루목에서 같이 살다가 사오 년 전에 그의 부인이 샛서방질을 한 것이 드러나자, 창피하여 고향을 뜬 뒤 여기저기 돌아다니다가 작년 봄 웅보네 식구들이 강을 건너온 뒤로 영산포에 자리를 잡았다.

장만석의 부인은 노루목에서 바느질 잘하고 음식솜씨가 좋아, 큰일 치르는 양반집 부름을 받아 집에 붙어 있을 사이가 없이 바지런하고 얌전한 여자라고 소문이 짜했는데, 열녀전 끼고 서방질한다는 푼수대로, 남편 만석이가 살쭈 노릇하느라 집을 비우는 동안 이웃집 머슴 놈과 배가 맞았던 것이었다.

딸린 자식이 셋이나 되어 남남으로 돌아서지는 않았다는 소문이었는데, 지난달 대불이가 집에까지 가보았더니, 본처의 모습은 보이지 않고, 외대머리 기생과 같이 살고 있었다. 장만석의 말로는 본처한테는 일 년 전에 수세를 베어주었다(이혼증서 대신 옷고름을 베어주는 것)고 하면서, 은근히 외대머리 기생 자랑을 푸실하게 늘어놓던 것이었다.

대불이를 만난 장만석은 거나하게 취해 있었다. 장만석은 대불이보다 열한 살이나 위였으며, 노루목에 같이 살 때도 찐덥지게 가까운 처지는 아니었으나, 영산포에서 만난 뒤부터는 대불이 쪽에서 땀땀이 술대접을 해주곤 하였다.

장만석은 또 노루목을 떠날 때까지만 해도 날탕 맨몸이었는데 영산포에 자리를 잡고 살쭈 노릇을 한 뒤부터는 선창에서 멀리 떨어진 산비탈이기는 했으나 집칸이나 장만하고 사는 터였다. 그러나 사람됨됨이가 워낙 좀스럽고 이곗에 너무 밝은 감바리라서, 같은 쇠살쭈들 사이에서도 은근히 따돌림을 당하는 눈치였다.

장만석을 만난 대불이는 속이 허출하던 참이라 그를 앞세우고 통샘거리에서 싸전거리로 빠지는 샛길, 혼인할 때 쓰이는 혼구를 세를 놓고 빌려주는 세물전 옆 허룩한 주막으로 들어갔다. 결혼을 하여 아이까지 딸린 것을 감추고 처녀 행세를 하는 되모시가 주모로 있는 세물전 옆 주막에서, 대불이와 장만석은 싸구려 얼짜(매음부)를 끌어안고 취하도록 술을 마셨다.

대불이는 자정이 오기만을 기다렸다. 그는 술을 마시면서 젊은 주모를 시켜 여러 차례 하늘에 별이 떴는가를 알아보게 했으나, 밤이 늦도록 별은 돋아나지 않았다. 별이 뜨지 않았기 때문에 밤이 어느 정도 깊었는지를 알 수가 없었다.

장만석이 전작이 있어 쉽게 허물어져서야 대불이는 장만석을 그의 집까지 바래다주고 거나한 기분으로 조운창 뒷담으로 발길을 돌렸다. 별조차 돋지 않고, 바람이 드세어진 선창의 한밤은 깊은 산속처럼 고요했다.

조운창 뒷담 쪽에는 등짐꾼들이 웅긋쭝긋 모여 있었다. 방석코의 얼굴도 보였다. 얼추 헤아려도 쉰 명은 훨씬 넘을 듯싶었다.

대불이는 방석코한테 잠시만 기다려달라고 하고, 양 진사가 기다리고 있을 마방거리 첫들머리 주막으로 갔다. 자정이 다 되었는데도 주막에는 등불이 밝혀져 있고 봉놋방이 떠들썩하였다. 주모한테 양 진사 만나기를 청했더니, 주모는 그렇지 않아도 대불이가 오기를 기다리고 있었다면서 잠시만 서 있으라고 하며 봉놋방으로 갔다. 잠시 후에 양 진사가 상투바람으로 나왔다. 봉놋방에서는 흐드러진 여자들 웃음소리와 술 취한 남자들의 목소리가 뒤범벅이 되어 흘러나왔다.

"나리마님, 다덜 모였는뎁쇼."

대불이가 양 진사를 기다렸다가 허리를 굽히며 말하자, 양 진사는 뒷짐을 지고 말없이 사립 쪽으로 걸어갔다. 대불이가 바짝 뒤를 따랐다.

"몇 눔이나 되더냐?"

양 진사가 낮게 물었다.

"분부하신 대롭죠."

"오늘밤 네눔 헐일이 아주 막중허니, 각별히 조심을 해야 헌다."

"분부허세요."

"시방부텀 낮에 배에 실었던 세곡을 다른 배에 옮겨 싣는 것이다."

"옮겨 실으라고 허셨는가요?"

"선창 맨 뒤에 있는 배부텀 옮겨 실어라."

"빈 배가 있는가요?"

"벌써 세곡을 실어놓은 조선 옆에 바짝 붙여놓았다."

"세곡을 왜 딴 배에 옮겨 실어야 헙니까요?"

"그건 네눔이 알 바가 아니다."

"조운선 사공덜이 암 말두 안 헐깝쇼?"

"사공 눔덜은 시방 저 방에서 술에 취해 세상모르고 있다. 맘 턱 놓고 시키는 대로 허거라. 참, 배에 옮겨 실은 뒤에 세미 스무 가마니만 뭍으로 내려 새끼내 사람덜한테 갖다 주도록 허고, 그러고…… 갈 때 돈을 줄 터이니 가지고 갔다가 일이 끝나거든 등짐꾼들헌테 나눠줘서 각기 고향으로 돌려보내야 헌다. 첫닭이 울기 전에 일을 매조짐 해야 허느니라."

잠시 후에 양 진사는 술청 안으로 들어가더니 묵신하게 보이는 자루를 힘들여 들고 나왔다.

"네눔이 잘 간수하고 있다가 돌려보낼 때 한 눔에 한 꾸러미씩 나눠줘라. 스무 냥씩 백 꾸러미를 만들어 넣어뒀느니라."

양 진사는 돈 자루를 대불이에게 넘겨주며 말했다.

"나리마님, 세곡을 실은 조선은 낼 아침에 떠납죠?"

대불이로서는 뭐니 뭐니 해도 배가 언제 떠나느냐 하는 것이 궁금했다.

"내일 가봐야 안다."

"조선 사공덜은 낼 아침 일찌거니 떠날 거라구 허든뎁쇼?"

"웬 말이 그리 많으냐. 냉큼 가서 서둘러라. 일이 끝나는 대로 내게 알려야 허느니라."

양 진사가 재우치는 바람에 대불이는 술 먹은 강아지처럼 돈 자루를 들고 어기적어기적 뒷걸음질을 하다가, 몸을 돌려 선창 쪽으로 총총히 발걸음을 옮겼다. 그는 돈 자루를 든 채 조운창 뒷담으로 돌아갔다.

별도 없이 깜깜한 어둠속에 웅긋쭝긋 모여 있는 등짐꾼들 속에서 방석코가 대불이를 발견하고 조운창 뒷담 모퉁이로 다급하게 뛰어나왔다.

"어디 갔다 오는가?"

방석코가 너무 오래 기다려 심통이 난 목소리로 퉁명스럽게 물었다.

"미안허우."

"얼추 모인 것 같은디……."

"서둘러야겠구먼요."

"무신 일인가 좀 아세나."

"조선에 실을 세곡을 옮기는 일이라우."

"옮기다니 으디루?"

"무곡선으루요."

"무곡선?"

"그렇다니께요."

"무곡선으로 왜 옮긴당가?"

"그걸 내가 어찌 알우?"

"모를 일이구먼."

"윗전들 허는 일을 우리가 어찌 알겠수. 시키는 대로 헐 뿐이재."

"무곡선은 으디 있는가?"

"조선 끄트머리에 대났다 흐데요."

"모를 일이여. 일껏 실은 세곡을 아닌 밤중에 다시 옮겨 실으라니 원."

"좌우당간 서두릅시다요."

대불이는 그렇게 말하고, 강이 흐르는 쪽으로 선창을 따라 내려갔다. 방석코도 대불이를 따라 나서면서 등짐꾼들을 향해 선창 끝으로 내려가자고 말했다. 길라잡이 등불도 없이, 그들은 어둠을 더듬고 강물이 바람에 흔들려 선창의 방천에 찰브락거리는 소리를 들으며 한 줄로 길게 늘어서서 걸었다.

선창에는 세곡을 실은 조선들이 늘비하게 잠들어 있었다.

"대불이, 자네가 메고 가는 게 뭔가?"

바짝 뒤를 따라오던 방석코가 나지막하게 물었다.

"돈이우."

"돈이라니?"

"등짐꾼들헌티 나눠줄 거라우."

"참이여?"

"왜, 내 말 못 믿거들랑 한 번 만져나 보시우 그려."

대불이의 말에 방석코가 돈 자루를 만져보더니 말이 없었다.

"형님, 왜 말이 없수?"

"이 속에 든 게 몽씬 돈이 아닌가?"

"그렇다니께요."

"이거 오늘밤에 땡잡았구만."

"등짐꾼들헌티 나눠줄 거라니께요."

"그건 윗사람들 말이재."

"형님 몫도 있으니 걱정 맙쇼."

"아닐세, 그것이 아니란 말이여."

"무신 말잉교?"

"이 많은 돈을 보니께 생각이 달러진단 말일세."

"허튼소리 마슈."

그들이 선창 끄트머리에 당도해보니 조선 두세 척에서 등불이 깜박거리는 것이 보였다. 대불이는 배에 불이 켜져 있는 것을 보자 적이 불안하여, 선창 바짝 배를 대놓은 방천 끝으로 더듬더듬 가까이 가보았다. 불이 켜져 있는 조선에 선창 방천에서 배에 오를 수 있게 승선 널빤지가 건너질러 있었다.

"이보슈. 대불이라는 조운창 목대잡이 게 있수?"

조선의 고물 끝에서 등불을 치켜든 사공이 선창 쪽으로 주먹 나발을 만들어 소리쳤다.

"왜 그러슈?"

대불이가 잠긴 목소리로 되물었다.

"누가 대불이라는 사람이우? 대답만 허씨우."

"나외다. 어찌 그러슈."

"끄트머리서버텀 두 패로 나눠 냉큼 배에 오르도록 허슈. 어두우니 조심해서 올라와야 허우."

"알았쇠다."

등불을 밝혀들고 대불이를 찾는 사공은 필시 양 진사의 분부를 받은 사람이겠거니 헤아리고, 등짐꾼들을 두 패로 나누어 서둘러 배에 오르도록 했다. 조선 두 척에는 등불을 밝혀든 사공들이 한 사람씩 있다가, 등짐꾼들이 배에 오를 때 등불을 비춰주었다.

대불이는 등짐꾼들이 모두 배에 오르기를 기다렸다가, 선창 방천에 한 사람도 없음을 알고, 선창 반대쪽 방천 아래로 내려가서 미루나무 아래 갈대밭 속에 돈 자루를 숨겨두었다.

대불이가 배에 오르자 사공의 시킴을 받은 등짐꾼들이 비에 젖지 않도록 세곡에 여러 겹으로 지붕에 이엉을 얹듯 마름을 치고 새끼로 묶어둔 것을 풀어헤치고 있었다.

세곡선의 고물 뒤에는 무곡선이 바짝 달라붙어, 세곡을 옮길 수 있도록 널빤지를 군데군데 건너질러놓았었다.

조운창과는 워낙 멀리 떨어져 있는데다가 세상이 천당처럼 깊이 잠든 한밤중이라서, 조선에서 별 난리를 쳐도 모를 일이었다. 그래도 대불이는 양 진사로부터 감쪽같이 일을 매조짐 하라는 당부가 있었는지라, 행여 순검막(巡檢幕)의 따끔 나리들이 순행을 하다가 눈치라도 채면 어쩌나 하고, 마음이 바짝 죄어들었다. 그는 행여 따끔 나리가 나타나기라도 하면, 세곡이 비에 젖을까 걱정이 되어 마름을 치고 있는 중이라고 대답할 요량이었다.

"내가 대불이오만, 사공은 몇이나 되우?"

대불이는 등불을 높이 들고 등짐꾼들을 다그쳐대고 있는 사공의 옆으로 다가서며 물었다.

"나는 무곡선 사공이요. 조선 사공은 한 사람도 없다우."

사공은 등불로 대불이의 얼굴을 비춰보며 말했다. 대불이는 키가 작달막하고 얼굴이 납작보리쌀 같은 사공을 바라보고 있었다.

"무곡선은 언제 떠나우?"

대불이가 묻는 말에 사공은 이내 대답을 하지 않고, 큰 소리로 등 짐꾼들을 다그치며 마름을 걷어냈으면 서둘러 세곡을 옮기라고 하였다. 그는 똥마려운 강아지처럼 서둘러댔다.

"이보슈 사공, 무곡선은 언제 떠나느냐고 묻지 않소?"

대불이는 사공의 경망스럽게 거푼거리는 꼴에 보비위가 상해 쏘아붙이듯 내질렀다. 그제야 사공은 대불이 쪽으로 잠시 등불을 돌리며 "그건 나두 모르는 일이여!" 하고 거칠게 튕겨댔다.

대불이는 사공과 콩이야 팥이야 하고 있을 겨를이 없어, 등짐꾼들한테로 가서 세곡을 무곡선에 옮기는 것을 도와주기로 했다. 세곡을 옮기는 등짐꾼들과 함께, 고물 뒤에 바짝 붙은 무곡선으로 건너가 보았다. 무곡선에는 등불을 켜든 사공들이 얼추 보아도 여남은 명이나 있었다. 사공들은 출항을 서두르고 있는 듯싶었다. 세곡을 옮겨 싣는 대로 선창을 떠날 눈치였다. 그들은 팩팩거리며 등짐꾼들이 잠시도 허리를 펼 짬도 주지 않고 몰아세웠다.

대불이가 보기에 세곡을 옮겨 싣고 있는 무곡선은 조선과 크기가 엇비슷하였다. 사공들 중에서 일부는 세곡 옮겨 싣는 것을 감독하고 나머지는 돛을 올릴 준비를 하고 있었다.

대불이는 하늘을 올려다보았다. 이내 후두둑 빗방울이 쏟아질듯 음습한 바람이 상류로부터 물비린내를 몰고 왔다. 그는 물비린내만 맡아도 날이 새기 전에 비가 올 것이라는 것을 알 수가 있었다. 밤새 도록 별이 돋아나지 않는 것을 보니 한바탕 퍼붓고 끝날 소나기가 아 닌 것이 분명했다.

"비가 올 모양인데 돛을 올릴 채비를 허슈?"

대불이가 눈치를 보며, 돛대 옆으로 다가가 마승 줄을 손질하고 있 는 사공에게 넌지시 물어보았다. 그러자 말뚝벙거지를 깊숙이 눌러쓴, 틀스럽게 생긴 사공은 힐끗 호방등 불빛으로 대불이를 쳐다보더니 "비 아니라, 눈이 와도 가라면 가는 거재" 하고 혼잣말처럼 말했다.

"비가 억수로 쏟아져도 돛을 올린단 말이우?"

대불이는 마음이 달아 되물었다.

"벼락이 쳐두, 세곡을 옮겨 싣는 대루 돛을 올릴 거여."

"그러다 어쩔려굽쇼."

"무곡을 허자면 그까짓 벼락이 대순가? 상돌을 싣고 가도 핥아 묵 을 것이 있다는디."

"어디꺼정 가는뎁쇼?"

대불이가 다시 묻자 나이가 지긋해 보이는 말뚝벙거지 사공은 허 리를 펴고 일어서며 대불이를 짯짯이 쏘아보더니 "이눔에 총각, 밑두 리콧두리 별걸 다 캐묻고 그러네. 냉큼 가서 세곡이나 옮기게!" 하고 쏘아붙였다.

대불이는 다시 세곡을 차곡차곡 옮겨쌓고 있는 쪽으로 돌아왔다. 아무리 생각을 해보아도 조선의 세곡을 무곡선으로 옮겨 실으라고 한 양 진사의 속셈을 짐작할 수가 없었다. 그에게 확실하게 잡혀오지는 않았지만 무엇인가 양 진사가 일을 꾸미고 있다는 생각이 들었다. 대불이는 처음부터 그것을 희미하게 느끼고 있었다.

첫닭이 울기 전에 두 척의 조선에 가득 실은 세곡을 무곡선으로 옮겼다. 사공들이 워낙 지악스럽게 서두르는 바람에 생각했던 것보다는 일이 빨리 끝났다.

대불이는 등짐꾼들이 무곡선에서 곡식 가마니 위에 마름을 치는 것을 보고 미리 배에서 내려와, 얼마 전에 숨겨놓았던 돈 자루를 꺼내들고 방천 위로 올라갔다.

무곡선은 서둘러 돛을 올리기 시작했으며 촉촉한 새벽 강바람을 맞은 돛이 퍼덕여 소리치며 수수러졌다. 아직은 깜깜한 어둠속이었지만 돛이 수수러지는 모습을 볼 수가 있었다.

잠시 후, 등짐꾼들도 배에서 내려왔다. 방석코가 맨 먼저 내려와 대불이를 찾았다. 방석코는 대불이가 돈 자루를 메고 서 있는 것을 쉽게 알아보고 가까이 오더니, 일이 생각보다 빨리 끝나 다행이라는 말을 했다. 그러면서 그는 다시 돈 자루를 두 손으로 쓸어보며 꼭 등짐꾼들한테 나눠줘야만 되겠느냐고 의뭉하게 대불이의 마음을 떠보았다.

"돈을 줘서 각기 돌려보내라는 분부인디, 거역헐 일이 아니지 않우?"

대불이는 냉엄하게 잘라 말하고 나서 등짐꾼들을 한곳에 모이게 하였다.

"돌려보내다니?"

방석코가 화난 목소리로 물었다.

"스무 냥이면 등짐꾼들이 한 달간 뼈 빠지게 곡식가마니를 날라야 벌까말까 헌 돈이우, 앞으로 조운창 일이 끝날 텐디 미리 돈을 줘서 돌려보내라는 것을 낸들 으쩌겠소."

"이 사람아, 자네 나헌티 뭔가 숨기고 있는 것이 있재?"

방석코가 대불이의 얼굴을 어둠속으로 쏘아보며 되잡아 물었다.

"형님을 쇡이는 것은 없수다. 암턴 나도 뭐가 뭔지 잘 모르고 있다우. 나는 시키는 대로만 헐 뿐이라우."

"좋네. 그렇담, 돈을 받구두 영산포를 떠나지 않겠다면 으쩔 텐가?"

대불이는 방석코의 재우쳐 묻는 말에 할 말을 잃고 있었다.

"대불이 자네가 쫓아낼 텐가?"

"나두 모르겠수. 내가 말할 수 있는 것은 조운창 등짐꾼으로 쓰지 않겠다는 것뿐이지라우."

"알겠네. 냉큼 내 몫버텀 주소. 나는 돈은 받지만서두 절대루 영산포를 뜨지 않을라네."

"형님!"

대불이는 방석코한테 무언가 속엣말을 하고 싶었지만 무슨 말을 해야 좋을지 몰랐다.

"형님! 형님은 나허고 행동거지를 같이허기루 했잖우. 우리는 조선을 타고 떠날 사람덜이 아닌가벼요."

"나를 따르는 아우 녀석들은 으쩌고?"

"우리가 돌아올 때꺼정 기다리면 되는 것이 아니우."

방석코가 잠시 팩했던 마음이 가라앉은 듯 몸을 돌려버렸다.

대불이는 양 진사가 분부한 대로 배에서 내려온 세곡 스무 가마니를, 눈에 익은 등짐꾼들을 시켜 마방거리로 지고 가서 대불이를 기다리고 있을 마바리꾼 모두삼이한테 인계해주라고 이르고, 그들 스무 사람에게 우선 스무 냥씩 나눠주었다. 그는 등짐꾼들한테 돈을 나눠주며 날이 밝기 전에 영산포를 떠나라는 말도 일렀다.

돈을 받고 당장 영산포에서 떠나라는 대불이의 말에 등짐꾼들은 아닌 밤중에 등짐 몇 번 지고 뜻하지 않았던 횡재를 하여 덩실덩실 춤까지 추다가 이내 찜찜하게 풀이 죽어서는 무슨 조화 속이냐고 따지듯 물고 늘어졌다.

"도대체 무신 조화 속인가 좀 압시다. 꼭 도깨비 놀음판 속 아닌 가벼. 듬씬 돈을 쥐어주는 건 옹골진 일이나, 집으루 돌아가라니, 어찌 된 거유?"

등짐꾼들 가운데서 입바른 소리 잘하기로 이름난, 나이 많은 메기 주둥이가 큰 소리로 물었다.

그러나 대부분의 등짐꾼들은 돈을 듬뿍 줘서 고맙다면서, 올 가을에 다시 올 터이니 그때는 다시 일꾼으로 써달라고 부탁하고, 시키는 대로 날이 새기 전에 떠나겠다고 말했다. 돈을 받고도 못 떠나겠다고 행티 사납게 따지고 나서는 사람은 여남은 명도 못 되었다. 대불이는 그들에게 구차스럽게 다른 말을 하지 않았다. 기실 그는 등짐꾼들이 영산포를 떠나든 않든 별로 상관하고 싶지가 않았다.

대불이가 등짐꾼들에게 돈을 모두 나눠주고 마방거리 마바리꾼 모두삼이네 집으로 가고 있는데 빗방울이 하나 둘 헤아릴 수 있을 정도로 떨어졌다.

모두삼이네 집 앞에 이르자 마바리꾼 둘이 조금 전 대불이가 등짐 꾼들한테 보낸 세곡을 두 바리에 실어놓고 기다리고 있었다. 대불이 는 마바리꾼들을 재촉하여 새끼내로 향했다.

곡식 가마니 위에 올라앉아 빗방울이 떨어지는 새벽에 새끼내로 가고 있는 대불이의 마음은 마치 큰 역모라도 꾸미고 있는 것처럼 무 겁게 짓눌려 있었다. 대불이 생각에, 농민들로부터 취집을 한 세곡을 조선에 싣고 경창까지 운송을 해야 마땅할 것을, 아닌 밤중에 무곡선 에 옮겨 실은 것부터가 그랬고, 양 진사가 시키는 대로 세곡 스무 가 마니를 새끼내로 가져가는 것도 돌이킬 수 없는 큰 죄를 저지르고 있 는 것만 같아, 빗방울이 떨어지는 새벽하늘처럼 그의 마음이 음울하 게 가라앉았다.

그러나 그는 양 진사가 시키는 대로 했을 뿐이었기 때문에 그렇게 큰 걱정은 되지 않았다. 그는 옛날 양 진사 댁 비자로 있으면서도 번 연히 잘못된 일이라는 것을 알면서도, 윗전이 시키는 대로 해왔고, 아 무리 나쁜 일이라도 윗전이 시키는 일로 그 자신이 곤혹을 당한 일이 한 번도 없음을 상기하였다.

이미 폐보(廢洑)가 되어 농사를 짓는 데에 물 한 방울 도움을 주지도 못하면서도 꼬박꼬박 봇수세를 받아냈던 일만 해도 그랬었다. 대불이 는 그때도 양 진사가 시키는 일이 번연히 잘못된 것이라는 것을 알고 도, 윗전이 시키는 대로 지악스럽게 들때밀 노릇을 해왔으며, 그 일로 해서 대불이 자신이 죄를 짓고 있다는 생각은 애당초 해보지도 않았었다. 그는 그저 윗전이 시키는 일이라면 좋은 일이건 나쁜 일이건 시키는 대로 매조짐만 잘하면 그만이다 싶었으며, 그렇게 살아왔다.

동이 터 오르기도 전에 대불이가 곡식가마니를 두 바리씩이나 싣고 들이닥치자, 놀라 새벽잠이 깬 웅보와 쌀분이는 반가움보다 걱정이 앞선 듯싶었다. 웅보와 쌀분이는 양 진사가 보낸 것이라고 해서야 마음을 놓았다.

"그러면 이 곡식은 대불이네 일 년치 새경이란 말이냐?"

웅보가 묻는 말에 대불이는 엉겁결에 그렇다고 대답을 하고 말았다. 따지고 보면, 대불이 생각에도 양 진사가 그의 새경을 미리 보내준 것인지도 모를 일이었다. 그렇게 생각하는 쪽이 훨씬 마음 편할 것 같았다.

대불이는 곡식을 말바우네 주막 앞 돈단 밑에 퍼둔 채 숨 돌릴 여유도 없이 마바리를 타고 영산포로 되돌아섰다. 그가 새끼내를 떠날 무렵 두 번째 닭 우는 소리가 빗방울 사이로 여느 때보다 훨씬 뚜렷하게 들렸다. 영산포로 돌아가는 마바리꾼 모두삼은 비가 무서워 말채를 휘두르며 바쁘게 말을 몰았다. 그가 말채를 휘둘러 투실한 말의 등을 후려칠 때마다, 말은 투루루 투루루 코를 불고 짤랑짤랑 방울을 울리며, 축축하게 젖은 새벽바람을 가르고 내달았다.

대불이가 빈 마바리를 타고 새끼내를 떠난 지 담배 한 대참도 못되었을 때 갑자기 선창 쪽에서 불길이 치솟아 오르고 있었다.

"저 불길이 어드매서 난 것 같으우?"

마바리꾼 모두삼이가 맨 먼저 불길을 발견하고 다급하게 물었다.

대불이가 가늠하기에 불길이 치솟고 있는 곳은 분명히 선창 부근인
듯싶었다.

"조운창이 타는가?"

다른 마바리꾼이 놀라서 말채를 후려치며 물었다.

"조운창이라니?"

"조운창이 아니라면 불길이 저르케 치솟을 수가 있으까."

"조운창에 불이 붙었다면 세곡이 죄 타고 말 텐디."

"말을 빨리 몰아치시오."

대불이는 순간 송곳에 가슴이 찔린 듯한 이상한 예감에 떨고 있었다.

"불길이 무장 번지는 모양이우."

"바람이 부채질을 해대니 불길이 번질 수밖에 없재."

두 마바리꾼들은 잠시도 여유를 주지 않고 말채를 계속 후려쳤으
며, 말들은 놀라서 모두뜀으로 거칠게 내달았다. 거칠게 돌아가는 바
퀴통에 자갈이 튕겨 날고, 마바리가 사래질하듯 심하게 흔들거렸다.

불길은 미명을 갈기갈기 찢고 치솟았다. 불똥이 선창 위로 어지럽
게 날았다. 아우성소리가 불길처럼 어둠을 훼흔들었다.

통샘거리에 이르자 길에는 벌써 불길에 놀라 새벽잠에서 뛰쳐나
온 사람들이 우왕좌왕하고 있었다.

"불이 어디에 붙었답뎌?"

말을 멈추게 하고 몰려 있는 군중들을 향해 큰 소리로 물어보았으
나 누구 한 사람 시원하게 말하지 못했다. 군중들은 선창으로 밀려가
고 있었다. 불구경을 나온 사람들 때문에 말을 빨리 몰아칠 수가 없게

되자, 대불이는 마바리에서 뛰어내려 사람들을 헤치고 미친 사람처럼 불길이 치솟고 있는 선창 쪽으로 뛰어갔다.

하늘은 노을이 타는 순간보다 훨씬 붉게 물들었다. 빗방울이 약간 굵어진 듯싶었으나 불길을 죽이기에는 너무 미흡했으며, 되레 바람이 거칠게 몰아쳐 하늘은 더욱 붉게 타오르고, 불똥들이 어지럽게 머리 위에 날아 떨어졌다.

대불이가 온몸이 휘주근하게 젖어 선창 가까이 뛰어갔을 때는 불구경을 나온 사람들 때문에 조금도 헤쳐 나갈 수가 없었다.

"조운창이 아니고 배에 불이 붙었다네—."

누구인가 목이 찢어지도록 소리를 질렀다.

"배에 불이 붙었다면 세곡을 실을 세곡선이 탄다는 말여?"

"불길을 보니 배 한두 척 타는 것 같지가 않은데?"

대불이는 불구경 나온 사람들의 말을 듣고, 싸전거리로 접어 돌아 선창의 끄트머리를 향해 뛰었다. 건어물장 모퉁이를 돌아 선창으로 툭 터진 공터에 이르자 하늘과 강을 붉게 물들이고 있는 불길이 확연하게 보였다. 무섭게 치솟고 있는 불길은 선창의 끄트머리 쪽에서 바람을 타고 상류로 휘몰아쳐 올라오고 있었다. 얼마 전 등짐꾼들이 세곡을 옮겨 실었던 조선들이 타고 있는 듯싶었다.

대불이가 인파를 헤치고 제방으로 뛰어갔을 때는 얼추 보아도 조선 여남은 척 이상이 불에 타고 있었다.

불에 타고 있는 조선의 사공들은 선창에 서서 구경만 하고 있었고, 선창 안쪽 아직 불이 붙지 않은 배의 사공들은 배에 올라 닻을 올리며 불길이 닿지 않는 곳으로 대피시키고 있었다. 그러나 워낙 새벽바람이 거칠게 휘몰아치는 바람에 불길은 삽시간에 옆의 배에 붙곤 하였다. 불길이 높이 치솟으면서 큰 불덩이가 멀리까지 튕겨 올라 불을 붙이는 것이었다.

일부 등짐꾼들은 세곡이 타는 것이 아까워, 불이 붙기 시작하는 배에 뛰어올라 곡식 가마니를 강물에 던지거나, 등에 걸머지고 내려오기도 하였다. 어느 등짐꾼은 배에 뛰어올라 불타지 않은 세곡 가마니를 걸머지고 내려오다, 옆의 배에서 튕겨 날아온 큰 불덩이가 머리에 맞아 강물 속으로 넘어지고 말았는데, 아무도 그가 다시 나오는 것을 보지 못했다.

대불이는 인파를 헤치고 돌아다니며 양 진사를 찾았다. 이럴 때 아무래도 양 진사 옆에 있어야겠다는 생각이 들었기 때문이다. 양 진사가 대불이한테 시킬 일이 있어 찾고 있을지도 모른다는 생각이 머릿속에서 방망이질을 해댔다.

그는 멀뚱히 서서 불구경만 하고 있는 사공들이며 순검막의 나졸들, 얼굴을 아는 몇몇 등짐꾼들과 조운창 고지기들한테 양 진사를 보았느냐고 물어봤으나 아무도 신통한 대답을 해주지 않았다. 대불이는 연기가 자욱한 하늘이 희번하게 밝아올 무렵까지 선창을 헤매며 양 진사를 찾았으나, 아무도 그를 보았다는 사람이 없었다.

날이 밝아서야 그는 간밤에 세곡을 옮겨 실었던 무곡선이 흔적도 없이 강을 빠져나갔다는 것을 알았다. 날이 밝은 뒤에까지도 불탄 조선에서는 연기가 뭉텅뭉텅 솟아오르고 곡식 타는 메케한 냄새가 진동했다. 불에 타버린 조선의 몰골은 처참했다. 검게 탄 밑창만 남아서 연기를 뿜으며 강물 위에 떠 있었다.

세곡을 가득 실은 조선 가운데서 불길을 피해 광나루 쪽으로 무사히 대피를 시킨 배는 여섯 척에 불과했다. 나머지 열네 척은 옴씰하게 불에 타버린 것이었다. 무사히 대피시킨 옹근 여섯 척은 불똥 하나 피해를 입지 않았다.

동이 트자 빗발과 바람이 한꺼번에 그치고 하늘에 구름도 말끔히 걷혔다.

대불이는 악몽을 꾸고 난 사람처럼 지치고 험상궂은 몰골로 때죽나무집 쪽으로 느즈러지게 걷다가 방석코를 자빡 만났다. 방석코는 불똥 속을 뛰어다녔는지 지친 기색이 완연했다.

"돈을 줘서 등짐꾼들을 돌려보낸 이유를 알았네."

방석코는 대불이를 만나자 잡아 삼킬 듯한 눈으로 찍어보며 쏘아붙였다.

"형님, 무슨 말이우?"

"배에 불을 지른 놈이 뉘겨?"

방석코의 눈에서는 불똥이 튀는 듯했다.

"무슨 말이우?"

"형! 날탕 강도 놈들 같으니라구!"

"아니, 형님!"

"형님이고 불알이고 듣기 싫어!"

"아니, 왜 그러슈."

"그래두 쇡일 테여? 아무리 이 방석코가 발탄 강아지 같다고 끝꺼정 오리발을 내밀 거여?"

방석코의 언성이 높아졌다. 대불이 생각에 그가 오해를 해도 이만 저만한 오해를 한 게 아닌 듯싶어, 그와 이야기를 해서 홀 맺힌 마음을 풀어야 할 것 같았다.

"형님이 무엔가 옥생각헌 것 같으요."

"옥생각이라니! 눈 뻔히 뜨고 죄 봤는디도 옥생각이여?"

"뭣을 보셨능교."

"이 사람 아주 몹쓸 사람이구만. 나는 말이시, 아무리 본디 없이 천한 몸이재만, 사대삭신 성해갖고 남 쇡여묵지는 안했네. 그런디 자네는……."

"허 참, 형님. 홍두깨로 소 몰드끼 허지만 말고 조단조단 이약을 좀 해보씨요 잉."

"밤중에 세곡을 옮겨 실은 이유를 이제사 알았어! 그래도 오리발 내밀 테여?"

"그렇다면 형님! 세곡을 옮겨 실은 것허고, 조선에 불이 붙은 것허고 상관이 있다는 이 소리요?"

"허, 이 사람! 호박씨 그만 까란 말이여."

"아니오, 형님!"

기실, 대불이로서는 방석코의 말을 듣는 순간, 쇠망치로 꼭뒤를 한 대 호되게 얻어맞은 기분이었다.

"형님, 제발 내 말을 좀 믿어주씨오. 나는 날탕 모르는 일이오. 나

는 그저 시키는 대로 어저께 밤에 세곡을 옮겨 실은 것뿐이라요. 형님
허고 헤어져서 새끼내에 갔다 오는 길에 불길을 보고 뛰어왔소. 새벽
버텀 양 진사를 만날라고 선창을 이 잡드끼 뒤져도 여적지 못 찾었당
께요. 대관절 배에는 누가 불을 질렀다요?"

대불이는 자신의 참마음을 버선코 까뒤집듯 하여 방석코 눈앞에
보이고 싶었지만 그리할 수 없음이 답답할 뿐이었다.

"자네가 모르면 뉘가 알 겐가."

"허허, 속 타서 죽겄네. 제발 형님, 내 말을 믿어주시랑께요. 나는 형
님한테는 거짓말 안 허요. 못 미더우면 마바리꾼 모두삼이한테 물어보
씨오. 모두삼이랑 새끼내에 갔다 오다가 불길을 봤다고 허잖았수."

"참말로 모르는 일이란 말인가?"

"칼로 내 배때기를 따시우."

그제야 방석코의 성깔이 약간 누꿈해진 듯싶었다. 그러나 방석코
는 여전히 낚싯바늘처럼 휘움한 눈으로 대불이를 찍어보며, 대불이
의 마음속에 숨겨진 비밀이라도 캐내려는 듯 이것저것 물어봤다.

"무곡선이 떠나베린 것은 알고 있겄재?"

"클씨, 아침에야 알았당께요."

"무곡선은 우리덜이 선창에서 돌아오자마자 서둘러 떠났네. 그런
디 마시, 무곡선이 떠날 즈음에 조선에 불이 붙었단 말이시."

"클타면 형님!"

"무곡선 사공놈들이여!"

"그 눔들이 배에 불을 놓고 떠났을지두 모르는 일이 아니우?"

"바로 그거여."

"왜 그랬을까요. 뭣 땜시 불을 놓고 갔으까요?"

"그래도 개득이 안 가는가?"

"천벌을 받을 놈덜!"

"천벌을 받을 사람은 바로 자네 윗전인 양 진사네!"

"그 양반이 불을 놓았단 말이우?"

"그런 거나 진배없는 일이여, 무곡선 사공덜하고 짜고 헌 일이 분명혀!"

순간 대불이는 정강마루에 힘이 탁 풀리면서 다리가 후들후들 떨렸다. 양 진사가 무곡선 사공들과 짜고 불을 질렀다니, 생각할 수도 없는 일이었다. 하기는 그가 알고 있는 윗전들이란 그럴 수도 있는 사람들이었다.

"형님 말대루라면 기언시 양 진사 어른을 찾아야겠구만요."

"이미 늦었네. 자네가 양 진사를 만나서 으쩌겠다는 겐가. 무곡선 사공들과 짜고 불을 놓은 것이 사실이냐고 따지기라도 허겠는가? 수레 위에서 이 갈기재 별수 없네. 그 양반덜은 옛날버텀 그런식으루 살아왔다네. 되레 잘못했다가는 자네가 탈이 나게 생겼어. 그냥 모른 척하구 있게. 그것이 상책이여. 태산이 평지될 수 없드끼, 우리덜이 나선다고 해결될 일이 아녀. 우덜은 굿만 보면 되는거. 그 양반덜은 그런 식으루 부자가 되는 거. 그래서 부자가 하나 나면 세 동네가 망헌다고 안 허든가."

방석코는 대불이의 욱하는 마음을 주저앉히기 위해 자분자분 타

이르듯 말했다.

"그래도 당장 양 진사 어른을 만나야겠구만요."

"잘못허다가는 또 한 번 불이 나게 생겼어!"

"무신 소리우?"

"간밤에는 세곡과 배가 타졌재만 인저는 사람이 상헐 불이 날 거로구만!"

대불이는 방석코가 무슨 말을 하고 있는 것인지 알 수가 없었다.

"형님두 좀 찾아봐주시우."

"마방거리 객줏집에는 가봤는가?"

"주모 말로는 선창에 불이 났다는 말을 듣고 새벽에 나갔다드만요."

"가세. 때죽나무집에 가서 해장이나 한 잔씩 험시로 맘을 가라앉히세. 우리덜은 주는 떡이나 묵고 구경만 허는기여. 괜시리 이런 일에 나섰다가는 아닌 밤중에 홍두깨 맞네. 이번 일이 어치코롬 매조짐이 되는가 두고 보세. 나는 그저 애문 사람덜 다치지나 말었으면 헐 뿐이네. 이런 큰일에는 꼭 애물게 애잔헌 사람덜이 다치기 십상이라……."

그러면서 방석코는 대불이의 소매를 끌었다.

"양 진사가 짜고 한 일이라면, 관가에서 아는 날에 무사하지를 못할 게 아니겠수?"

"그래서? 자네가 고변이래두 허겠다는 겐가?"

"고변은 하지 않드래도 연유를 캐보면 알게 될 일이 아니우?"

"오늘 보니, 대불이 자네 참 앞뒤가 꽉 맥힌 사람이구만, 아무리 바늘귀로 하늘 보드끼 살아온 지체 낮은 천덕꾸러기로소니, 세상 물정을 그리도 모르는감?"

"무신 말씀을 허시는 게요. 형님!"

"요새 지방 수령덜이 부임을 헐 때 무엘 가지고 오는 줄 아남?"

"갖구 오다니우?"

"갈퀴라네."

"가리나무 긁는 갈퀴 말이우?"

"갈퀴는 갈퀴로되, 가리나무 긁는 갈퀴가 아니구, 돈 긁는 갈퀴 말일세!"

"형님두 원!"

"흠! 힘은 자네가 나보담 셀지 모르지만, 세상물정은 나 못 따러 오네."

"그래서요. 그 갈퀴하고 조선 불탄 것허고 무신 상관이란 말이우."

"자네 윗전 양 진사가 갈퀴를 쥐고 있는 사람과 손을 잡지 않고서는 감히 그런 일을 헐 수 없을 것이라 이 말이여. 그래도 못 알어듣겄어?"

그제야 대불이는 머릿속이 아른아른 골안개가 피어나듯 여차여차한 전후사정을 얼추 어림할 수 있을 것도 같았다.

배에 불티가 사그라지고 연기만 폴폴 솟자, 선창의 가난한 산동네 사람들이 탄 곡식이라도 긁어오려고 다투어 밑창만 남은 배에 올라가서 숯검정이 되어버린 것들을 헤적였으나, 타지 않은 곡식은 바닥에 약간 깔려 있는 것들뿐이었으며, 그나마 매큼한 냄새가 진동을 하였다. 그래도 산동네 가난한 사람들은 타다 남은 곡식들을 퍼왔다. 아무도 그들을 말리지 않았다.

한낮이 거의 다 되어서야 관아에서 나왔다. 관찰사와 형방, 나졸들이 떼 지어 강을 건너 선창에 들이닥쳤다. 그제야 양 진사의 모습도 나타났다. 조운창 감리의 말로는 양 진사가 관속들과 함께 나룻배를 타고 건너오더라고 하였다. 불이 날 때까지만 해도 마방거리 객줏집에 있다가 뛰어나갔다는 양 진사가, 어떻게 하여 관찰사와 같이 나룻배를 타고 선창으로 건너왔다는 말인가. 그렇다면 양 진사는 불이 나자마자 강을 건너 관아로 뛰어갔다는 것인가.

관찰사 일행은 저녁나절 동안 거룻배를 타고 불타버린 조선들을 하나하나 점검, 조사하였다. 양 진사도 관찰사와 한배를 타고 돌아다녔는데, 그는 마치 처음부터 끝까지 불이 난 경위를 죄 지켜보기라도 한 사람처럼 있는 말 없는 말로 전말을 보고하였다.

불탄 배에서는 온종일 매큼한 연기가 솟았다. 선창 사람들의 코에서는 온종일 곡식 타는 냄새가 진동했다.

다음날에는 목포 만호도 양 진사의 피붙이가 되는 이방과 함께 당도하여 불난 경위를 조사하였다. 이때에드 양 진사가 그들을 안내하고 사건 전말을 설명해주었다. 영산창의 큰창인 법성창에서도 곧 차사원이 내려올 것이라고들 하였다.

세곡을 실은 조선들이 불에 타버린 사건 때문에 영산포는 잔뜩 긴장이 되어 있었다. 싸전이며 소금전들도 문을 닫았으며 객주거리와 주막들도 조용했다.

들리는 소문으로는 관찰사와 만호가 조사한 결과, 방화로 판명이

났다고도 하였다. 그래서 관아에서는 배에 불을 놓은 사람을 수색중이라고 하였다.

대불이는 잠만 고지기방에서 자고는 온종일 방석코와 함께 때죽나무집 봉놋방에 무릎을 맞대고 붙어 앉아 몽그작거렸다. 그는 처음에는 양 진사를 만나보려고 하였으나, 방석코의 말대로 가만히 구경만 하기로 작정했다. 일이 있으면 양 진사 쪽에서 대불이를 찾을 것이 뻔했기 때문이다.

법성창에서 차사원이 내려온 날에도 양 진사가 안내를 하였다. 불에 탄 배에서는 사흘 동안이나 연기가 풀풀 솟아올랐다.

차사원이 조사를 한 결과, 불에 탄 두 척의 조선에서는 세곡이 한 알도 불에 타지 않았다고 하였다. 미리 세곡을 퍼 내린 다음에 배에 불을 놓았음이 분명하다고 하였다.

이쯤에 이르자, 대불이는 머지않아 사건의 진상이 백일하에 드러나게 될 것으로 믿었다. 그의 눈에는 양 진사가 포승줄에 묶여가는 모습이 보이는 듯하였다. 양 진사가 모든 것을 실토하게 되는 날에는 세곡을 옮겨 싣는 것을 지휘한 대불이 자신도 불려가게 될 것이라고 생각했다. 그러나 대불이는 자기는 양 진사가 시키는 대로만 했을 뿐이라고 고변하고, 배에 불을 놓은 내막은 모르는 일이라고 숨김없이 털어놓으리라 작정하였다.

"형님! 이렇게 되면 양 진사도 끝장이 아니우?"

대불이는 자신이 관아에 붙잡혀가서 물고를 당하는 한이 있어도 사건의 진상이 하루빨리 밝혀지기를 기다렸다.

"나허고 내기를 할까?"

대불이의 말에 방석코는 씁쓸하게 웃었다.

"내기라니, 무신 내기를 해요?"

"자네는 진상이 밝혀질 것이라고 허는 쪽이고, 나는 그렇지 못헐 것이라는 쪽이고……."

"그렇다면 형님은……."

"두고 보면 알 게 아닌가."

방석코는 마치 앞일을 손바닥 들여다보듯 훤히 알고 있는 사람처럼 자신 있게 말하는 것이었다.

그런 방석코의 짐작은 조금씩 맞아 들어갔다.

그날도 대불이는 때죽나무집에서 뼈가 노글노글해지도록 낮잠을 퍼 자고 밤이 깊어서야 고지깃방으로 돌아갔는데, 나이 많은 고지기 배 서방이 지나가는 말로 나졸들이 선창을 집집마다 수색을 하더라고 하였다. 배 서방의 말에 대불이는 갑자기 머리털이 쭝긋 일어서는 기분이었다.

"집집마다 뒤지다니 웬일로 그런답디여?"

대불이는 무언가 불길한 생각에 전신이 휘감기는 것을 느끼며 물었다.

"불탄 배에서 없어진 세곡을 찾는다여! 선창뿐만 아니라 인근 마을은 샅샅이 수색을 헌다누만."

그제야 대불이는 벼락이 그의 머리에 떨어진 기분이었다. 그는 미친 듯 고지기방에서 뛰쳐나갔다. 숨 돌릴 겨를도 없이 싸전거리를 빠져나가 새끼내로 들어서는 둑을 타고 있는 힘을 다해서 뛰었다. 그의 머릿속에는 양 진사가 시킨 대로 집에 마바리로 실어다놓은 세곡 스무 가마니가 뱅글뱅글 돌았다. 세곡 스무 가마니가 한꺼번에 그의 몸을 쩌누르는 듯한 기분이었다. 그는 마치 곡식가마니에 깔려 허우적거리듯이 뛰었다. 숨이 턱 끝에 차오르고 다리가 후들거렸다. 하기야, 그가 생각했던 대로 관가에서 세곡 스무 가마니의 출처를 따진다면 양 진사가 그의 일 년치 새경으로 준 것이라고 사실대로 말해버리면 그만이겠거니 했다가도, 어쩐지 그 세곡 때문에 탈이 붙을 것만 같은 불길한 예감이 들었다.

수구막 가까이 뛰어갔을 때 새끼내에 횃불이 움직이는 모습이 보였다. 횃불을 보자 대불이의 마음이 다시 한 번 천길 만길 낭떠러지에서 떨어지는 듯하였다. 아우성을 치는 소리도 들리는 것 같았다. 그는 나졸들이 벌써 횃불을 들고 새끼내에 들이닥쳤음을 알 수가 있었다.

대불이가 마을 어귀에 이르자, 횃불을 밝혀든 나졸들이 새끼내 남자들을 굴비두름처럼 길게 엮어 끌고나오고 있었다. 얼추 헤아려서 서른 명 남짓 되는 새끼내 남정들이 죄다 묶인 듯싶었다.

대불이가 숨을 몰아쉬며 나타나자, 무슨 영문인지도 모르게 포승줄에 묶인 새끼내 사람들은 다소 마음을 놓은 듯 하소연을 하였다. 그가 나타나자 대불이를 알아볼 턱이 없는 나졸들은 다짜고짜 대불이까지 묶으려고 하였다.

대불이는 나졸들을 지휘하는 몸집이 크고 눈이 부리부리한 장교한테 다가가서, 자기는 양 진사 밑에서 일을 하는 조운창 목대잡이라는 것을 밝히고, 무슨 일로 새끼내 남정들을 끌어가는 게냐고 따지듯 물어보았다.

몸집에 비해 목소리가 대꼬챙이처럼 날카로운 장교는 나졸들에게 대불이는 묶지 말라고 이르고 나서 "이 놈들은 조선에서 세곡을 훔치고 불을 놓았어!" 하고 퉁명스럽게 쏘아붙였다.

"나리, 세곡을 훔치고 불을 놓다니오. 천부당만부당한 말씀이옵니다."

대불이는 장교 앞으로 바짝 다가서며 말했다.

"이눔들 집에서 세곡가마니가 나왔는데두, 네깟 눔이 뭘 안다고 지랄이여!"

장교는 발끈 화를 내며 대불이를 떼밀어버렸다.

"아닙니다, 나리. 고것은 양 진사한테서 받은 목대잡이 새경이옵니다요. 양 진사 어른께 여쭤보시면 아실 것이옵니다요."

"어허, 이눔이?"

"쇤네가 양 진사한테 받은 새경을 마바리꾼을 시켜 옮겨 놓은 것입니다요."

"이눔아, 가마니에 세곡 표시인 먹물이 묻어 있는데두 억지를 쓰는 게야?"

"나리 말씀대로 세곡인 것만은 분명합죠. 허나 그 곡식은 새끼내 사람덜이 조선에서 훔쳐온 것이 아니라니께요. 불을 놓고 훔쳐오다니 얼토당토않습니다요."

대불이가 장교한테 매달리며 죽어가는 소리로 통사정을 해보았으나, 장교는 그런 대불이의 말을 귀담아 들으려고도 하지 않다. 되레 장교는 대불이가 억지소리를 하면 새끼내 사람들과 함께 묶어 관가로 끌고 가겠노라고 불호령이었다.

나졸들은 어느 사이에 선창에서 마바리까지 불러와서 나흘 전 새벽에 대불이가 싣고 왔던 세곡 스무 가마니까지 실어갔다.

대불이는 장교와 나졸들을 붙잡고 통사정을 해봤댔자 먹지도 못할 제사에 절만 죽도록 하는 결과나 매한가지라는 것을 알아차리고, 양 진사를 만나야겠다는 생각에 온 길을 되짚어 뛰었다. 양 진사를 만나서 자초지종을 이야기한다면 필시 새끼내 남정들이 모두 풀려날 것으로 믿었다.

헐근벌근 선창으로 돌아와 객줏집마다 돌아다니며 양 진사를 찾았으나 허사였다. 양 진사는 관찰사와 함께 날이 어둡기 전에 강을 건너 나주로 가버렸다고 하였다. 대불이는 잠시도 숨을 돌릴 겨를 없이 강을 건너기 위해 나루터로 나갔다. 나루터에는 포승줄에 묶여 끌려온 새끼내 남정들이 나졸들의 감시를 받으며 배에 오르고 있었다. 대불이는 새끼내 남정들을 실은 나룻배가 되돌아올 때까지 다급한 마음을 가라앉히지 못하고 어두운 나루턱을 서성거렸다.

대불이는 밤늦게 사랑방꾼들이 파한 뒤에야 노루목에 당도하였다. 아닌 밤중에 헐근거리며 들이닥치는 아들을 보자, 행랑방에 빌붙어 사는 그이 부모들이 깜짝 놀랐다. 대불이는 부모한테 밤늦게 뛰어온 연유를 설명할 겨를도 없이 큰사랑으로 들어가 양 진사 뵙기를 청하였으나, 양 진사는 그때까지도 집에 들어오지 않았다.

밤중에 노루목까지 뛰어와서 양 진사를 만나지 못하게 되자, 대불이는 발싸심을 하며 대문 밖에 서서 늦게라도 양 진사 들어오기만을 기다렸다. 그러나 자정이 지나도록 양 진사는 들어오지 않았다. 양 진사를 기다리다가 탈진을 한 그는 여름날 고샅의 비 맞은 개똥처럼 꼴사납게 휘주근해져서는 행랑방으로 돌아왔다.

자식들의 일에는 언제나 남의 일 구경하듯 트적지근해하던 그의 아버지는 아무 말도 묻지 않았으나, 어머니는 아무래도 아들의 발싸심해대는 행동이 마음에 걸리는지, 무슨 일이 있느냐고 걱정스레 캐물었다. 대불이는 어머니한테 아무 말도 하지 않았다. 웅보 형이 새끼내 사람들과 무고한 일로 나주 관아까지 끌려왔다는 말을 해봤자, 괜히 부모의 마음만 휘저어놓을 것 같았기 때문이다.

"이 밤중에 숨이 턱에 닿게 뛰어 들어와서 나리마님을 찾는 것이 암만해도 예삿일이 아닌 굿 같은디, 에미헌티 말을 좀 하거라."

어머니는 아들 옆에 바짝 다가앉으며 걱정스러운 듯 목을 길게 늘였으나, 대불이는 새끼내 사람들 말은 감추고 그냥 조운창 일 때문이라고만 얼버무려댔다.

심지불을 끄고 자리에 누웠지만 잠을 이룰 수가 없었다. 앞뒤 가리지 않고 양 진사가 시키는 대로 배에서 세곡을 새끼내 집에 실어다 준 잘못 때문에, 새끼내 사람들이 애매하게 고초를 겪게 된 것을 생각하니 피가 거꾸로 솟구치는 것만 같았다.

대불이는 목숨을 걸고서라도 새끼내 사람들이 애매하게 고초를 당하지 않도록 해야겠다고 결심을 했다. 양 진사가 도와주지 않는다면,

방석코를 위시해서 조선에서 세곡을 무곡선으로 옮겼던 등짐꾼들을 앞세워서 관가에 고변을 할 생각이었다. 또, 새끼내 사람들이 세곡을 훔치지 않았다는 것은 마바리꾼 모두삼이도 잘 알고 있지 않은가.

그날 밤 대불이는 거의 뜬눈으로 밤을 새우다시피 하였다. 아들이 잠을 못 이루고 뒤척이는 것을 안 그의 어머니마저도 걱정이 되어 한숨만 삼켰다.

닭이 홰를 친 뒤에야 얼핏 눈을 붙인 대불이는 해가 떠올라서야 잠에서 깼다. 양 진사가 들어왔다는 말을 어머니한테서 듣고 괴춤을 거머쥔 채 큰사랑으로 뛰어가 댓돌 위에 섰다.

"나리마님, 쇤네 대불이옵니다. 나리마님을 뵐려고 어저께 밤에 강을 건너왔구먼입쇼" 하고 숨넘어가는 소리로 고해 올렸다. 그러나 큰사랑의 완자문은 끄덕도 하지 않았으며, 양 진사의 칼칼한 헛기침 소리도 흘러나오지 않았다.

"쇤네 형 웅보하고 새끼내 사람들이 조선에 불을 놓고 세곡을 훔쳤다는 누명을 쓰고 끌려갔구먼요. 나리마님께서 쇤네헌테 주신 세곡 스무 가마니 땜시 그리된 듯싶사오니, 지발 나리마님께서 도와주셔야겠구먼요. 나리마님께서 도와주시지 않으시면 새끼내 사람덜은 영락없이 애문 고초를 겪게 될 것이옵니다요."

그제야 벌컥 완자문이 열리면서 아직 소세 전인 듯 탕건바람으로 얼굴을 내밀었는데, 댓돌 아래에 고개를 꺾고 서 있는 대불이를 쏘아보는 그의 목자가 사납게 움직였다.

"그래, 그 일로 나를 찾아왔다는 게냐?"

양 진사의 목소리는 대꼬챙이처럼 꼬장꼬장했다.

"나리마님, 애문 새끼내 사람덜을 살려주셔요. 그 곡식가마니는 나리마님께서 쉰네헌터 주신 것이라고 관가에 말씀을 해주셔요."

"아니 이 눔아, 새끼내 눔덜이 세곡을 훔치고 배에 불을 지르지 않았다는 것을 뭘루 증명을 한단 말이냐!"

양 진사의 말에 대불이는 번쩍 고개를 처들었다. 그의 눈꼬리가 바르르 떨렸다.

"나리마님께서 새끼내 사람덜이 무고허다는 것을 잘 알고 계시지 않습니까!"

대불이는 바글바글 목울대를 꽉 메우고 끓어오르는 울분을 가까스로 눌러 참으며, 양 진사를 똑바로 처다보며 말했다.

"이눔아, 새끼내 사람덜이 무고헌지 아닌지는 오늘 사또께서 문초를 해보시면 알게 될 일이다."

"오늘 문초를 한답니까?"

"그렇다드라."

"문초를 하면 곤장을 치고 주리를 틀 것이 아닙니까."

"거야, 사실대로 설토를 하지 않으면 초주검이 될 것이 뻔하다."

"사실대로 설토라니, 무신 말씀입죠?"

"세곡을 훔치고 배에 불을 놓았다고 이실직고를 하지 않는다면 초주검을 면하지 못할 것이야."

"매에 못 이겨 세곡을 훔치고 배에 불을 놓았다고 허투루 말헐 수도 있겠구먼요."

"관가에서 허투루 한 말이라고 믿지 않고 사실로 알 게야."

"그렇다면 큰일이옵니다. 나리마님!"

"낸들 손을 쓸 수도 없으려니와, 새끼내 놈들이 어떤 사람들인지도 모르지 않느냐. 듣자허니 새끼내에는 속신한 종놈들이 떼 지어 산다는데, 관가에서는 그 점도 수상쩍게 생각하는 모양이더라!"

"비록 풀려난 종들이 모여살기는 해도 법이 없이도 살 사람덜입니다요."

"네 말을 누가 믿겠느냐!"

"잡혀간 그들은, 세곡가마니를 나리마님께서 보낸 것이라고 사실대로 말을 헐 거로구먼요!"

"세상 천지에, 종놈들의 말을 누가 믿는다더냐!"

"나리마님! 지발 불쌍허고 애문 새끼내 사람덜을 살려주서요."

"이번 일로 나도 속이 시끄럽게 되었다. 종놈들 일에 마음 쓸 겨를이 없어. 네 형놈은 사또께 청을 넣어보겠다.

"아닙니다요, 나리마님. 쇤네의 형을 빼내주십사 허고 이러는 것이 아닙니다요."

"이런 맹랑헌 눔 봤나. 네눔이 무신 부처님이라도 되느냐. 네눔과 네 형눔만 무사허면 그만이재, 어째서 새끼내 사람들 일까지 걱정을 하고 지랄이냐!"

양 진사가 다시 사랑채가 들썩들썩하도록 언성을 높여 대불이를 꾸짖었다.

"쇤네가 갖다 놓은 세곡 땜시 탈거지가 붙은 것이라서 그럽죠. 쇤네 땜시 새끼내 사람덜이 애물게 고초를 당허게 돼서 그렇습죠."

"듣기 싫으니 냉큼 물러가거라. 네 눔은 네 눔 앞이나 잘 가리도록 해, 이 밥통 같은 눔아!"

양 진사는 방안으로 얼굴을 들여 넣고 드르르 성깔 사납게 방문을 닫아버렸다. 대불이는 양 진사가 방문을 닫아버린 뒤에도 한동안 댓돌에 고개를 빳빳하게 쳐들고 서서, 방문을 쏘아보았다. 와르르 오뉴월 강담 무너지듯 기대했던 모든 것이 허물어져 내린 것이었다. 욱하게 끓어오르는 울분 같아서는 큰사랑 안으로 뛰어 들어가 양 진사 손에 맞아죽기를 각오하고 다시 한 번 담판을 내고 싶었지만, 그의 두 다리가 쇠말뚝처럼 굳어버려 옴쭉할 수조차 없었다.

대불이는 머릿속이 흐늘흐늘해지면서 건구역질이 틀어 올랐다. 그러고 보니 저녁과 아침을 먹지 않았다는 생각이 났다. 뱃속이 비어 허기가 진데다가 화가 치밀어 오르고 오장육부가 바글바글 끓고 있기 때문에 건구역질이 틀어 오르는 것이었다. 그는 언제나 참을 수 없는 울화가 치밀어오를 때는 토할 것처럼 속이 메슥거렸다.

대불이는 담배 한 대참이나 큰사랑 앞 댓돌에 서 있다가, 죽으러 가는 사람처럼 맥이 쫙 빠진 걸음으로 행랑채로 물러나왔다.

그의 어머니가, 큰사랑에서 흘러나온 소리들을 대충 들었음인지 웅보와 새끼내 사람들이 어찌되었느냐고 캐물었다. 대불이는 끝까지 아무 일도 아니라고 하였다. 그는 아침도 먹지 않고 양 진사 집에서 나왔다. 관가에 가서 직접 사또를 만나 모든 사실을 털어놓으려는 심산이었다. 양 진사는 그들을 도와주지 않을 것이라고 믿었기 때문이다. 그는, 양 진사가 세곡을 스무 가마니나 새끼내 사람들한테 갖다 주라고 한 것이 수작을 꾸미기 위한 낚시걸이였을지도 모른다는 생각이 얼핏 머리에 스치자, 걸음을 멈추고 으드득 이를 갈았다. 만일 양 진사가 낚시걸이로 세곡을 그에게 주었다면 양 진사를 살려두지 않으리라 마음먹었다.

대불이가 나주 관아로 가서 사또를 만나기를 청했으나, 만나주기 는커녕 그를 한 발짝도 안으로 들여 넣어주지 않았다. 되레 그는 나졸 들한테 대들었다가 뭇매를 맞을 뻔하였다. 하는 수 없이 사또의 행차 가 있기만을 기다리며 길바닥에 쪼그리고 앉아 있다가 하루품만 버 리고 말았다.

배를 탈탈 곯고 사또 행차만을 눈이 빠지게 기다리고 있던 대불이 는 어둠과 함께 기진맥진하여 영산포로 돌아오고 말았다.

영산포에 와보니, 새끼내 사람들이 세곡을 훔치고 배에 불을 놓았 다는 말들이 짜하게 퍼져 있었다. 가는 곳마다 새끼내 사람들 이야기 로 쑥덕거렸다. 어떤 사람들은 새끼내에 모여 살던 종들이 난을 일으 켰다고까지 하였다. 그 말을 들은 대불이는 온몸의 피가 거꾸로 솟는 듯하였으나, 그런 말을 뱉는 사람들과 티격태격할 기운조차 없었다. 듣자하니 끌려간 새끼내 사람들이 자복을 했다고도 하였고, 한 사람 도 살아나오지를 못할 것이라고도 하였다.

대불이는 분하고 억울하고 슬프고 부끄러움을 한꺼번에 맷돌질하 듯 이빨을 으드득으드득 갈며 때죽나무집으로 향했다. 허물어지듯 봉놋방 문을 열고 들어서자, 방석코와 갈퀴가 덤덤하게 앉아 있다가 벌떡 일어섰다. 방석코는 잠시 아무 말도 하지 않고 대불이의 행색을 짯짯이 뜯어보기만 하였다.

"어디 갔다 오는가?"

대불이가 벌렁 드러눕자 방석코가 나지막하게 물었다.

"양 진사 놈을 만날려구요. 그러고 사또나리도……."

"일이 잘 안 된 거로구만."

"형님! 만일에, 만일에 말입니다. 이번 일로 새끼내 사람덜이 애물게 당허게 되면, 나 이대로 있지 않을 겁니다요."

대불이가 갑작스럽게 일어나 앉아 방석코 눈앞에 턱을 바짝 쳐들며 성난 소리로 말했다.

"가만있지 않으면 으쩔 텐가?"

갈퀴가 입을 열었다.

"죽어뻗져야죠. 쥑이고 죽어뻗져야죠."

"급허게 생각 마소."

"형님 말이 맞네요. 다 짜고 허는 일이라니께요. 애물게 새끼내 사람덜한테 뒤집어씌우고 말이요. 양 진사가 뭣이라고 헌 줄 아시우? 종놈들이 한데 모여 사는 것버텀 수상쩍은 일이라고 허데요. 형님, 나 못 참어요. 죽고 말겄구만요."

"자, 우선 좀 누워 있게. 자네 눈을 보니 잠을 통 못 잤구만 그려. 한숨 붙이고 차근차근 이야기를 허세."

방석코가 한사코 눕기를 권하였으나 대불이는 악에 바친 사람처럼 눈을 치뜨고 무섭게 이를 갈아댔다.

"잠켕이는 어저께 저녁버텀 굶었다우. 잠이 와야 눈을 붙이재요."

"그렇다면 요기버텀 해야지."

그러면서 방석코는 갈퀴를 시켜 술청에 나가 저녁밥과 탁배기 한 병을 시켜오도록 하였다. 대불이는 방석코를 붙들고 소리 내어 울고 싶어졌다. 그러나 그는 이 갈음으로 눈물을 참아냈다. 그는 우선 자신의 부끄러움 때문에 마음이 뼈저리게 아팠다. 양 진사 댁 비자로 있을 때 봇수세를 받으러 다니며 박골 사람들을 들볶았던 일이며, 양 진사 그늘로 조운창 목대잡이 노릇을 하면서 등짐꾼들을 몰아 부렸던 일, 양 진사 시키는 대로 조선의 세곡을 무곡선에 옮긴 일, 양 진사가 세경으로 주는 것으로 알고 세곡 스무 가마니를 마바리로 새끼내로 싣고 갔던 일들이, 뼈저리게 부끄러웠다. 부끄러움을 마음 아프게 여기는 순간부터 그는 헛 세상을 살아온 것만 같았다. 대신 댁 송아지 백정 무서운 줄 모른다는 푼수로, 양 진사의 세도만 믿고 속도 없이 거들거리고 살아온 자신이, 양 진사보다 더 싫고 미웠다.

대불이는 밥상이 들어왔으나, 목이 칵 잠겨 있어, 몇 숟갈 떠 넣다가는 상을 물리고 탁배기만 거푸 마셨다.

"자네, 소문 들었재?"

첫잔을 비우고 나서 방석코가 조심스럽게 물었다. 대불이는 방석코가 무슨 말을 하고 있는 것인지 짐작이 갔다.

"새끼내 사람덜이 자복을 했다는 소문 말일세."

"죽도록 패서 억지 자복을 시킨 것이겠재요."

대불이는 맥없이 대답했다.

"큰일이 아닌가."

"이대로 눈 뻔히 뜨고 당헐 수는 없는 일이 아니우?"

"그러게 말일세."

방석코도 속이 답답한지 한숨만 내쉬었다.

밤이 깊어갔으나 대불이와 방석코는 잠을 이루지 못했다. 갈퀴만이 혼자 탁배기 몇 잔 들이켜더니 몸이 고단하다면서 드르렁드르렁 코를 골고 떨어졌다.

얼마 후 대불이와 방석코도 불을 끄고 자리에 누웠다. 그날 밤 대불이는 고지깃방으로 돌아가고 싶지가 않았다. 그는 마음속으로 조운창 일을 그만둬야겠다고 작정을 하고 있었다.

"한 가지 방도가 있기는 허네만……."

잠이 든 것으로 알았는데 방석코가 대불이 쪽으로 모로 돌아누우며 입을 열었다.

"방도가 있다니요. 새끼내 사람덜을 구해낼 묘책이라도 있단 말이우?"

대불이는 방석코의 말을 별로 귀담아 듣지 않았다. 그는 그때까지도 어떻게 해서 새끼내 사람들이 무고하다는 것을 관찰사에게 고변을 할 수 있을까 하는 것만 골몰히 머리를 짜고 있었다.

"이런 일은 순리대로 해결을 볼 수 없는 일이네. 양반 놈덜이 관가허고 짜고 허는 일은 죽었다 깨어나도 순리대로는 안 풀리는 뱁이여. 새끼내 사람덜이 애물다고 백 번 천 번 말해도 안 되네. 첨버팀 한통속이 되어갖고 광대놀음허드끼 맨든 일인디 백 번 진고를 헌들 무신 소용이 있었는가.”

“그렇다면 어쩌면 좋은가요. 형님!”

대불이 생각에도 딴은 방석코의 말이 옳을 듯싶었다. 처음부터 짜고 벌인 일이라면 백 번 천 번 관가가 아니라, 나라님한테까지 진고를 한들, 새끼내 사람들이 무사히 풀려날 것 같지가 않았다.

“메칠만 더 기달려보세.”

“냉택없이 기다리기만 헌다고 될 일이간디요.”

“먼첨, 새끼내 사람덜이 자복을 헌 것이 확실한지 알아봐야겄네.”

“소문에는 자복을 했담서요?”

“확실하게 알아야재. 억지 자복을 시켰다면 풀려날 가망이 없을 것일세.”

“강 건너 송월촌에 한 번 댕겨와야겠네요.”

“송월촌에는 멋흐러?”

“웅보 형님 스승이 살거든요. 홍 거사님을 찾아뵙고 좋은 방도가 있는지 여쭤봐야겠어요.”

“흥! 절간에 가서 참빗 찾기나 마찬가지여. 배웠다는 사람덜 머릿속에는 공자 왈 맹자 왈만 헙씬 들어 있재, 이런 일에는 아무 소양 없어. 소첩이나 써주라고 허면 또 모를까.”

“그렇다면 형님의 흉중에 품은 방도란 어떤 거요?”

“메칠 기달려봐서 억지 자복헌 것이 사실이라면, 이쪽에서도 꼬닥수를 써야 허네!”

“꼬닥수라니우?”

"허구리를 치는 거여."

"무신 싸움판인 줄 아시우, 원!"

"자네가 몽씬 뒤집어쓰는 거여."

"뒤집어써요?"

"그렇당께 요본 일을 자네가 감태기 쓰드끼 뒤집어쓰는겨."

"어치게요?"

대불이는 어두운 방에서 벌떡 일어나 앉았다. 어쩌면 방석코한테 새끼내 사람들을 구할 좋은 묘책이 있을지도 모른다는 생각이 스쳤기 때문이다.

"등짐꾼들 가운데서 배를 부릴 줄 아는 놈이 있는지 알아보소."

"건 또 왜요?"

"좌우당간 알아보기나 허란 마시. 그리고 마시, 언젠가 자네 나헌 티 영산강변에 새끼내 모양으루 풀려난 종놈덜이 동네를 이루고 사는 디가 여럿 있다고 했재?"

"웅보형님이 그럽디다. 영산포에서 목포진꺼정 내려가는 강변에 종놈 마을이 네댓 된다굽쇼. 헌디 건 왜 물우?"

"음, 난생 첨으로 천당 갈 일 한 번 해보고 싶어서 그러이."

다음날 아침 대불이는 방석코의 말대로 배를 부릴 줄 아는 등짐꾼 두 사람을 찾아냈다.

하나는 해남 송지(松旨)에서 고깃배를 타다가, 삼 년 전에 조도(鳥島) 앞바다로 고기잡이를 가서 심한 풍랑을 만나, 배가 뒤집혀 구사일생으로 살아난 뒤, 바다에 나가기가 죽기보다 무서워 등짐꾼이 되었다는 마흔에서 한 살이 모자라는 오만석이라는 사람이었고, 다른 하나는 오랫동안 무곡선을 탄 경험을 가진 선창 토박이였다.

이 년 전까지만 해도 무곡선을 탔다는, 얼굴이 가오리 등처럼 거무칙칙하게 생긴 장말째는 손버릇이 사납기로 소문이 나 있었다. 그가 무곡선 사공에서 쫓겨난 것도 무곡 상인의 돈을 훔쳤기 때문이라고들 하였다.

대불이는 오만석과 장말째를 함께 데리고 방석코와 만났다.

"한 사람 앞에 쌀 열 가마니씩을 줄 테니깐, 영산포에서 목포진꺼정 배를 부리겠수?"

방석코는 두 사람에게 앞뒤 이야기도 없이 뚜벅 그렇게 물었다. 두 사람은 잠시 어안이 벙벙해서 대답을 못하고 있었다.

"하겠수, 못 하겠수?"

방석코가 재우쳐 묻자, 둘이는 엉겁결에 하겠다고 대답을 했다.

"헌디 무신 배요?"

"건, 지금 알 것이 없쉬다. 배가 떠나게 되면 미리 알려주겠으니 가보씨요. 그 대신 아무헌테도 이 말을 해서는 안 되우."

방석코는 더 이상 긴 말 없이 장말째와 오만석을 돌려보냈다.

"아니 형님, 배는 무신 놈에 배며, 쌀을 열 가마니씩이나 어디서 나서 주겠다는 거유?"

두 사람이 돌아가자 대불이는 방석코가 무슨 수작을 꾸미고 있는지 알 수가 없어 실뚱머룩한 얼굴을 하고 물었다.

"내가 허는 일에는 병통이 안 생길 테니 마음 놓게. 자네는 낼 아침에 강을 건너가서 새끼내 사람덜이 소문대로 자복을 했는지 안 했는 지 알아보고, 자복을 했으면 앞으로 어찌 치죄를 헐 건지 자상허게 알아보고 오소."

대불이는 방석코가 무슨 생각을 하고 있는 것인지는 몰라도, 그가 대불이를 도와 새끼내 사람들을 구해주기로 작정을 하였기에 그가 시키는 대로 믿고 따를 요량이었다. 어쩌면 방석코가 하는 일은 그의 말마따나 병통이 나지 않고 잘 성사가 될 듯싶었다.

방석코는 그때부터 주막에 붙어 있을 때가 드물었고, 선창을 서성 거리며 깊은 생각에 잠겨 있거나, 쪽배를 빌어서 혼자 노를 저어 가며 구진포까지 강을 따라 오르락내리락하기도 했다.

방석코의 말대로 새끼내 사람들이 자복을 한 것이 확실한 것인지 아니면 근거 없이 흘러나온 뜬소문인지 알아보기 위해 강을 건너가 던 날, 대불이는 자신이 조운창 목대잡이 자리에서 잘려났음을 알았 다. 대불이는 일자리를 놓치게 된 것이 조금도 서운하거나 마음 상하 지 않았다. 생각대로 되었을 뿐이라고 여겼다. 그는 어떻게 해서든지 새끼내 사람들을 구해내야 한다는 일념뿐이었다.

대불이는 강을 건너는 대로 노루목으로 들어가지 않고 객사 앞에 있는 주막으로 향했다. 한때 대불이가 선창에서 죽자 사자 끼고돌았 던 논다니 보름달이 객사 앞 주막에 있다는 소문을 들었기 때문이다.

대불이는 난초의 아버지 줄꾼 노인이 죽은 뒤부터, 자신도 모르게 심경의 변화를 일으켜 한동안 보름달을 멀리하였는데, 선창 안에서 는 보름달이 대불이의 여자라고 이마에 도장이 찍혀진 것이나 진배

없던 터에, 그런 대불이가 뜨악하게 멀어져버리자 그녀는 아예 보퉁이를 싸서 강을 건너가 버리고 말았다. 말하자면 새로운 남자를 찾아서 새로운 땅으로 날아가 버린 것이었다.

대불이 생각에 객사 앞에 있는 주막이라면 관속들 출입이 번다할 것이므로 그들의 입에서 새끼내 사람들의 이야기가 흘러나옴직도 할 듯싶어, 보름달을 만나게 되면 혹여 자상한 이야기라도 들을 수 있을 것 같았다. 보름달도 대불이가 새끼내 사람이라는 것을 알고 있는 터라, 그냥 흘려듣지는 않으리라 믿었다.

주막을 찾아들어간 대불이는 보름달을 찾지 않고 술청 평상에 걸터앉아 술부터 청했다. 그는 술사발을 비우면서 주막 안을 살펴가며 보름달을 찾아보았다. 선창에 있는 때죽나무집보다 규모가 훨씬 큰 주막이었다. 술청도 널찍했고, 술청을 중심해서 방들도 대여섯 개나 되었다.

대불이와 그밖에 풀상투 바람의 초라한 행객 셋이 탁배기를 마시고 있는 술청 맞은편의 봉놋방에서 남자와 여자들의 뒤엉킨 웃음소리가 와자하게 새어나왔다.

잠시 후에 시끌시끌하던 봉놋방 문이 열리면서, 쪽빛 긴 치맛자락을 왼손 팔꿈치에 훔쳐 감고 아기작아기작 걸어 나오는 보름달이 얼핏 대불이를 발견하더니 흠칫 놀라는 기색을 하였다. 대불이는 모른 척하고 잔에 술을 부었다. 보름달이 스스로 찾아와 알은 체하기 전에는 결코 그녀를 부르지 않으리라 작심하였다. 옛날에야 어쨌건 간에 지금에 와서 모른 척하는 여자를 억지로 불러 앉힌들, 물어보는 말에 솔솔 대답해주지 않을 것이 뻔한 일이기 때문이었다.

　보름달은 주춤 발걸음을 멈추어서서 앵돌아진 얼굴로 몸을 돌려 허청 쪽으로 사라지는 듯싶더니, 소피를 보고 나오는지 매무새를 추스르며 다시 나타났다. 그녀는 봉놋방으로 들어서려다가, 여전히 앵돌아진 얼굴로 대불이를 쏘아본 후 아기작아기작 걸어 나왔다. 대불이는 보름달이 그의 옆에 바짝 다가와 있는 것을 알면서도 고개를 들지 않았다. 그는 자신의 협수룩한 몰골 때문인지, 아니면 새끼내 사람들 걱정 때문인지 자꾸만 마음이 움츠러들었다.

　"선창 목대잽이 양반 아니시우?"

　대불이는 보름달의 간드러지는 목소리에 천천히 고개를 들었다. 그는 조금도 놀라는 빛이 없이 담담하게 보름달을 쳐다보았다. 대불이의 담담한 눈빛에 그녀의 앵돌아진 표정이 약간 풀리는 듯싶었다. 만일 이때 대불이 쪽에서 놀라는 표정이나 반가워하는 빛을 보였더라면, 필시 보름달은 킁 하고 콧방귀를 뀌며 몸을 돌려세워버렸을지도 몰랐다.

　대불이는 아무런 마음의 동요를 보이지 않은 채 빈 술잔을 채웠다. 그러자 보름달은 제풀에 앵돌아진 마음이 사그라져 대불이의 옆에 앉았다.

　"오래간만이여, 왜 말 한마디 없이 보따리를 쌌어?"

　대불이는 여전히 담담하게, 그러나 보름달이 그의 곁을 떠나가 버린 것이 못내 섭섭했다는 투로 말했다.

　"나를 찾아서 오지는 안했을 것인디, 으쩐 일이다요?"

대불이가 석 잔째 잔을 비우자, 보름달이 사발에 술을 채우며 넌지시 물었다.

"응. 보름달이 여기 있다는 소문을 듣고 지나는 길에 들렀구만."

그것은 거짓말이었다. 보름달이 선창의 때죽나무집에서 떠났다는 말을 듣고도 눈곱만큼도 서운해 하지 않았었다. 그냥 새 남자를 찾아 떠나갔거니 하고 가벼운 마음이었다. 다시 그녀를 만나고 싶은 생각도 없었다. 남녀가 오랫동안 살을 비비고 사노라면 색정이 붙는다고도 하였지만, 대불이는 여태껏 여자에게서 그런 것을 느끼지 못했다. 되레, 말바우 어미한테서 어머니에게 받지 못했던 모정 같은 것을 느끼곤 하였다. 대불이는 아직 그의 어머니한테서 찐덥진 정을 받아보지 못했다. 어머니는 자기보다 웅보 형한테 더 포실한 정을 쏟았다. 어머니는 늘 웅보 형이 정이 많고 자상한 것은 자기를 닮았다고 자랑을 하였고, 대불이의 정나미 떨어지는 팍성이며 매몰스러움은 아버지를 닮았다는 말을 했었다.

어머니한테서 포실한 정을 받지 못한 대불이는 말바우 어미한테서 모정을 느꼈다. 말바우 어미와 살을 비비고, 흠뻑진 젖무덤에 손을 얹고 누워 있으면 아무리 성질이 불같이 솟다가도 편안하게 누그러지곤 하였다. 이따금 대불이는 말바우 어미를 어머니라고 부르고 싶어지기까지 하였다.

그러나 보름달한테서는 무더운 한여름에 얼핏 소나기를 맞고 나서의 쾌적한 기분 외에는 아무것도 느끼지 못했다. 그때문에 그녀는 그냥 잊혀졌다.

잠시 후에 대불이는 보름달이 들었다는 새끼내 사람들에 관계된 이야기를 훔쳐내고야 말았다. 그녀가 지난밤 술자리에서 호방(戶房)한테서 들었다고 했으니 확실한 것이라고 믿을 수밖에 없었다.

　보름달의 이야기로는 새끼내 사람들이 밤에 세곡을 훔치고 배에 불을 놓았다고 자복을 했다는 것과, 붙들려온 사람들 모두 그믐께나 전주 감영으로 압송이 될 거라는, 듣지 않는 것만 못한 이야기였다.

　대불이는 더 이상 한가하게 보름달과 같이 앉아 있을 필요가 없음을 깨닫고, 강을 건너 영산포로 되돌아왔다. 방석코를 찾아가 보름달한테서 들은 이야기를 전했더니, 이제는 단 하루도 늦잠잘 이유가 없다면서 당장 일판을 벌이자고 하였다.

　"대불이 자네 오늘 새벽에 여기를 떠날 준비를 허소. 오늘로 우리는 영영 하직이네."

　방석코는 씁쓸하게 웃으면서 말했다.

　"떠나다니, 새끼내 사람덜이 이 지경인디 어디로 떠나요, 그리고 하직은 또 웬 하직이우?"

　"자네가 떠나면 새끼내 사람덜이 다 나오게 되네."

　"형님, 그것이 무슨 말이우?"

　"그리고 자네와 나는 죽지 않고 사노라면 다시 만날 날이 있을 걸세."

　"형님은 또 어디로 가겠다고 그러시우?"

　"오늘밤에 말이시……."

　선창의 닭전머리 어리 옆에 대불이와 얼굴을 맞대고 쪼그리고 앉은 방석코는 말을 하다 말고 잠시 주위를 둘레둘레 살폈다.

"오늘밤에 우리가 세곡을 훔치고 조선에 불을 놓는 걸세. 양 진사가 헌 대로 이번에는 우리가 허는 거야!"

방석코의 말에 대불이의 두 눈이 휘둥그렇게 놀라는 빛을 하며, 갑자기 벌떡 일어섰다가 다시 앉았다.

"형님!"

"그러지 않고는 새끼내 사람덜이 무사허지 못헐 것이네!"

"흐재만······."

"그래야 새끼내 사람덜이 풀려난대두 그러네."

"그러다가 되려······."

"이 멍텅구리야. 새끼내에는 시방 아낙네들흐고 애기들만 남어 있지 않는가. 그들이 어치게 그런 일을 허겄는가. 오늘밤 일만 성사시키면 새끼내 사람덜헌티 죄를 뒤집어씌울 수가 없네. 자네흐고 나흐고 죄를 몽씬 뒤집어쓰는겨. 그러니 자네는 영영 새끼내를 떠나야 허고, 나흐고도 작별을 해야 쓰네."

대불이는 할 말을 잃고, 병아리들이 들어 있는 어리 사이로 펼쳐진 영산강의 물굽이를 바라보았다.

"우리덜 두 사람이 어치게 그런 일을 헐 수 있을까요?"

"배를 부릴 줄 아는 사공도 물색했것다, 뭣이 걱정인가. 그리고 나와 함께 떠날 등짐꾼이 스무 남은 명은 좋이 될 테니 안심허소."

"형님은 어디로 가시는디요. 나도 형님을 따러갈라요."

"내 갈 길흐고 자네 갈 길은 다르네. 나는 등짐꾼들을 데리고 목포진 근방에서 내리겠네. 자네는 나와는 정반대쪽으로 가소. 그래야 둘 중에서 하나라도 무사헐 것이 아닌가. 서로 무사허기를 비세.”

“언제나 다시 만나게 될지도 모르겠구만요.”

대불이는 갑자기 또 목이 칵 잠기고 말았다. 그는 요즈막 마음이 씀바귀 줄기보다 더 약해져서 걸핏하면 목이 잠기고 목울대가 뜨겁게 달아오르는 것이었다.

“다시 만나게 되기를 빌지 말고, 서로 무사허기를 비세. 이번에 무사허기만 하면 만나게 될 걸세.”

“그때가 언제쯤 될갑쇼.”

“좋은 세상이 돌아오면…….”

“우리같이 천한 놈덜헌티 좋은 세상이 오겠남요? 좋은 세상이 온다 해도 우리 차지가 안 될 거로구만요.”

“암턴 죽기 전에 꼭 새끼내에 한 번 들림세. 그때 다시 만나거든 싫두룩 지난 이야기를 허세나. 자, 그러면 새끼내에 가서 떠날 준비를 혀갖고, 자정에 광나루에서 보세. 새끼내에 감시로 오만석이흐고 장말째한테도 자정에 만나자고 이르소.”

방석코는 무릎을 짚고 일어서서는 때죽나무집 쪽으로 총총히 걸어가 버렸다. 대불이는 한동안 어리 옆에 앉아서 방석코의 뒷모습을 바라보고만 있었다.

영산강 위에 황혼이 짙게 깔리기 시작했다. 그날따라 영산강에 깔린 황혼은 죽어가는 사람의 고통스러운 얼굴처럼 험하게 일그러져 있었다.

대불이는 강변을 서성거리며 날이 어둡기를 기다렸다가 지네처럼 슬금슬금 마을로 들어갔다. 벌건 낮에 새끼내 사람들의 얼굴을 대하기가 부끄러웠기 때문이었다. 대불이를 보자 여섯 이레가 지난 딸을 업고 돈단에 서 있던 쌀분이는 울음을 터뜨릴 듯 코를 훌쩍거렸다.

　방에 들어가자 난초가 기름심지 불 밑에서 땀직땀직 헌옷을 꿰매고 있다가 깜짝 놀라 일어섰다. 봄이 되자 난초는 나이답지 않게 함박꽃처럼 탐스럽게 피어난 듯싶었다. 난초는 대불이를 보자 일견 반가움에 얼굴을 붉히면서 고개를 떨어뜨렸다.

　"되련님, 이 무신 날벼락이당가요. 그날로 풀려나올 줄만 알았는디. 종무소식이니 워쩐 일이랑가요 잉. 집에 있는 새끼내 아낙들 맴이 시방 홍어속이 되어 있구만요."

　쌀분이는 대불이가 앉기가 바쁘게 타령을 늘어놓았다.

　"곧 좋게 될 거니께 걱정 마서요. 아무 죄가 없는디 무슨 일이 있겠어요. 수일 내로 좋은 기별이 있을 테니 기다립시다요."

　대불이는 어떻게 형수를 위로해야 좋을지 몰랐다. 그는 우선 입을 만한 옷을 좀 싸달라고 하였다. 옷을 싸달라는 대불이의 말에 쌀분이가 놀라는 얼굴빛으로 "으디 가실라고 그러요?" 하고 걱정스럽게 물었다.

　"형님 일로 댕겨와야 헐 디가 있구만요."

　대불이는 그냥 막연하게 대답했다.

　"형님 일로라우?"

　"걱정 마시라니께요. 아매 쪼끔 늦어질지도 모르겄구만요. 내가 오기 전에 형님이 먼첨 돌아오실 텐께, 형님이 나오시거든 지 걱정 말라고 허세요.”

대불이는 형수가 찾아내놓은 헌옷가지들을 한데 싸 조그만 괴나리봇짐을 만들었다. 그의 수중에는 돈이 스물다섯 냥이 있을 뿐이었다. 스물다섯 냥을 가지고 어디에 가서 얼마를 숨어살 수 있을지 눈앞이 깜깜했다.

대불이는 새벽에 길을 떠나게 되어 일찍 눈을 붙이겠다고 하고 자기 방으로 돌아왔다. 그는 형수한테 난초를 부탁한다는 말을 했고, 난초한테도 그가 돌아올 때까지 꼼짝 말고 붙어 있으라고 타일렀다.

썰렁한 방에 돌아와 불도 켜지 않은 먹방에 벌렁 누워 있는 대불이의 머릿속이 오만 가지 생각으로 부스럭거렸다. 그는 우선 말바우 어미한테만은 자기가 언제 다시 새끼내에 돌아오게 될지 모른다는 말을 해줘야겠다고 생각했다. 그렇게 해둬야 언제까지나 자신을 기다리지 않을 듯싶었기 때문이었다.

대불이는 잠을 자지 않고 밤이 이슥하기를 기다렸다가 말바우 어미 방문을 열었다. 대불이가 온 것을 안 말바우 어미도 방문 고리를 걸지 않고 기다리고 있었다. 대불이는 말바우 어미의 방에서 잠을 자지 않고 곧 되돌아 나오려고, 윗목에 엉거주춤 앉았다.

“형수씨한테 들으니 워디를 간다며?”

말바우 어미가 조심성 없이 목소리를 죽이지 않은 채 물었다. 그제야 대불이는 방안에 말바우가 없다는 것을 알았다.

“말바우는 어디 갔소?”

“어즈께 외할머니가 오셔서 따러갔어.”

그제야 그는 벽에 등을 기대고 두 다리를 길게 뻗었다.

"실은 그 말을 헐라고 부러 왔구만요."

대불이는 아까부터 갈증으로 바싹바싹 입안이 탔으나, 물을 청하지 않았다. 물을 청하게 되면 으레 그랬듯이 탁배기를 가져다 줄 것이고, 그렇게 되면 거나하게 취해 아무래도 말바우 어미와 잠자리를 같이하고 말 것이기 때문이었다.

"워디를 가시는디?"

"아주 멀리 갈 거요."

"멀리? 을매나 멀리? 한양에라도 가시는겨?"

"한양보담 더 멀리 갈지두 몰라요."

"한양보담 멀리 간다니 그기가 워딘디 그려?"

"못 돌아올지도 몰라요."

"무슨 소리를 하는 겨?"

대불이의 말에 말바우 어미는 무릎을 세워 그의 곁으로 바짝 다가 앉았다.

"말바우 어머니, 그동안 참 아심찮고도 미안해요. 평생 안 잊을 거로구만요."

말하는 대불이의 목이 칵 메어왔다. 목이 메자 갈증이 더욱 견딜 수 없게 부채질해댔다.

"아니, 이봐 대불이, 가기는 워디를 간다고 그려! 꼭 죽으러 가는 사람 모양으루 왜 그려 응?"

말바우 어미는 쭉 뻗은 대불이의 두 다리를 찍어 누르고 흔들며 따지듯 물었다.

"언제 다시 올지도 몰라요. 어쩜 못 올 거로구만요."

"안 되야. 가기는 워디를 가. 갈랴거든 나도 데리고 가줘."

말바우 어미는 계속 대불이의 다리를 흔들며 애원하듯 말했다.

"그렇게는 못해요."

"왜 못해? 글타면 딴 여자흐고 함께 가는겨?"

"아니라요."

"나는 죽어도 대불이를 따러갈 거여. 혼자 도망칠 생각을 말어!"

"도망이라니, 가당찮어요."

"나를 데리고 가줘 응? 대불이흐고 함께라면 워디든지 가겄어. 제 발 부탁여. 나를 꼭 데리고 가주랑게."

대불이 생각에 말바우 어미가 갑자기 딴사람이 되어버린 듯싶었다. 그는 그녀가 자기를 따라오겠다고 이렇듯 발싸심할 줄은 몰랐다. 말바우 어미가 그렇게 나오자 대불이는 입장이 난처해지고 말았다.

그는 그렇다고 그녀를 데리고 갈 수는 없는 노릇이었다. 어디 갈 곳이 정해진 것도 아닌데, 여자까지 꿰매 차고 나섰다가는 무슨 고생을 할까 두려웠다. 그러나 기어코 따라나서겠다고 발버둥치는 그녀를 개벼룩 털듯 털어버릴 수도 없는 일이었다. 입장이 곤궁하게 된 대불이는 이러지도 저러지도 못하고 잠자코 있었다.

"대불이를 따러간다고 해서 짐이 되지는 않을 거여. 워디로 뭣을 하러 가는지는 모르지만 날탕 뜬골로 혼자 떠돌아댕기는 것보담 나 같은 여자가 곁에 있어주면 맴이라도 든든헐 것 아닌감. 그러니 나를 꼭 데리꼬 가줘 응?”

말바우 어미의 말을 듣고 보니 딴은 그럴 듯싶었다. 그녀와 함께 간다고 해서 짐이 될 것 같지는 않았다. 말바우 어미는 그가 생각하기에도 자기 앞은 가릴 수 있는 옹골찬 여자였다. 그들 식구가 새끼내에 와서부터 그랬듯이 되레 대불이 쪽에서 그녀의 도움을 받게 될지도 모를 일이었다.

“말바우는 어쩌고요.”

대불이는 은근히 말바우 핑계를 댔다. 그는 그녀가 그런 대불이의 말에 앵돌아질 것으로만 알았다. 그러나 그녀는 대불이의 말을 눈곱만큼도 고깝게 받아들이지 않았다.

“말바우 걱정은 말어. 인제 말바우도 갓난애기가 아니니께. 외할머니가 데려다가 잘 키워줄 거여.”

얼마 전까지만 해도 대불이네 식구들 앞에서, 자기는 말바우 하나만 믿고 산다면서, 말바우가 없었던들 진작 남편의 뒤를 따라 영산강에 풍덩 몸을 던지고 말았을 것이라고 해쌓던 그녀가 이렇듯 달라질 수가 있단 말인가.

그러나 대불이는 그녀를 조금도 나쁘게 생각하고 싶지가 않았다. 되레 불쌍하게 여겨졌다. 자기를 따라오기 위해 자식까지도 버리겠다는 그녀의 애잔한 마음을 더 아프게 해서는 안 될 것이라는 생각이 머릿속에 가득 차있었다.

“말바우 없이도 살겠어요?”

대불이는 어둠속을 더듬어 말바우 어미의 손을 잡으며 물었다.

"내 나이 아직 스물아홉이여. 남은 인생을 자식 땜시 묵정밭 맨들 수는 없잖겄어?"

"후회 안 하겠소?"

"후회는 무신……."

하기야 말바우 어미는 벌써 오래전부터 여러 차례 대불이와 함께 새끼내를 떠나 먼 곳으로 가서 살자고 꼬드겨왔었다. 그러던 차에 대불이가 영산포 조운창에 나간 뒤부터 두 사람 사이가 뜨악해진 듯싶었는데, 이제 대불이 혼자 갑작스럽게 아주 못 돌아올 곳으로 떠난다고 하니, 그녀가 그를 놓아줄 리가 없는 것이었다.

"말바우를 두고 가도 괜찮을란가 모르겄네요."

"정 걱정이면, 우선 우리덜 먼첨 자리를 잡은 뒤에 말바우는 차차 데려가도 되겄재 잉."

그녀의 말에 대불이는 어둠속에서 고개를 끄덕였다.

대불이는 첫닭이 울 무렵에 다시 데리러 오겠으니 채비를 하고 기다리고 있으라는 말을 하고 말바우 어미의 방에서 나왔다. 그는 괴나리봇짐을 자기 방에 둔 채 돈단을 내려갔다. 하늘의 별을 보니 자정이 가까워지고 있었다.

대불이는 하늘의 별을 보며 서둘러 광나루 쪽으로 향했다. 영산포에 이르러 광나루로 나가기 전에 때죽나무집 봉놋방에 들렀더니 방석코와 그 패거리들이 마침 나갈 준비를 하고 있었다. 그들은 함께 광나루로 나갔다.

나루터에는 장말째와 오만석, 그밖에 등짐꾼 여남은 명이 미리 나와서 기다리고 있다가, 방석코와 대불이가 나타나자 그 두 사람을 중심으로 빙 둘러섰다.

방석코는 눈으로 어둠속을 대충 더듬어 누구누구 나왔는가를 살핀 다음에 대불이의 팔을 잡아끌어 한쪽으로 갔다.

"얼추 다 온 듯싶구만, 나룻배는 내가 탈 테니, 자네는 사공 장말째허고 갈퀴허고 셋이서 쪽배를 저어 나루터 쪽에 바짝 매어둔 빈 소금배를 훔쳐 타고 미리 구진포로 내려가서 나를 기다리고 있소."

방석코는 대불이가 할 일을 자상하게 말해주었다.

"셋이서 어뜨케 소금배를 훔쳐요?"

대불이는 걱정이 되어 되물었다.

"빈 소금배에는 사공 한 놈만 자고 있네. 그러니 빨리 서두르소. 배에 오르는 대로 사공 놈버텀 재갈을 물려 묶어놓소."

그제야 대불이는 머리를 끄덕이며 등짐꾼들이 서성거리고 있는 곳으로 돌아와, 방석코의 말대로 장말째와 갈퀴를 데리고 나루로 내려가, 겨우 셋이서 들어앉을 수 있는 쪽배에 올랐다.

갈퀴가 노를 잡더니 조심스럽게 배를 움직였다. 그도 방석코한테서 그들이 해야 할 일을 들은 듯 행동거지가 분명했다.

"저 소금배에는 사공놈이 혼자 자고 있을 테니 조심해서 그놈버텀 꼼짝 못하게 해사 쓰요!"

쪽배가 소금배에 가까이 왔을 때 대불이가 장말째 쪽으로 고개를 돌리며 말했다. 그들이 무슨 일을 하는 것인지 알 바가 없는 장말째는 대불이의 말에 어리둥절해하였다.

"장 사공은 걱정 말고 배를 부릴 생각이나 허슈. 자고 있는 사공놈은 내가 맡을 테니, 소금배에 오르기가 바쁘게 두 사람은 돛을 올리시오."

대불이는 약간 위압적으로 장말째를 질러보며 말했다.

"사람을 해치는 일이라면 나는 그만두고 싶으이."

장말째가 겁먹은 목소리로 말했다.

"이보슈, 장 사공. 사람을 해치는 일이 아니고 사람을 돕자는 일이니 걱정 마시우. 쌀 열 가마니가 어디 누구 애기이름이랍디까."

대불이가 다시 쥐어박듯 해서야 장말째는 입을 다물고 말았다.

쪽배가 서서히 강물을 밀어내며 소금배 가까이 접근해갔다. 쪽배가 소금배의 허구리에 닿자 대불이가 먼저 잽싸게 올라가, 두 사람을 끌어올려주었다. 그는 숨 돌릴 사이도 없이 어둠을 더듬어 선실로 내려가는 출입구를 찾아 등불도 밝히지 않고, 더듬더듬 발걸음을 옮겼다. 선실 안은 칠흑처럼 어두웠다. 몸을 웅크린 채 시선이 어둠속에 익숙해지기를 기다렸다. 드르렁드르렁 코 고는 소리가 났다. 한 사람이 아니고 두 사람의 숨소리가 분명했다. 한 사람의 코 고는 소리는 마치 쇠죽 끓는 소리처럼 요란했고, 다른 또 한사람의 숨소리는 문풍지가 겨울바람에 파르르 떨고 있는 듯 가녀리게 들렸다.

거무칙칙한 어둠속에 두 사람이 누워 있는 모습이 희끄무레하게 눈에 들어왔다.

대불이는 숨을 죽이며 살금살금 다가가서 쇠죽 끓는 듯한 소리로 코를 고는 쪽으로 몸을 돌렸다. 우선 코 고는 소리로 보아 힘이 셀 것 같은 놈부터 처치를 해야겠다 싶어서였다. 그는 오른손 주먹에 힘을 주어 잠들어 있는 면상을 힘껏 내리쳤다. 퍽 하는 소리와 함께 코 고는 소리가 뚝 멎더니 잠꼬대 같은 비명이 몇 번 흘러나왔다. 대불이는 지체하지 않고 면상을 후려친 사공을 발딱 뒤엎고 두 손을 뒤로 해 준비해온 새끼로 한데 묶었다.

그때 필팰필팰 문풍지 떠는 소리를 내던 숨소리가 멎었다. 대불이는 다시 문풍지 떠는 숨소리 쪽을 향해 주먹을 올리려다 펀듯 이상한 예감이 들어, 오른손 주먹을 추켜올린 채 왼손으로 어둠을 더듬었다. 물컹하게 닿는 촉감이 여자가 분명했다. 대불이의 손이 닿자 소스라쳐 비명을 지르며 여자가 발딱 일어났다. 대불이는 어둠속을 더듬어 손에 잡히는 대로 옷가지를 찢어 여자의 입을 틀어막고 손을 묶었다.

선실에 올라오자 장말째와 갈퀴가 돛을 올리고 있었다. 대불이는 두 사람을 도와 닻을 끌어올리고 배를 매어둔 큰 밧줄도 잘랐다.

돛이 밤바람에 펄럭이며 서서히 배가 움직였다. 대불이와 갈퀴는 장말째의 지시대로 긴 장대로 소금배가 다른 배와 맞부딪치지 않도록 살목질을 하였다. 배가 강심에 이르자 바람을 타고 빠른 속도로 하류로 흘러내려갔다.

돛이 완전히 바람을 타기 시작해서야 대불이는 마음을 놓고 선창 쪽을 유심히 살펴보았다. 방석코가 몰고 올 세곡선은 아직 보이지 않았다.

갈퀴가 등불을 찾아 켜들고 선실에 내려갔다 오더니 숨넘어가는 소리로 대불이를 불렀다.

"이봐 대불이, 사공이 한 사람뿐이 아니라, 홀딱 벗은 여자도 있었구만 그려!"

선실에 여자가 있다는 소리에 장말째가 깜짝 놀랐다. 그는 믿을 수 없는지 반달음으로 선실엘 들어갔다 나오더니 "이 배 쥔 망했구만, 여자 꿈만 꿔도 배를 안 타는 뱁인듸, 배 안에서 여자를 끼고 그 지랄을 했으니, 이 배가 온전헐 것이여" 하고 꺼림칙한 기분을 감추지 못하고 투덜거렸다.

"선실에서 여자를 끼고 자다니, 그놈 사공 자격이 없어."

그러면서 장말째는 여자를 태우고 배를 부리기가 싫다고 노골적으로 말했다.

"이보슈 장 사공, 이 배는 어채피 목포진꺼정만 갈 것이니 염려마슈. 설마 강에서야 무슨 일이 있겠수."

대불이는 우선 장말째의 꺼림칙한 마음을 다독거려주었다.

그들은 구진나루 한가운데쯤 와서 돛을 내리고 배를 멈추었다. 방석코가 세곡선을 몰고 오기를 기다리기 위해서였다.

대불이는 잠시 후 등불을 켜들고 선실로 내려갔다. 등불을 비춰보았더니 대불이한테 잠든 채 주먹으로 얻어맞은 사공의 얼굴은 코피가 터져 피가 낭자했고, 눈퉁이가 벌겋게 부어올라 있었다. 젊은 사공은 손이 묶인 채 신음 소리를 내고 있었다.

사공의 옆에 풀어헤쳐진 속적삼과 고쟁이 바람으로 역시 손이 묶여 누워 있던 여자가 얼핏 불빛에 비친 대불이를 쏘아보는 것 같더니 놀라는 눈빛을 하였다. 그녀는 대불이를 알아보는 듯싶었다. 하기야 선창바닥에서 붙어사는 색줏집 논다니치고 대불이를 몰라보는 여자는 없을 것이었다.

대불이는 여자 가까이로 가서 등불을 여자의 얼굴 가까이 바짝 들
이댔다.

"내가 뉘긴지 알겄재?"

대불이가 묻자 여자는 천천히 고개를 끄덕였다.

"걱정허지 말어. 쪼끔만 참고 있으면 돌려보낼 거여."

그러면서 대불이는 등불을 선실 바닥에 놓고 여자의 손과 재갈을
풀어주었다.

"날이 새면 놓아줄 것이니 죽은드끼 있어야 혀. 그리고 선창에 돌
아가거든 내 이야기를 해! 이 대불이가 세곡을 훔치고 배에 불을 놓았
다고 말이여. 지난번에도 내가 헌 일이라고! 사람덜한테 그렇게 말허
란 말이여!"

대불이의 흥분된 말에 그 여자는 몸을 조그맣게 움츠리며 눈을 부
엉이처럼 크게 뜨고 바들바들 떨었다.

"옷 입어! 그리고 선실에 꽉 붙어 있어!"

대불이는 쏘아붙이듯 말하고 얼굴에 피범벅이 된 사공을 가리키
며, 피를 좀 닦아주라고 일렀다. 여자는 옷 입을 생각도 않고 무릎을
세워 두 팔로 안은 채 꼼짝도 하지 않았다. 대불이는 선실에 오래 있
자니 자꾸만 무서운 죄책감에 짓눌리는 기분이어서 등불을 들고 나
와 버렸다. 그가 선실로 나왔을 때 어둠에 겹겹이 둘러싸인 강 위에
큰 배가 서서히 바람을 타고 가까이 오는 모습이 보였다. 방석코가 세
곡선을 끌고 오는 것이 분명한 듯싶어, 마음속 가장 깊은 곳으로부터
소리 없이 긴 한숨을 토해냈다.

세곡선이 가까이 오자 이물에서 등불을 흔들어 부딪치지 않게 유도해주었으며, 팔뚝 크기만 한 마승 줄을 던져, 천천히 잡아당기도록 하여 두 배를 바짝 댔다. 세곡선과 소금배가 바짝 붙자 이물과 고물을 서로 묶어 떨어지지 않도록 하였다.

　세곡선에서 소금배에 큰 널빤지를 여럿 건너지른 뒤에 대불이는 세곡선으로 건너가 방석코를 만났다.

　"잘 됐수?"

　대불이가 방석코에게 묻자 방석코는 대답 대신 큰 손바닥으로 대불이의 등을 툭 쳤다.

　"서둘러 세곡을 소금배에 옮겨!"

　방석코가 등짐꾼들을 향해 소리 지르자, 스무 남은 명쯤 되어 보이는 방석코와 가까운 떠돌이 등짐꾼들이 날렵하게 몸을 움직였다.

　"소금배에 몇 가마나 실을 것 같수?"

　대불이가 방석코에게 물었다.

　"잘하면 이백 개를 실을까?"

　"세곡이 팔백 갠디, 이백 개를 실으면 나머지는 어쩔려우?"

　"어쩔 수 없지 않는가."

　"아까운 곡식을 모두 태울 거유?"

　"어찌하면 좋겠는가?"

　방석코가 물었으나 대불이 머리에도 뾰족한 생각이 떠오르지 않았다.

　방석코는 대불이에게 세곡선 사공을 소금배로 옮기라고 하였다.

세곡선 사공은 손발이 묶이고 재갈을 물린 채 뱃고물 나좃대 옆에 쪼그리고 앉아 있었다. 대불이는 방석코가 시키는 대로 세곡선의 몸집이 크고 나이가 듬직한 사공의 발목을 풀어 소금배의 선실로 데리고 들어갔다.

선실에서는 논다니가 옷을 입고 소금배 사공 옆에 바짝 다가앉아서 얼굴의 상처를 닦아내고 있었다.

"늙은 사공, 미안허우. 허지만 죽은드끼 있으면 목숨은 다치지 않을 거유."

대불이는 세곡선 사공을 선실에 밀어 넣고 나서 몸을 돌렸다.

사방은 죽은 듯 조용했다. 하늘의 별은 새벽을 재촉하듯 더욱 빛이 났고, 바람마저 숨을 죽인 강에서는 물너울 소리조차 들리지 않았다.

세곡가마니들을 옮기는 등짐꾼들이 힘쓰는 소리만이 잠든 어둠을 지배했다. 방석코가 등불을 들고 왔다 갔다 하면서 꾸물거리지 말고 빨리 서두르라고 다그치고 있었다.

방석코가 등불을 들고 소금배로 건너오더니, 선실 옆에 서 있는 대불이를 발견하자 그에게로 다가왔다.

"곧 떠날 채비를 해야겠네."

"형님 신세를 언제 다 갚을까요."

"신세라니……."

"암턴 고맙고 죄송허구만요."

"그런 소리 말어, 어채피 우리는 여기를 떠날 사람덜이 아닌가."

"어디루 가실려우?"

"클씨…… 흙 파묵고 살기는 싫으니 떠돌아댕기는 수밖에……."

"그래도 형님이 거처를 정허서야……."

"제물포에 갈 수만 있다면 괜찮겄는디……."

"제물포라면 왜놈덜, 양코배기들이 득실거린다는……."

"우리 같은 뜨내기덜은 그런 데일수록 살기가 편허다네. 개항이 된 지도 한 오 년 되었다니 한 번 가보고 싶구만."

"그러시면 제물포로 가시려우?"

"모르겄어. 일단 목포꺼정 가봐서 결정을 해야겄구만. 시방은 목포에 가봤자 좋은 수가 없을 것 같어."

"우리 함께 제물포로 갑시다. 제물포라면 몸을 숨길 수가 있을 것도 같네요."

"자네는 안 되네."

"왜 나는 안 된다고 허시우?"

"자네는 등짐꾼이 되거나 선창 건달패가 되어서는 안 되네."

"형님두 참."

"자네헌티는 할 일이 따로 있을 것 같어."

"무슨 일인뎁쇼?"

"내가 그것을 어찌 알겄남. 암턴 자네는 등짐꾼이나 왈패는 되지 말어. 풀려나온 종놈덜 가운데서 그래도 한 놈쯤은 좋은 일을 허고 죽어야 헐 것이 아닌감."

"형님, 무신 말을 허시는지 모르겄네요."

"내가 하느님이라면 자네헌티 큰일을 맡길 것인디 말여."

"이놈 소원은 배를 타고 세상 끝꺼정 가보는 것이라요."

"그렇게두 배를 타고 싶은거?"

"세상 밖 귀경을 허고 싶어서죠. 참, 제물포를 가려면 어느 길이 있는지 형님은 아시우?"

"제물포야 경성 옆이니 전주, 한밭, 천안으루 쭈욱 올라가면 되겄재. 법성창에는 제물포 가는 배가 있을 것이로구만."

"그렇다면 우선 법성으루 뜰깝쇼?"

"제물포로 가려구?"

"어쩐지 제물포에 가면 형님을 다시 만날 것 같은 생각이 드느만요."

"그렇게 될지두 모르재. 나야 뜨내기 신세니께 사람덜 벅신거리는 곳만 찾어댕길 거 아닌감."

"형님, 우리 제물포에서 다시 만나기루 약속헙죠."

"이 사람, 성질두 참."

"나는 꼭 제물포로 가고 싶구만요."

"허기야 사공 놈덜한테 듣기로는 제물포에 가면 일손이 딸린다고 허데. 개화바람이 불어 닥쳐서 첨 보는 물건도 많고, 아주 요지경 속이라드구만."

"나는 제물포로 가겄어요. 당장 제물포로 가야겄구만요."

"너무 서두르지는 말어. 자, 작별을 해야 할 때가 다 된 것 같네. 나는 소금배를 타고 강을 빠져나랄 텐께. 자네는 등불을 들고 세곡선으로 가 있다가 소금배가 회진나루 굽이를 돌아갈 쯔음에 불을 놓고 도망치소. 그리고 이것은 얼마 안 되네만, 노자에 보태 쓰고."

방석코는 대불이한테 등불을 건네주고 나서 허리춤에서 돈 꾸러미를 꺼냈다.

　"받게!"

　"뭐유?"

　"접때 양 진사한티 받은 스무 냥이여."

　"이걸 왜 나를 주시려우?"

　"노자에 보태라니께."

　"돈이라면 걱정 말어요."

　"정리로 주는 거니께 받어!"

　"넣으세요. 내 걱정은 마시고요."

　"허허 이 사람. 내 정리를 그렇게 외면헐 텐가?"

　그러면서 방석코는 돈 꾸러미를 한사코 마다하는 대불이의 허리춤에 찔러주었다. 그러고 나서 두 팔을 벌려 대불이를 힘껏 껴안더니 "자네는 참 존 사람이여. 친동생을 얻은 기분이었는디, 작별을 허자니 맘이 지랄 같네" 하고 끈끈하게 가라앉은 목소리로 말했다.

　소금배의 돛이 올라가고 있었다. 어두운 밤에 펼쳐지는 소금배의 돛이 하늘을 덮었다. 대불이는 등불을 들고 서둘러 세곡선으로 건너왔다. 그가 세곡선으로 건너오자 등짐꾼들이 널빤지를 거두고 두 배를 묶었던 밧줄을 끊었다.

　소금배가 서서히 움직였다. 어둠속에서 방석코가 손을 흔들었다. 소금배는 마치 하늘로 날아가는 것 같았다. 대불이는 세곡선에 덩그렇게 혼자 남아 등불을 들고 서서 하늘로 날아가듯 하는 소금배를 지켜보았다. 소금배를 향해 등불을 흔들었다.

잠시 후에 소금배는 하늘로 들어가 버린 듯 모습이 보이지 않게 되었다. 어둠과 정적만이 바짝 대불이를 향해 죄어들었다. 그는 등불로 세곡선의 곡식 가마니들을 비춰보았다. 굶주리고 있는 가난한 사람들을 위해 이 많은 곡식을 나눠줄 수만 있다면 얼마나 좋을까 하는 생각이 들었다.

강 건너 구진나루 쪽에서 첫닭이 홰를 치는 소리가 들렸다. 그제야 대불이는 세곡선 위에 아무렇게나 치워놓은 마름장들을 선실 밑으로 차곡차곡 집어넣었다. 그리고 세곡을 비워 빈 가마니를 몇 장 추려 한 곳에 모았다.

선실 입구로 내려가 마름장에 불을 붙이자니 가슴이 절굿공이질하듯 쿵덕쿵덕 뛰었다. 그는 등의 종이를 찢고 마름에 불을 붙였다. 순식간에 선실 안에 불이 확 붙었다. 대불이는 선실 안이 불무덤이 되는 것을 보고 나서야 갑판 위로 나와 고물 쪽으로 물러섰다. 선실의 불길이 밖으로 기어 나와 뱀의 혀처럼 널름거리다가, 빈 가마니에 엉겨 붙었다. 삽시간에 불길이 무섭게 솟구쳤다. 배 위에 몰아붙여놓은 마름덩이에 불이 붙자, 불길이 하늘로 치솟았다. 대불이는 새끼내 쪽을 향해 풍덩 강물 속으로 뛰어들었다. 그리고 사지가 뻐근하도록 헤엄을 쳐나갔다.

미루나무 숲 가까이 헤엄을 쳐나와 뒤를 돌아보았더니 배에서 치솟은 불길이 온통 영산강을 뒤덮고 있었다.

대불이는 지체하지 않고 물에 젖은 몸을 이끌고 휘청휘청 새끼내로 접어드는 갈대밭 둔덕을 타고 뛰었다. 뛰면서 넘어지면서 숨을 헐떡이며 자꾸만 뒤를 돌아보았다. 불길은 새끼내까지도 비쳤다. 그는 어떻게 해서 새끼내 말바우네 주막까지 왔는지 몰랐다. 헐떡거리며 방에 들어가 괴나리봇짐을 풀고 젖은 옷을 갈아입었다. 옷을 갈아입고 숨을 돌리기 위해 벌렁 누워 있는데, 말바우 어미의 방에서 마른기침 소리가 났다. 말바우 어미가 잠을 자지 않고 대불이를 기다리고 있음이 분명했다.

큰대자로 누워서 숨을 돌린 대불이는 새벽닭이 두 번째 홰를 치는 소리를 듣고 괴나리봇짐을 걸머지고 밖으로 나왔다. 그는 말바우네 방 토마루로 가서 헛기침을 하였다. 말바우네 방문이 지그시 열리며 말바우 어미가 얼굴을 내밀었다. 손짓을 하자 미리 싸놓은 큰 보퉁이를 양손에 힘겹게 들고 밖으로 나왔다. 대불이가 보퉁이를 받아들고 빨리 집을 나가자고 턱짓을 하였다. 말바우 어미가 돈단을 내려간 뒤 대불이는 잠시 형수가 잠든 방문 앞에 가서 절을 하고, 배에서 방석코가 쑤셔 박아준 돈꿰미를 문턱 아래에 놓고 돌아섰다.

"영산강에 무신 불이여? 강에 무신 불이 났으까?"

대불이가 돈단을 내려오자, 말바우 어미가 불길이 치솟고 있는 구진나루 쪽을 보며 나지막한 목소리로 물었다.

"곧 날이 새겠구만. 서둘러 갑시다."

대불이는 말바우 어미의 묻는 말에는 대꾸를 하지 않고, 앞서 개산 쪽으로 걷기 시작했다.

"워디로 갈라고 개산으로 들어가?"

말바우 어미는 대불이가 영산포 쪽으로 갈 줄 알았는데, 엉뚱한 개산으로 발길을 돌리자 놀라는 목소리로 물었다.

"개산을 넘어서 진포리에서 강을 건너야겠어요."

대불이는 지금쯤 세곡선이 불탄 것에 선창이 발칵 뒤집혔을 터이라, 되도록 선창 가까이 가고 싶지가 않았다.

"강에서 뭔 불이 저렇게 무섭게 타오르까 잉."

말바우 어미는 대불이를 뒤따라오면서 자꾸만 강 쪽을 보며 혼잣말처럼 뇌까렸다.

그들은 논둑을 지나 개산의 가파른 고갯길로 접어들었다. 미명의 마지막 어둠이 앞을 가로막았으나, 강에서 치솟는 불길로 하늘이 붉어 보였다. 대불이는 문득 작년 가을 웅보 형님의 절친했던 친구 김치근의 관을 메고 개산의 가파른 고개를 추어 오르던 생각이 머릿속에서 부스럭거리자, 걸음을 멈추어 섰다. 그리고 어둠속에 깊이 잠든 새끼내를 내려다보았다. 다시는 돌아오지 못할지도 모른다는 생각을 하자 갑자기 목울대가 뜨거워졌다. 그들 세 식구가 새끼내에 자리를 잡은 지 기껏 일 년 남짓밖에 안 되었으나, 어려서부터 오랫동안 뿌리를 박고 살아온 고향을 떠나는 것처럼 마음이 아팠다.

개산을 넘어 진포리에 이르자 희번하게 강물이 흘러오는 쪽부터 밝아오기 시작했다. 그들은 이슬을 털며 나루터로 갔다. 두 개의 큰 보퉁이 중에서 무거운 것은 대불이가 들었고, 덩치만 컸지 이불이며 옷가지를 싸서 가벼운 보퉁이는 말바우 어미가 머리에 이었다.

"살림을 나가는 것도 아닌디 웬 보퉁이가 이르케 무거워요?"

대불이가 보퉁이를 오른손에서 왼손으로 바꿔들며 물었다.

"워디를 가게 되든지 두 사람 덮고 잘 이불허고 끓여묵을 솥은 있어야 헐 것 아니겄냐. 밥그릇 좀 챙기고, 간장, 고추장 단지도 쬐금씩 챙겨서 무거운가 보구만."

그러면서 말바우 어미는 갑자기 말바우 생각이 나는지 질금질금 눈물바람을 하였다.

대불이는 말바우 어미와 함께 새끼내를 떠나고 있는 것이 잘한 짓인지, 아니면 미친 짓인지 알 수가 없었다. 그러나 그는 말바우 어미가 짐스럽다는 생각은 담배씨만큼도 없었으며, 되레 어쩐지 미안한 기분이 들었다.

나루터에 당도하자 안개가 강 위에 자욱하게 깔려 스멀스멀 강변 갈대밭으로 기어 올라왔다. 바람에 안개가 출렁일 때마다, 영산강이 살아서 꿈틀거리는 것만 같았다.

꼭두새벽이라 아직 사공이 나와 있지 않았다. 대불이는 사공이 나올 때까지 기다릴 수가 없어, 사공 없이 노를 저을 양으로 팽나무 뿌리에 묶여 있는 나룻배 가까이 가보았으나, 노가 없었다. 그는 하는 수 없이 마을 안쪽 물레방앗간 옆에 움딱지처럼 붙어 있는 움막까지 갔다. 물레방앗간 옆 움막에 절뚝발이 늙은 사공이 딸이라고 해도 곧이들을 수 있을 만큼 젊으나 젊은 여자를 데리고 살았다. 지난여름 대불이네 식구들이 복암사로 돌림병 피접을 갔다 오면서 대불이가 그 젊은 사공의 아내한테 "늙은 아버지허고 단둘이서 사시우?" 하고 물었다가 코청을 뗀 적이 있었다.

움막 옆에서 사공을 부르자, 늙은 사공이 이제 막 잠에서 깨어난 듯 눈곱자기를 뜨며 절뚝거리고 나왔다. 그는 왜 찾느냐고 묻지도 않고 노를 어깨에 메고 대불이를 앞서 나루터로 쩔레쩔레 걸어갔다.

"안개가 자욱허게 찐 걸 보니, 오늘 날씨 한 번 조오컸다."

늙은 사공은 안개가 무릎 밑에서 늘름거리는 것을 내려다보며 큰 소리로 말했다. 그는 안개 때문에 또 여우가 강에 빠졌을 게라고 하였다.

"새벽녘에 회진나루 구부에서 여수가 울어쌓더구만!"

늙은 사공은 대불이가 묻지도 않은 말을 했다. 그의 말로는 영산강에 안개가 짙게 끼는 날 새벽에는 개산의 여우들이 강인지 들판인지를 구별 못하고 안개 속을 헤매다가 강물에 빠져버린다고 하였다.

"사람의 혼을 빼는 여수라도 안개헌티는 꼼짝 못하거든."

노를 저으면서도 늙은 사공은 여우가 안개 낀 영산강에 빠져죽은 이야기를 계속했다. 대불이와 말바우 어미는 듣고만 있었다.

강물을 거슬러 회진나루에 내렸을 때는 완연히 날이 밝았다. 날이 밝았으나 안개는 여전히 강을 덮은 채 스멀스멀 강변 갈대숲으로 기어 올라왔다.

대불이와 말바우 어미가 회진나루에서 내려, 지난여름 돌림병 피접을 했던 복암사로 들어가는 들판을 무질러가려는데, 큰길 쪽에 희끗희끗 나졸들 대여섯 명이 나루 쪽으로 오고 있었다. 대불이는 운수 불길하여 자빡 나졸들과 맞부딪치기라도 한다면 낭패일 듯싶어, 발걸음을 돌렸다.

빠른 걸음으로 숲정이 모퉁이를 돌자, 김치근의 어머니가 고부간에 살고 있는 당골 집이 나왔다. 그냥 지나치려다 생각하니, 김치근의 어머니한테라도 그가 새끼내를 떠난다는 것을 알려놓아야 집에서 걱정하지 않을 것이라 싶어 걸음을 멈추어 섰다.

"만신님이 된 김치근 형님 어머니가 사는 집인디, 한 번 들어가볼 끄라우?"

대불이가 말바우 어미한테 묻자, 그녀는 그냥 머무적거리고만 있었다. 김치근 어머니가 혼이 나가 혼자서 강을 건너 예까지 왔을 때, 새끼내 남자들이 그녀를 찾아왔던 것이 엊그제 일 같았다.

"우리가 함께 떠난다는 말을 알려줘야 집에서 우리덜 걱정을 안 헐 것 아니우? 그래야 말바우도 외할머니가 데려갈 것이고……."

대불이는 말바우 어미한테 말하고 성큼 마당 안으로 들어섰다. 방안에서 아기 울음소리가 자지러졌다. 대불이는 큰 보퉁이를 든 채 마당 한가운데 섰고, 말바우 어미는 이불보퉁이를 이고 사립짝문 밖에서 머무적거리고 있었다.

잠시 후 부엌에서 김치근 아내가 물 묻은 손을 머리에 닦으며 지싯지싯 마당으로 내려오다가 대불이를 알아보고 깜짝 놀랐다.

"어무니, 어무니, 나와보셔유."

김치근의 아내는 큰방에 대고 다급하게 소리친 뒤, 보퉁이를 이고 서 있는 말바우 어미한테로 미끄러져갔다.

김치근의 어머니가 나와서 반색을 하였다. 그들 고부는 대불이와 말바우 어미가 큰 보퉁이를 이고 들고 새벽에 불쑥 들이닥치자 새끼내에 무슨 일이 생겼는가 싶어 어리둥절해하였다.

"신수가 좋아 보이시구만요."

대불이는 보퉁이를 내려놓고 김치근의 어머니를 따라 방으로 들어가며 말했다. 한동안 혼을 빼고 앓아누워 있을 때의 얼빠진 모습은 찾아볼 수 없고, 아들 잃은 슬픔도 잊은 듯싶었다.

방에는 큰 해바라기 종이꽃이 벽마다 붙어 있었고, 쾌자며 징, 고깔, 전립이 말뚝과 횃대에 걸려 있었다. 아랫목에서 갓난아이가 발을 버둥거리며 울어댔다.

"치근이 아들놈이여! 손지놈 푸접으로 사는구만."

김치근 어머니가 아기를 안으며 말했다.

"만신님이 되신 뒤로 신수가 좋아 보이네요."

말바우 어미도 대불이가 하던 대로 인사치레를 하였다.

"새끼내에 난리가 났담서?"

김치근이 어머니가 손자를 팔에 안고 사래질하듯 까불어대며 지나가는 말투로 물었다.

"억울허게 누명을 쓴 거지요" 하고 대불이가 말하자, 김치근 어머니는 어린아이의 눈처럼 맑은 목자를 굴려 대불이와 말바우 어미를 한동안 쑤석여 뜯어보는 것 같더니 "내가 꿈을 꾸었넌듸, 좋게 되었어. 새끼내 사람덜이 춤을 춤시로 영산강을 건너갔어" 하고 혼잣말처럼, 천정을 보며 말했다.

"어무니께서는 새끼내 사람덜이 끌려간 것도 꿈에서 봤다고 허시드란 말이오. 을매나 걱정했는지 원!"

김치근의 아내가 옆에 앉은 말바우 어미의 손을 잡으며 말했다.

"새끼내 사람덜이 언제 강을 건너갔어요?"

대불이가 물었다.

"꿈에서 봤다니께. 그러니 곧 집으로 올 거여."

김치근의 어머니는 자신 있게 말했다. 그러고 나서 다시 조금 전처럼 눈동자를 휘굴려가며 대불이와 말바우 어미의 얼굴을 되작거려 살폈다.

"형수는 뭣을 낳았다요?"

시어머니가 두 사람의 얼굴을 오랫동안 가까이 들여다보고 있는 것이 무안스러웠는지 김치근 아내가 대불이에게 물었다.

"아들을 점지해주십사 허고 삼신할미헌테 지성으로 빌어쌓더니만 딸을 낳았답니다요."

대불이는 김치근 아내 쪽으로 고개를 돌리며 대답하고 나서, 그를 오랫동안 짯짯이 들여다보고 있는 김치근 어머니를 마주보았다. 두 사람의 시선이 마주치자 대불이 쪽에서 먼저 눈을 내려버렸다. 그는 김치근 어머니와 마주보기가 무서웠다. 마주보고 있자면, 이상하게 도 몸에 힘이 빠지면서 그의 혼이 김치근 어머니한테 빨려 들어가 버릴 것만 같았다. 김치근 어머니 눈을 마주보고 있자면 꼭 죽은 사람의 얼굴을 들여다보고 있는 것처럼 섬쩍지근한 무서움에 휘감기는 기분이었다.

"두 사람이 워디를 가는 겨?"

김치근 어머니가 그들 두 사람한테서 잠시도 눈을 떼지 않으며 다시 물었다. 그때 아기가 다시 자지러지게 울었고, 김치근 아내가 시어머니의 품에서 아기를 받아 젖꼭지를 물렸다.

"두 사람은 떨어져 있어야 혀. 대불이 혼자 가도록 혀. 그러면 백인지상이 될 거여."

김치근 어머니의 그 말에 대불이는 어처구니없는 얼굴로 푸시시 웃을 따름이었고 말바우 어미는 눈 둘 곳을 몰라 하였다.

"백인지상이 뭐라요?"

대불이가 여전히 푸시시 웃는 얼굴로 한사코 김치근이 어머니의 시선을 피하며 물었다.

"백 사람을 거느릴 사람이 된다는 거여!"

"선창에서 목대잡이 노릇헐 때 등짐꾼들을 쥐락펴락해봤지라우."

"등짐꾼들이 아니여. 창이나 칼 든 사람덜이란 말이여."

김치근 어머니의 그 말에 대불이는 웃는 얼굴을 지우고 정색을 하며 고개를 들었다.

"창이나 칼 든 사람덜이라고요?"

"그려. 내 눈에 빤히 보여. 창 든 사람 여럿이 대불이를 둘러싸고 있어. 그러니 암데라도 혼자서 가야 혀. 여자흐고 같이 가면 되레 그 창에 찔리고 말 거여. 내 눈에 다 보여. 어찌코롬 되야갖고 두 사람이 새벽에 강을 건너왔는지 환히 뵈인단 말여. 그러니 함꾸네 가지 말고 헤어져서, 대불이 혼자만 가. 남쪽만 아니고, 동북쪽 어디든지 다 좋아. 깊은 산속에 창 든 사람들허고 같이 있는 것도 뵈이고, 대처 땅에서 여러 사람덜허고 어울리는 것도 다 뵈는구만."

김치근 어머니는 마치 대불이의 앞날을 손금 들여다보듯 환히 내다보는 것처럼 말했다.

　잠시 후에 김치근 아내가 아침밥상을 들여왔으나, 김치근 어머니의 말에 얼이 빠져 있는 말바우 어미는 숟갈을 들었다가는 그냥 놓아버렸다. 김치근 고부는 회진으로 건너온 뒤 먹고사는 것이 풀렸음인지, 잡곡밥을 지어 그릇마다 무춤하게 담아 내왔다.

　김치근 아내가 말바우 어미한테 숟갈을 다시 쥐어주며 몇 숟갈 더 뜨라고 권했지만 말바우 어미는 갑자기 얼굴이 백랍이 되어 고개를 가로저으며 물러앉았다.

　"내 말대로 혀. 둘이는 배필이 못되는 겨. 대불이 배필은 북쪽에 멀찌감치 떨어져 있는 것이 내 눈에 환히 뵈여. 대불이는 북쪽에 있는 배필을 십 년 뒤에야 만나게 될껴."

　김치근 어머니는 밥을 먹으면서까지 계속 두 사람을 나무람 하듯 말했다.

　"어무니도 참, 십 년 후면 아뜩허잖어요."

　옆에 있던 김치근 아내가 시어머니를 향해 밉지 않게 눈을 흘겼다.

　"사람 힘으로는 안 되야. 십 년을 기다려야 만나게끄럼 되야 있는 걸 어쩔 거냐!"

　대불이는 웃고만 있었다. 확실히 김치근 어머니가 달라졌다. 그녀는 상대편의 체면 따위는 아랑곳하지 않고 입에 씹히는 대로 말을 하는 것이었다. 그때문에 대불이의 기분도 약간 뜨악해졌다. 생각 같아서는 자리를 박차고 나와 버리고 싶었지만, 그럴 수도 없는 노릇이었다. 그는 말바우 어미한테 미안한 생각이 들었다. 처음부터 마음이 내키지 않는 듯, 문밖에서 찜찜한 얼굴로 미적거리고 있었는데, 대불이 때문에 끌려 들어오다시피 하여 차마 못들을 소리를 듣게 된 것이 아닌가.

대불이는 말바우 어미의 겸연쩍어하는 심중을 충분히 헤아리고도 남음이 있는 터라, 서둘러 김치근이네 집을 나왔다.

그는 나졸들과 부닥치거나 말거나, 우선 말바우 어미의 얄궂게 꼬인 마음부터 위로해야겠다는 생각이 들어 큰길을 가로질러, 아기소나무들이 촘촘히 박힌 황토산 등성이길로 추어 올랐다. 그는 북쪽 하늘을 가늠하여 걸었다. 그러나 대불이는 말바우 어미에게 아무 말도 하지 않았다. 그녀도 이불 보퉁이를 머리에 이고 대불이 뒤를 바짝 따라오면서도 아무 말도 묻지 않았다. 두 사람 사이에 침묵이 꽤 오랫동안 명주실처럼 질기게 가로놓여 있었다.

6

대불이가 주모 말바우 어미와 함께 새끼내를 떠나온 지도 이러구러 일 년이 지났다.

그들 둘이서 새끼내를 떠날 때 개산 양지쪽에 진달래가 흐드러지게 피었는데, 일 년이 지난 지금은 장성(長城) 백양사(白羊寺) 입구 사거리 야트막한 산모퉁이에 불붙은 듯한 꽃을 다시 보게 된 것이었다. 백암산 일곱 골짜기에서 드밀고 내려온 봄바람에 진달래꽃들이 시새워 흔들거렸다.

대불이와 주모 말바우 어미는 장성 사거리에서 게딱지같은 움막을 치고 주막을 냈다.

그동안 말바우 어미가 친정에 갔다 오는 길에 새끼내 사람들이 관가에서 풀려나왔다는 소식도 들었다. 말바우 어미가 듣고 온 이야기로는 대불이와 방석코가 세곡선에 불을 지르고 떠나온 뒤 한 달 후에야 죄 풀려났다고 했으며, 관가에서는 방석코와 대불이를 찾느라 눈에 불을 켜고 있더라고 하였다.

처음에 그들은 잠시 법성포 근방을 떠돌음 하다가, 무장(茂長) 투솔암 아래 인적이 뜸한 고갯길에 주막을 내어 일 년 가까이 자리를 잡고 살았으나, 무장현 관속들의 들볶임을 견뎌내지 못해 장성 사거리로 옮겨온 거였다.

나졸들이며 포졸, 역졸, 장교, 사령, 면사령, 권농에, 향교 서원 수복(守僕)에, 양반들의 별배 구종 등 어두귀면(魚頭鬼面)의 온갖 졸도들이 곳곳마다 쉬파리 퍼지듯 드글드글 뒤섞여 돌아다니면서 갖은 행패를 부리는 바람에, 끝내 견뎌 내지를 못하고 무장바닥을 뒤도 돌아보지 않고 떠버린 것이었다.

장성 사거리로 옮긴 뒤 한동안은 귀찮게 하는 사람도 없었고, 갈재(蘆嶺)를 넘나드는 길손들이 심심찮게 찾아들어 벌이도 쏠쏠했다. 장성에서 정읍으로 가자면 갈재를 넘어야 했기에, 한양이나 전주로 올라가는 남도의 길손들은 대불이네 사거리 주막을 경유해야만 했다. 갈재 바로 코밑에 색주가를 겸한 주막이 몇 군데 있긴 했지만, 그 주막들은 언제나 길손이 넘쳤기 때문에, 후미진 사거리의 대불이네 주막에도 이삭 손님이 끊이지 않았다.

그러나 대불이가 사거리에 주막을 낸 지 두어 달쯤 뒤에는 또 어김 없이 장성현의 졸도들이 들이닥친 것이었다. 그들은 밤낮이고 대불이네 주막에 몰려들어 맞전도 안 주고 공술을 퍼마시고는 큰소리치고 돌아가 버리기 일쑤였다. 성질 급한 대불이로서, 그들의 행티를 다 받아주자니 오장육부가 부글부글 끓어오르는 것만 같았다. 새끼내에서 도망쳐 와, 형의 이름으로 바꾸고 숨어사는 판에 탈이 붙으면 낭패다 싶어 모든 것을 참아냈다.

장성현의 오만 관속들은 냠냠하면 오다가다 대불이네 주막에 들러 술을 퍼마시고, 대불이를 놀리거나 말바우 어미한테 수작을 붙이곤 하였다.

"첨엔 남매지간인 줄만 알았던, 알고 보니 서방 각시람서? 에잇 술맛 떨어져!"

"아닐세. 난 첨에는 모자지간인 줄 알았다고!"

"옳거니, 그러니께 낮에는 누님이고 밤에는 여편네로구먼!"

"이것들이 촌수를 제 맘대루 늘였다 줄였다 허는 못된 것들이 아녀?"

"풍속을 해치는 것들이로구먼."

그들은 이렇게 대불이와 말바우 어미를 놀렸다.

대불이는 그들한테 놀림을 당할 때마다 말바우 어미를 바로 쳐다볼 수가 없었다. 그렇지 않아도 그녀는 처음 새끼내를 도망쳐 나오다시피 할 때는 앞뒤 헤아려봄 없이 봇짐을 싸고 대불이를 따라 나섰던 것인데, 회진나루에서 김치근 어머니의 말을 들은 뒤부터는 정신을 놓아버린 자신의 처지에 돌이킬 수 없는 후회를 짓씹어 삼키곤 하는 터였다. 게다가 한곳에 오래 자리를 잡지 못하고 떠돌음 하며 고생을 하게 되자, 장차 살아갈 일이며 두고 온 말바우 생각에 잠시도 마음 편할 때가 없었다.

대불이는 그런 말바우 어미의 속마음을 환히 들여다보고 있었다. 그래서 그는 몇 번인가 그녀에게 지금이라도 새끼내로 다시 돌아가는 것이 어떻겠느냐고 넌지시 마음을 떠보았으나, 그녀는 이렇다 저렇다 가부간에 말이 없었다.

그러던 어느 날, 아침 일찍 장성현의 관속들이 또 주막에 들이닥쳐서는 느닷없이 주세를 내라고 독촉이었다. 주막이라야 용수만 내걸었을 뿐으로, 개다리 기둥을 박고 건둥건둥 서까래를 얹어 거적을 달아 비바람을 피할 정도였으며, 술을 빚을 독 하나 없어 장성 도고(都庫)에서 몇 됫박씩 받아다가 잔술을 팔아온 터에, 주세를 내지 않으면 관아로 끌고 가서 물고를 내겠다고 으름장을 놓는 것이었다.

여태껏 그들의 행티를 두 눈 딱 감고 참아낼 수가 있었지만, 온종일 술 몇 됫박씩 팔아서 겨우 두 사람 목구멍 지탱해가고 있는 판에 주세를 내라는 데는 잠자코 있을 수가 없었다.

"도고에서 몇 됫박씩 받아다 잔술을 파는디 주세라니우?"

대불이는 처음에 사정을 해보았다. 그러나 그들은 대불이의 말에 귀를 기울이려고 하지 않았다.

"오오라, 그래서 주세를 못 내겠다고 발을 뻗는 게냐?"

"그런 게 아니오라, 우리 처지에…….”

"잔말 말고, 주세를 내겠느냐 못 내겠느냐?”

"나리덜이 아시다시피 우리 처지에…… 이러지들 마시고 탁배기나 한 사발씩 주욱 드시고 가시지요.”

"뭣이 어째? 이놈이 탁배기 한 사발로 인정을 쓸려고 그러네.”

그러면서 그들은 다짜고짜 대불이를 당장 끌고 갈 기세였다. 이것을 보자, 말바우 어미가 우르르 달려 나오며 주세를 내겠으니 다음에 다시 한 번 오라며 사정을 하였다. 대불이가 숨어사는 것을 번연히 알고 있으면서 관가에 끌려가도록 할 수는 없는 노릇이었기 때문이었다.

"주세를 내겠다고? 좋다. 그렇다면 다음 장날에 다시 오기루 허지. 허나 그때도 못 내면 주모꺼정 끌고 갈 테니 그리 알어.”

"허허, 이 더러운 놈의 세상에 원!”

대불이가 잠자코 있었더라면 관속들은 그냥 돌아갈 눈치였는데, 끝내 참지 못하고 한마디 퇑겨내고 땅바닥에 가래침을 뱉었다. 대불이 생각에, 이들은 다음 장날에 틀림없이 다시 찾아올 터인데, 그때는 무슨 수로 주세를 낼 것인가 아뜩한 일이 아닐 수 없었다. 주세를 못 내게 될 바에야 사거리를 또 떠나야 할 판세였고, 기왕에 떠나자면 화풀이라도 하자는 속셈이었던 것이다.

"이 놈아, 우리헌테 춤을 뱉은 것이여?”

관속들 중에서 나이가 가장 많고 얼굴이 알밤 빛깔로 반들반들한 관속이 대불이를 찔러보았다.

"왜, 춤 뱉는 것도 죄가 되우?”

되묻는 대불이의 목소리에 가시가 들어 있었다.

"아니, 이눔 봐라? 이눔이 감히 누구 앞에서 큰소리여?"

알밤 빛깔의 관속이 대불이의 멱살을 잡아 흔들었다. 그러자 대불이는 순식간에 왼팔로 꼭뒤를 누르고, 오른손으로 허구리를 내질렀다. 알밤 빛깔의 관속은 비척거리다가 짚불 스러지듯 쓰러지고 말았다.

"이 개만도 못헌 놈덜!"

대불이는 잠방이를 벗어 팽개치고 어깨를 펴고 관속들을 노려보며 우렁우렁한 목소리로 소리를 질렀다.

얼핏 외모로 보아서는 기골이 결코 장대해 보이지 않는 그였지만 웃통을 홀딱 벗고 두 주먹을 불끈 쥐고 당당하게 서 있는 모습이 한가락 하는 것같이 보였는지 관속들은 성큼 대들지를 못했다.

"가난한 백성덜을 버러지만큼도 안 생각허는 네 눔들은 벼락을 맞아 뒈질 거여!"

대불이는 두 주먹을 불끈 쥔 채 관속들을 노려보았다. 주모 말바우 어미는 대불이의 성질을 아는지라 또 무슨 일을 저지를까 걱정이 되어 발발 떨고만 있었다.

"아니, 요런 쥐새끼만도 못한 놈이 감히 누구의 명이라고 거역을 허고 큰소리여?"

관속들 중에서 그래도 제법 허우대가 그럴 듯해 보이는 주근깨가 많은 사내가 당장 대불이를 메어붙일 기세로 팔뚝을 걷고 우르르 달려들었다. 대불이는 쇠말뚝처럼 두 발로 힘껏 땅을 밟고 서 있다가 상대가 달려들자 날쌔게 몸을 비켜서며 다리를 걸었다. 그 바람에 필사

적인 힘으로 팔을 휘두르며 달려들던 사내가 퍽 나자빠지고 말았다.

이 광경에, 주막으로 올라오는 한 패거리들이 박장대소를 하였다. 대불이가 얼핏 보니 중치막에 전립을 쓴 보부상 차림의 사내들 네댓 명이 쭝긋쭝긋 주막 앞마당에서 벌어지고 있는 싸움판을 구경하고 있었다.

대불이의 발에 걸려 보기 좋게 큰대자로 나자빠진 허우대 좋은 관속은 잠시 후에 땅을 짚고 일어서더니 다시 우르르 달려들었으나, 이번에는 대불이의 발이 옆구리를 걷어차는 바람에 헉 소리를 내며 옆으로 벌렁 뻗고 말았다.

"지렁이도 건드리면 꿈틀거리는 벱이여. 죽은드끼 숨죽이고 사니께 사람 같지가 않는 게여?"

이미 대불이는 앞뒤를 헤아릴 기분이 아니었다. 워낙 성질이 불같은지라, 한 번 욱하고 치솟으면 좀처럼 가라앉히지를 못하였다.

"가서 현감헌티 일러라. 가난헌 백성들을 허투루 짓밟았다가는 어느 귀신이 잡어갈지 모른다고!"

세 사람의 관속들은 대불이의 위세에 꺾여 더 이상 대들지도 못 하고 엉거주춤 궁둥이를 뒤로 뺀 채 숨만 헐떡거렸다.

"하룻강아지 범 무서운 줄 모르고 날뛰지 말고, 당장 무릎을 꿇고 엎드려 빌지 못할까 이노옴!"

관속들 중에서 키가 작달막하고 깐깐해 보이는 사람이 제법 목청을 돋우었다.

"헛소리 말고 돌아가거라. 나를 더 화나게 했다가는 네놈들 셋이

뼈도 못 추리게 될 테니 냉큼 돌아가라는데두!"

대불이는 버럭 소리를 질러댄 뒤 깐깐하고 작달막한 관속을 두 팔로 불끈 들어 올려 들돌을 부리듯 냅다 메어쳤다. 이것을 본 다른 두 관속들은 감히 입을 삐죽거리지도 못하고 슬슬 뒷걸음질을 쳤으며, 땅바닥에 개구리처럼 내동댕이쳐진 그도 가까스로 땅을 짚고 일어섰으나 오금을 펴지 못하고 손으로 허리를 집으며 절뚝절뚝 물러섰다.

"주세를 받아가려거든 내 목버텀 잘라야 헐 것이야!"

대불이는 비실비실 뒷걸음질을 치는 관속들한테 주먹을 휘두르며 소리를 질러댔다.

"이봐 젊은이, 큰일 났구먼."

여태껏 싸움을 구경하고 서 있던 패랭이꾼들이 지싯지싯 주막 안으로 들어서며 웃었다.

"당장 젊은이를 잡으러 나졸들이 몰려올 거로구만!"

그들 중 하나가 진심으로 걱정을 해주는 얼굴로 대불이를 보며 입을 열었다.

"나도 이 더러운 바닥에서는 더 눌러 있고 싶지가 않다우."

"어디를 가나 매한가질 걸!"

하기야 그들의 말이 옳았다. 어디를 가도 관속들 등쌀에 얼굴 펴고 살 만한 데가 없을 듯싶었다. 대불이는 또 짐을 싸 메고 떠나야 할 것을 생각하니 맥이 확 풀렸다.

"어서 서둘러야 할 것이여."

패랭이꾼들 중에서 나이가 많아 보이는 사람이 재우쳐 말했다. 대불이는 웃옷을 입으며 패랭이꾼들을 둘러보았다. 모두들 기골이 장대하여 힘깨나 씀직해 보였다.

"젊은이 이름이 뭔가?"

나이 많은 쪽이 버릇처럼 콧구멍을 씰룩거리며 물었다. 이름을 묻자 대불이는 잠시 망설였다. 하마터면 본이름을 말해버릴 뻔했다. 그러나 그가 보기에 패랭이꾼들은 결코 그를 해칠 사람들 같지가 않아 한참 뒤에 "대불이라고 합니다요" 하고 숨김없이 이름을 댔다.

"고향은 어드멘가?"

이번에는 다른 사람이 팔짱을 낀 채 대불이를 위아래로 찬찬히 뜯어보며 물었다.

"나주 영산포인데, 재작년 돌림병 때 피접을 나왔다가……."

"젊은이, 우리를 따라올 생각은 없는가?"

콧구멍을 씰룩거리는 쪽이 무뚝뚝하게 물었다.

"어르신네덜은 어드메로 가시는 뎁쇼?"

"백암산으로 들어가는 길일세."

"산속으루요?"

"세상의 뇌꼴스러운 꼴 보지 않고 살기는 산속이 제일이라네."

팔짱을 낀 쪽이 말했다. 그는 키도 크고 체구도 우람하거니와 목소리까지 우렁우렁하였다.

대불이는 얼핏 그의 말에 귀가 펀뜻 뚫렸다. 그의 말마따나 산속에 서라면 세상의 오만 뇌꼴스러운 꼴을 보지 않게 될 것이었다.

"산속에서 산다고 해서 우리가 산도적 떼는 아니니 걱정 마소."

나이 많은 쪽이 대불이를 보며 피식피식 웃었다.

"아닙니다요. 허나 왜 하필이면 산속에서 사시는가 해서요."

대불이가 나이 많은 쪽을 향해 어색하게 웃어 보이며 말했다.

"거야 이유가 있재. 농사꾼헌티는 땅이 전답인디, 못돼먹은 양반덜이나 관속덜은 농사꾼을 밭으루 알거든. 농사꾼 내장을 갈아엎고 홀태를 대고 곡식 까부르듯 허니 어디 살 수가 있어야재. 그래서 말이시……."

대불이는 그의 이야기를 더 듣지 않아도 그들의 마음을 헤아릴 수가 있을 것 같았다. 그러고 보니 그들은 보부상 패거리가 아닌 듯싶었다.

"여기서 백암산꺼정은 멉니까?"

이번에는 주모 말바우 어미가 궁금한 듯 물었다. 그녀도 나졸들이 몰려오기 전에 떠나야 할 것을 알고 있었기에, 기왕에 떠날 것 서두르고 싶었던 거였다.

"눈앞에 뵈는 큰 산이 바로 백암산이우."

팔짱 낀 사람의 말에 말바우 어미는 손바닥으로 눈썹차양을 하고 해를 가리며, 엷은 남빛으로 부옇게 떠올라 있는 백암산을 쳐다보았다.

"산속에서 뭣을 묵고 산다요?"

말바우 어미가 고개를 돌려 팔짱 낀 사람을 보며 걱정스러운 말투로 물었다.

"애잔한 백성들이야 어디서 산들 매한가지가 아니오? 맘 편하게 살면 그만이지요. 설마헌들 목구멍에 거미줄이야 치겠소?"

말바우 어미는 대불이를 보았다. 그의 의향을 묻고 있는 것이었다.

"쬐끔만 기다려줍쇼. 곧 짐을 챙길 테니께요."

주모 말바우 어미와 대불이는 움막 안으로 들어가서 이불이며 솥, 바가지, 밥그릇 등 살림을 대강대강 챙겨 바지게에 얹었다.

"밑술이 남았으니 한 사발씩 드시지요."

얼추 짐을 챙긴 말바우 어미가 술동이째 들고 나왔다.

"남은 술이 이 집 전 재산인 것 같은디, 우리가 홀짝 마셔뿌러도 되겠수?"

팔짱을 끼고 서 있던 사내가 그제야 두 팔을 풀며 말했다.

"우리를 백암산꺼정 안내를 해주시는 댓가라우."

말바우 어미는 사거리 주막을 떠나는 것이 조금도 서운하지 않은지, 술동이에 바가지를 띄어 내놓으며 웃는 낯으로 말했다. 그렇지 않아도 허출한 김에 한잔 생각이 간절했던 그들은 사양하지 않고 술 바가지를 돌려가며 목을 축였다.

"젊은이 힘이 대단하든디, 그만허면 소년장사 말 듣겄어."

그들은 행주를 하면서 옆에 있는 대불이를 부추겨주었다.

"힘만 세면 뭘 해요. 바보같이……."

대불이는 그들의 부추김이 별로 달갑잖았다.

"그래도 큰일을 허자면 힘을 쓸 줄 알어야재."

"날탕 천덕꾸러기헌테 무신 큰일이 있겄어요."

"이 사람아, 자네는 언제꺼정이나 죽은드끼 살 거여!"

"버러지만도 못한 인생 용쓰면 뭘 헙니까요."

대불이는 땅바닥에 침을 뱉으며 건성으로 대답했다.

"아직은 몰라서 그려. 큰일 헐 때가 꼭 올 거여!"

대불이는 그들 말이 무슨 뜻인가를 몰랐다. 허나 대불이는 그들이 마음에 들었다. 그들에게서 일 년 전에 헤어진 방석코의 냄새를 맡을 수가 있었다. 모두들 형님이라고 부르고 싶은 사람들이었다. 밟히면 밟힌 대로 죽은 듯이 참고 견디는 것이 아니고, 숨을 쉬기 위해 꿈틀 거리려고 하는, 질경이 뿌리 같은 그 사람들이 마음에 들었다.

그들은 말하는 품위나 행동거지가 범상치 않아 보였으며 특히나 그들 중에 나이가 지긋한, 얼굴이 까무잡잡하고 소불알처럼 두 볼이 철렁한데다가 눈썹이 불꽃처럼 치솟고, 말을 할 때마다 콧구멍을 씰룩거리는 사내는 다른 사람들과는 다른 면이 있었다. 그는 좀처럼 화를 내지도 않을 듯싶었으며, 누구든지 그와 몇 마디 말을 주고받으면 친형제처럼 가까워지고 말 것만 같았다.

"자, 서둘러 가세!"

불꽃눈썹은 툭툭 자리를 털고 일어나더니, 술값이 얼마냐고 물었다. 공전으로 그냥 대접을 한 것이라고 하였으나 듣지 않았다.

"우리는 폐를 끼치는 사람덜이 아니니 받아두게."

불꽃눈썹이 기어코 대불이의 손에 술값을 쥐어주었다.

대불이와 주모 말바우 어미는 패랭이꾼들을 따라 주막을 나섰다. 이십여 보쯤 가다가 대불이가 갑자기 잠시만 기다려달라고 하더니 지게를 받쳐 두고 주막으로 뛰어갔다. 대불이가 다시 일행이 기다리고 있는 봇둑 가까이 왔을 때는 주막은 검은 연기에 휩싸였다. 주모 말바우 어미는 한동안 우두커니 서서 연기에 싸인 주막을 바라보았다. 메케한 짚불 연기가 그들이 서 있는 곳까지 덮쳐왔다.

"헌디 대관절 어르신네덜은 백암산 속에서 뭘 허시나요?"

주막을 나와 한참 동안 봇둑을 타고 걷다가 후미진 골짜기로 접어들어 등성이를 추어 올라, 잠시 산등성이에서 땀을 식히는 사이에 대불이가 들메끈을 고치며 뚜벅 물었다.

귀가 짝짝이라서 일행들이 짝귀라고 부르는, 키가 구부정하게 큰 사내가 개가죽 쌈지에서 썩초를 꺼내 엄지손가락으로 꾹꾹 눌러 곰방대에 재어 넣다 말고 힐끗 대불이를 보았다. 그런 것은 알아서 뭣하겠느냐는 투의 눈빛이었다. 그들은 아무도 대불이가 묻는 말에 시원스럽게 말해주지 않았다.

"자네는 우선 성질버텀 좀 쥑여야겠드만. 급히 먹는 밥에 목이 메고, 끓는 국에 맛 모른다고 허잖든가. 차차 알게 될 테니 서두르지 마소. 그리고 자네 함부로 누구헌티나 뎀비는 그 팩성을 고쳐야겠드만. 아까 보니께 관속들헌티 너무 성급하게 대들더구마. 그러다가는 큰일 나네. 한 발짝 나가기 위해 두 발짝 물러설 줄 아는 사람이라야 큰일 허네!"

나이 많은 불꽃눈썹이 타이르듯 말했다. 대불이는 그의 말에 조금도 기분이 나쁘지 않았다. 되레 그의 말을 마음 깊이 새겨두기로 하였다. 그에게는 그의 허물을 지적해주고 채찍질해주는 사람이 필요했다.

"나두 자네만 했을 적에 성질을 죽이지 못해 관속덜한테 대들었다가, 관가에 붙들려가설랑 오금에 사금파리를 넣어 무릎을 꿇린 후에 지렛대를 넣고 틀어대는 바람에 죽을 뻔했다네. 옛말에 한 시를 참으

면 백 날이 편하고, 굿 귀경을 하려면 계면떡이 나올 때꺼지 허라고
했네.”

주모 말바우 어미는 사거리 주막을 떠난 후로 말 한마디 없었다.
옷 보퉁이를 옆구리에 낀 채 팔려가는 돼지 눈을 하고 있었다.

“왜 그려?”

대불이가 쥐어박듯 말바우 어미를 향해 내지르면, 그녀는 힘없이
눈을 들어 대불이를 쳐다볼 뿐이었다. 그런 말바우 어미의 얼굴은 시
들어가는 찔레꽃처럼 휘주근해 보였다. 하기야 대불이를 따라 새끼
내를 떠나온 일 년 남짓 동안에 그녀의 얼굴이 몰라보게 찌들어졌다.
그런 그녀의 얼굴을 볼 때마다 대불이는 가슴에 못이 박힌 듯 아팠다.

“사람 살 곳은 골골이 있는 법이니 너무 걱정 말어요.”

대불이는 거푼거푼 산을 오르는 패랭이꾼들을 바짝 따르며 말바
우 어미를 돌아다보았다. 어느덧 산 그림자가 두꺼워지기 시작했다.
산 그림자가 칙칙하게 뭉쳐지자 이내 어둠이 땅에서부터 하늘로 연
기처럼 서서히 덮어 올라갔다.

일행은 나무와 풀잎에 엉겨 붙기 시작하는 어둠을 털며, 백양사 계
곡으로 들어가다가 절에 못 미쳐 왼쪽 산등성이로 올라갔다.

순식간에 미역가닥을 뭉쳐놓은 듯한 어둠이 산하를 겹겹으로 덮
어버렸다. 지척을 분간할 수 없을 만큼 찐득거리는 어둠 속에서, 대불
이는 말바우 어미를 앞세우고 걸었다. 가파른 등성이길이라서 조심
을 하지 않으면 데굴데굴 곤두박질을 할 지경이었다.

일행이 백암산 깊은 골짜기에 당도하여, 짝귀가 산봉우리 쪽을 향

해 두 손바닥을 입에 대 폈다 오므렸다 하면서 소쩍새 울음 흉내를 내자, 이내 장정들 서넛이 관솔불을 밝혀들고 자갈을 굴리며 서둘러 내려왔다.

"형님, 원로에 오시느라 고생이 많으셨습니다요."

"어서 오십시오, 형님."

관솔불을 들고 내려온 장정들은 일행 중에서 나이가 많은 불꽃눈썹을 향해 허리를 굽적거리면서 반색을 하였다.

"유학 형님께서도 잘 계시는가."

불꽃눈썹이 물었다.

"네, 어저께부텀 무장 형님을 기다리고 계십니다."

"영광을 거쳐 오느라고 조금 늦었네. 자, 올라들 가세."

그들이 관솔불을 든 장정들을 따라 얼마 동안 잡목들이 빽빽한 비탈길을 더듬어 추어 올라가자, 집채덩이만한 큰 바위 밑에 움막이 서너 채 엎뎌 있었다. 그들이 움막 앞에 이르자, 움막 속에서 사람들이 우르르 몰려나왔다. 모두 젊은 사내들이었으며, 나이가 듬직해 보이는 한 사람만이 유건(儒巾)을 썼다.

모두들 관솔불빛으로 불꽃눈썹을 찾아, 그 앞으로 몰려서서 저마다 인사치레를 하였다.

"어이구, 유학 형님!"

불꽃눈썹은 젊은 사람들을 헤치고 나가서 움막의 토방에 뒷짐을 지고 서 있는, 작달막한 키에 유건을 쓴 사람 앞으로 다가서며 두 손을 내밀었다.

"오시느라 고생했네. 자, 들어가세."

유건을 쓴 사람이 불꽃눈썹의 두 손을 덥석 잡아 흔들었으며, 그들 두 사람을 에워싼 젊은이들 얼굴에, 반가운 사람을 만났을 때 느낄 수 있는 밝은 빛이 충만했다. 얼추 헤아려도 스무 남은 명은 되어 보였다. 그 많은 사람들이 게딱지같은 움막에서 함께 기거하는 듯싶었다.

유건을 쓴 사람과 불꽃눈썹, 그 밖에 네댓 사람이 첫머리 방으로 들어갔다.

대불이와 주모는 짐을 부리고 움막 옆에 쪼그리고 앉았다. 잠시 후에 함께 왔던 짝귀라는 사람이 그들 두 사람을 안내하여 따라갔다. 보기보다는 널찍한 방이었는데 방바닥에는 가마니 짝이 깔려 있고, 횃대에는 너절한 남정들 옷가지가 아무렇게나 걸려 있었다. 바람벽에 구멍을 뚫고 거기에 붙이어서 지붕처럼 흙을 발라 그 밑에 관솔불을 켠 고콜에서는 관솔이 그을음을 피우며 타고 있었다.

"여기서 좀 쉬시우. 곧 저녁밥을 가져올 거유."

짝귀는 두 사람이 방으로 들어서자 말바우 어미를 향해 말하고 이내 나가버렸다.

대불이와 말바우 어미가 짝귀라는 사람에게 안내되어 발동이 쩔쩔 끓는 방에서 저녁을 먹고 있을 무렵, 바로 옆방에서는 유건을 쓴 기유학(寄儒學)과 무장에서 영광을 거쳐 온 불꽃눈썹이 일 년 만에 만나 회포를 풀었다.

유건을 쓴, 불꽃눈썹이 유학 형님이라고 부르는 사람은 장성 유학 기수선(寄守善)으로, 장성지방의 장두(狀頭)격이 되었고, 무장에서 내려온 불꽃눈썹은 송경찬(宋敬贊)이라는 사람이었으며, 움막에 살고 있는 장정들은 모두 동학도인(東學道人)들이었다.

장성 유학 기수선은 동학의 교수(敎授)로 팔 년 전부터 이곳에 옮겨와 장성지방의 도인들을 모아 포덕(布德)에 힘을 쏟고 있는 중이었다.

기수선은 백암산 깊은 곳에 은거하면서 포덕을 시작한 지 이 년 만에 송경찬을 무장으로 보내 도를 전파하도록 하였던 것이며, 송경찬은 무장에서 도인들을 모아 광제포덕(廣濟布德)을 하다가 잠시 기교수를 만나러 돌아온 것이었다.

동학은 교조(敎祖) 수운(水雲, 崔濟愚) 선생이 대구에서 수형(受刑)을 당하자, 해월(海月) 최시형(崔時亨)이 종통을 이어받아 명맥을 이어오고 있었다. 하나 이필제(李弼濟)가 신미년(辛未年, 1871년) 3월 10일 수운 선생의 조난일(遭難日)을 맞아 상주, 문경, 영해, 영덕 등의 도인 5백여 명을 모아 수운 선생의 신원(伸寃)을 관에 호소하였다.

문경 현감은 이를 사도(邪道)의 난류(亂類)라 하여 도인들을 가두고 쫓아내자, 이에 격분한 도인들은 군기고를 열어 총과 창을 빼앗아 부사를 죽이고, 상주로 쳐들어가다가 경상 감사 김문현(金文鉉)이 이끄는 관군과 맞싸웠으나, 워낙 중과부적이라 많은 사상자만 내고 일월산(日月山)으로 쫓김을 당하고 말았다.

그해 8월 이필제는 재차 거사, 문경읍을 습격하여 여러 날을 두고 관군과 싸우다가 패하여 붙잡혀 죽었다.

신미년 이필제의 기병 이후로, 관에서는 동학의 여당을 잡으려고 혈안이 되어 있었기 때문에 장성 지방의 도인들도 모두 백암산으로 은신을 한 것이었다.

"참, 교주님께서는 지금 어디 계시옵니까?"

불꽃눈썹 송경찬이 기수선에게 해월 선생의 안부를 물었다.

"올봄에 서인주, 손천민과 함께 갈래사(葛來寺)에 계시다가, 보은(報恩) 장내리(帳內里)로 내려오셨다누만."

"보은이면 충청도 땅이 아니우?"

"아마도 내년 정월에나 전주 땅에 순회 차 내려오실지도 모르겠네."

"유학 형님께서는 근년에 해월 선생님을 배알하신 적이 있사옵니까?"

"지지난해 영천(永川) 화계동(花鷄洞)에 막사를 짓고 은거 중이실 때 한 번 찾아가 뵈었네. 그때 선생께서는 도제(徒弟)들에게 병술년(丙戌年)에 돌림병이 크게 퍼질 것이니, 특별히 치성을 하라고 이르시더니, 아니나 다를까, 그분 말씀대로 무서운 돌림병이 방방곡곡을 휩쓸었어!"

"우리 도인들은 모두 무사했습죠."

아까부터 문 쪽에 앉아 기수선과 송경찬의 말을 열심히 귀담아 듣고 있던, 얼굴이 갸쭉하고 뾰주리감처럼 턱 끝이 뾰족한 젊은이가 조심스럽게 입을 열었다.

"교주께서는 보은 장내리에서 몸소 밭을 갈며 도를 닦고 계시는데, 각처에서 어찌나 많은 사람들이 선생을 배알코자 찾아들어, 육임소(六任所)를 정해놓고 누구든지 육임소를 경유해야만이 배알할 수 있게 했다드만."

"유학 형님, 그건 아주 잘한 일입니다요. 아무나 선생을 배알하도록 한다면 나졸들이 도인을 가장하여 잠입하기라도 하면 어쩝니까요."

송경찬은 불꽃같은 눈썹을 빳빳하게 세우며 큰 소리로 말했다.

"지난 을유(1885년)년에 충청도 관찰사 심상훈(沈相薰)과 단양 군수 최희진(崔喜鎭)이 눈에 쌍불을 켜고 선생을 잡으려고 했을 때도, 아슬 아슬하게 공주 마곡(麻谷)으로 피해 화를 면할 수가 있었다네. 시방도 관가에서는 선생을 붙잡지 못해 안달이라드구만."

"한동안은 상주 화령으로 옮기셨다는 소식을 들었습니다만."

"옮겨 다니시는 곳이 어디 한두 곳뿐이겠는가."

기수선의 말마따나 해월 최시형은 괴나리봇짐 하나만을 둘러메고 이곳저곳 자주 옮겨 다녀, 세상 사람들은 그를 가리켜 최보따리라고들 불렀다. 해월은 신미 8월에 이필제가 문경읍을 습격했다가 붙잡혀 죽음을 당한 뒤에, 관군을 피해 소백산(小白山)에 숨어든 후 여러 곳을 두루 돌아다니며 포덕 하는 데 힘썼다.

해월은 도인들에게 늘 부한 사람과 귀한 사람과 글 잘하는 사람은 도를 통하기가 어렵다고 하며, 도를 닦는 차례는 먼저 하늘을 공경하는 것이요, 그 다음에 사람을 공경할 것이며, 마지막 물(物)을 공경할 것에 있는 것이니 사람이 혹 하늘을 공경할 줄 알되 사람을 공경할 줄 모르며, 사람을 공경할 줄 알되 물을 공경할 줄 모르면 하늘과 사람도 공경할 줄 모르는 것이라고 하였다.

또한 해월은 요순시대의 백성은 모두 요순이 되었다고 하면서, 군자의 덕은 스스로 고립되지 아니하고, 사람으로 더불어 크며 함께 자라야 한다고 하였다.

해월은 관군을 피해 포덕을 하면서도 틈만 있으면 버릇처럼 노끈을 꼬았다. 노끈을 꼬는 재료가 없을 때는 꼬았던 노끈을 풀어서 다시 꼬고는 하였는데, 도인들이 그 연유를 물으면 놀고 있기가 불안해서 그런다, 사람이 놀고 있으면 잡념이 생길 뿐 아니라, 육신이 게을러져 못 쓰게 된다고 하였다.

"지지난해에 화계동에서 선생을 배알했을 때, 선생께서는 강도(講道)하시는 중에 아주 뜻 깊은 말씀을 하시드구만."

기수선이 팔짱을 끼고 상반신을 흔들며 말했다.

"무슨 말씀을 하셨는데요. 형님!"

"선생께서는, 마음을 떠나서 천주(天主)를 생각할 수 없고, 사람을 떠나서는 하늘을 생각할 수 없으니, 사람을 떠나 하늘을 공경하는 것은 꽃을 따버리고 과실을 바라는 것과 같다고 하시드만."

"그 뜻을 알 것도 같습니다. 저도 그저 하루빨리 선생을 배알하는 것이 소원이구만요."

"우선 이곳에서 하루 쉬었다가 모레쯤 떠나기루 허세."

송경찬이 백암사에 온 것은 기수선과 함께 보은 땅에 피신해 있는 해월 선생을 배알하러 가기 위함이었다.

송경찬이 기수선과 함께 이야기를 주고받는 사이에 저녁밥상이 들어왔다. 밥상이 들어오자 송경찬은 허출한 김에 개다리소반을 끌어당겨서는 마파람에 게 눈 감추듯 찬물에 꾹꾹 말아서 연거푸 밥숟갈을 떠 넣었다.

기수선은 송경찬의 밥 먹는 양을 유심히 지켜보고 있더니 "꼭 걸신

들린 사람 같구만!" 하면서, 여전히 상반신을 흔들며 빙긋이 웃었다.

"참, 유학 형님, 백암산 쪽은 조용헙니까요. 오다가 영광에 들렀는 디 그쪽에서는 동학도를 잡는다고 관가에서 쌍불을 켜고 있다고 하 드만요."

송경찬이 물을 한 대접 꿀꺽꿀꺽 들이마신 다음에 소리 내어 입을 헹구고 나서 물었다.

"왜 여기라고 조용하겠나. 이필제가 기병한 것이 자극이 되었는 지, 여기서도 동학도인들을 잡겠다고 날뛰는 모양일세."

"관가에서는 여기를 알고 있나요?"

"낌새를 채고 있는 것 같기도 헌데 아직은……."

"그렇다면 큰일이로군요. 언제 덮쳐올지 모르는 일이 아닙니까요."

"그래서 입암산(笠巖山)으로 옮겨볼까 하네만."

"하루바삐 우리 힘을 키워야 헐 텐디 옮겨댕기기만 해서는……."

"말이 나왔으니 말이네만, 그래서 요즈막에는 장성, 담양, 영광, 고 창 관내의 포수들을 끌어들이고 있네."

"사냥꾼들 말이옵니까?"

"유생들이나 농투성이들만으로는 큰 힘을 기르기가 어려울 것 같어서……."

"그래, 포수들이 몇이나 입도를 했습니까요."

"이제 한 여남은 명이나 될까? 아직은 이곳에 근거를 옮겨오지는 않았네만, 한 달에 두서너 번씩은 찾아오네."

"이제는 더 이상 참고 견뎌내기가 어려울 것 같구만요. 참는 것도 한도가 있지요.”

“해월 선생님께서도 걱정이 대단허시네.”

“백성들 마음에 불이 붙는 날이 하루속히 와야 헙니다요.”

“서두를 것 없네. 매사를 순리에 따라야 헌다는 것을 명심하게.”

“백성들 마음에 불이 붙는 날이 언제쯤 됩니까?”

“이 사람아, 갑자기 붙는 불은 쉬 꺼지는 법일세.”

“이번 보은에 가서 해월 선생님을 배알하게 된다면 하고 싶은 말이 많구만요.”

“지난번 이필제가 기병을 할 때에도 선생께서는 극구 말리셨다네. 암튼 시기를 기다려야 되네.”

“대관절 그 시기가 언제입니까.”

송경찬은 흥분된 어조로 다그치듯 물었다.

“도를 닦는 데만 전념을 하게나.”

“지금이라도 교주께서 승낙만 하신다면 무장에서만도 수백 명이 하시라도 기포(起包)헐 수가 있습니다요.”

“그것은 무장뿐만이 아닐세. 어디에서든 일시에 수천수만 명이 기포헐 수는 있다네.”

“그렇다면 무엇이 걱정입니까. 언제꺼정이나 산속에 숨어살면서 수신만 허고 있으란 말입니까. 그렇다면 구세제민(救世濟民)의 뜻이 없지 않습니까요.”

“자네 말을 모르는 바는 아니네. 허나 매사에 때가 있는 법일세. 때를 잘못 맞췄다가는 되레 큰 낭패를 당하게 되네.”

"백성들이 시달려 다 죽은 다음에 기포를 한들 무슨 소용이 있겠습니까. 재작년 홍수와 돌림병 때 백성들이 굶주리고 병들어 죽어가고 있었지만, 관아에서는 진휼미 한 톨도 안 내주었지 않습니까요. 유학 형님께서는 산속에 숨어 사시니까 그 처참한 지경을 몰라서 이러십니다."

"그렇다고 백성들이 쉽게 죽지를 않네. 나도 재작년에 고초를 겪어서 잘 알고 있다네. 고초를 겪은 백성들은 더 강해졌네."

이날 밤 송경찬은 기수선한테 무장지방에서라도 기포를 하여, 시달림을 당하고 있는 백성들을 구해야겠다고 떼를 쓰다시피 하였고, 기수선은 그런 송경찬의 조급한 마음을 가라앉히느라 진땀을 뺐다.

기수선은 송경찬의 안타까워하는 마음을 잘 알고도 남음이 있었다. 그러나 그와 같은 큰일은 하늘의 도움 없이는 어렵다는 것을 알고 있었기 때문에 우선은 마음을 가라앉히고 때를 기다리며 포덕에만 힘써야 한다고 믿었다. 해월 선생도 그에게 그와 같은 말을 여러 차례 했었다.

다음날 아침, 불꽃눈썹 송경찬이 대불이를 불러 기수선의 방으로 데리고 들어갔다. 송경찬은 기수선의 방으로 들어가기 전에 "헌데, 같이 온 주모가 자네 아낙이 확실헌가?" 하고 물었다. 그 말에 대불이는 순간적으로 비위가 상해 눈꼬리를 세우며 송경찬을 쏘아보았다.

"이상허게 생각 마소."

송경찬은 대불이의 굳어진 표정에 웃음을 보이며 말했다.

"오래전버텀 함께 살아왔습니다요."

대불이의 어정쩡한 대답에 송경찬은 더 이상 자세히 캐묻지 않고 방문 고리를 잡아당겼다.

"유학 형님, 어저께 우리허고 같이 온 젊은이가 있습니다요."

송경찬이 방안으로 불쑥 들어서며 내뱉듯 한 말에, 기수선은 얼핏 고개를 들어 대불이를 보았다.

대불이도 기수선을 똑바로 보았다. 갸름한 얼굴이 유난히도 해말쑥해 보였다. 어젯밤에 잠깐 먼발치로 보았을 때보다는 훨씬 위엄이 있어, 마치 도학군자 같았다.

"인사 올리게."

대불이는 송경찬의 말이 떨어지기가 바쁘게 넓죽 큰절을 했다.

기수선은 아무 말 없이 잠시도 대불이의 얼굴에서 눈을 떼지 않고 되작거리듯 살피는 것 같았다.

"사거리에서 주막을 내고 있었는데, 관속들을 혼내주고 걱정을 하길래 같이 왔습니다요."

기수선은 송경찬의 말에는 귀를 기울이는 것 같지도 않고 그저 뚫어져라 하고 대불이의 얼굴만 들여다보았다.

"한꺼번에 서너 놈을 해치우는 솜씨가 보통이 아니었습니다."

송경찬이 혼자 말했다.

"난데없이 주세를 내라기에……."

대불이는 마치 눈싸움을 하듯 송곳처럼 날카로운 시선으로 그를 들여다보는 기수선의 눈을 팽팽하게 맞서보며 말끝을 흐렸다.

기수선은 잠시 후에 대불이의 얼굴에서 눈을 떼어 송경찬을 보았다.

"사거리에 오기 전에는 어디에 있었다고 허든가."

"무장 투솔암 근방이었다고 헙니다."

"본시 태어난 곳이 무장인가?"

기수선이 송경찬에게 물었다.

"나주이옵니다."

대불이가 대답했다.

"나주?"

"네, 나주 양 진사 댁 비자였구만요."

"부모 형제는 안 계시고?"

이번에는 기수선이 대불이 쪽으로 고개를 돌리며 물었다.

"부모님은 아직 양 진사 댁 종으로 있고, 형님과 형수는 속량하여 영산강 건너 새끼내에 사시느만요."

"그래, 우리하고 같이 살 생각이 있느냐?"

"이 산속에서 뭘 묵고 살아요?"

그 말에 기수선은 빙긋이 웃었다.

"먹는 것 걱정은 안 해도 무방허네."

송경찬이 말해주었다.

"동학이 무엇인지 아느냐?"

기수선이 얼굴에서 웃음을 거두고 대불이를 쏘아보며 다시 물었다. 대불이가 얼핏 고개를 들어 기수선의 얼굴을 보았을 때, 그의 얼굴은 마치 이른 봄날 아침 구름이 씻겨간 뒤 금성산 꼭대기의 소나무처럼 의연해 보였다.

"말만 들었습죠."

"동학에 대해서 무슨 말을 들었는데……?"

"글쎄올시다요. 그냥 말만 들었구만요."

"동학도인들에 대해서 나쁘게 말하더냐?"

"잘 모르겠구만요."

대불이의 말에 기수선은 한동안 아무 말 없이 잠자코 있더니 "위천주고아정(爲天主顧我情), 영세불망만사의(永世不忘萬事宜) 이 열석 자로써 동학이라 하는바, 우리의 도는 천도이며, 천도는 곧 사람이 하늘이요 하늘이 사람이라고 한 것과 같으니라" 하고 천천히 말했다.

"사람이 하늘이라굽쇼?"

대불이는 기수선의 말이 이해가 안 가 뚜벅 이렇게 되물었다.

"그렇다마다. 네가 앞으로 우리와 같이 살게 되면 그 이치를 알게 될 것이야."

기수선은 웃으면서 말했다.

"같이 있기가 싫으면 내려가도 좋다. 그러나 우리 이야기를 입 밖에 내서는 안 될 것이야."

기수선의 말에 대불이는 다급하게 손을 저었다.

"아닙니다요. 여기 있고 싶구만요. 하오나……."

"왜, 주모 때문에 그러나?"

대불이가 말끝을 얼버무리고 있자 송경찬이 그렇게 물었다.

"주모라니 누구 말인가?"

기수선이 물었다.

"실은 이 사람하고 같이 온 주막 여자가 또 있습니다요."

"이 사람의 여자인가?"

송경찬의 말에 기수선이 다시 물었다.

"그렇습니다요."

대불이는 부끄러운 듯 고개를 숙였다.

"그렇다면 둘이서 상의해서 결정허두룩 허게나."

"허락만 해주신다면 함께 있고 싶습니다요. 빨래도 해주고 밥도 허고 말입니다요."

"빨래나 밥헐 걱정은 안 해도 된다. 있고 싶으면 있도록 허거라."

이렇게 하여 대불이와 말바우 어미는 백암산 움막에 머물게 되었다.

대불이는 우선 당장 갈 만한 곳도 없으려니와, 기수선과 송경찬이 마음에 들었다. 특히 그는 기수선으로부터, 사람이 하늘이며 하늘이 사람이라는 깊은 뜻을 알고 싶었다.

"앞으로의 세상은 세운이 크게 변천하여 천지도 개벽되고 나라도 또 비참한 지경에 이르게 되어 함지사지출생(陷地死地出生)이니라"고 한 기수선의 말뜻도 알고 싶었다.

대불이는 송경찬한테서 동학교조 수운 선생의 이야기도 들었다.

수운 선생이 대구 감영에 갇혀 있을 때, 경상 감사 서헌순(徐憲淳)이, 동학이고 서학이고를 막론하고 유도의 계통을 외면하는 것은 모두가 이단이며 사도가 아니냐고 호령하고, 선생을 형틀 위에 앉히고 가혹한 매질을 하였는데, 별안간 벽력같은 소리가 선화당을 진동하여 감사가 무슨 소리냐고 묻자, 나졸들이 죄인의 다리가 부러지며 울리는 소리라고 대답하여 매질을 중지시킨 일이 있었으며, 수일 후에 다시 심문을 할 때 선생의 부러진 다리를 살펴본즉 흔적도 없이 나았더라고 하였다.

대불이는 기수선과 송경찬으로부터 수운 선생의 신통한 이야기를 들을 때마다 넋을 잃고 이야기에 빨려들었다. 어쩌면 그의 생각에 동학교조 최수운 선생은 사람이 아닌 듯싶기도 하였다.

선생이 대구 장대(將臺) 관덕정(觀德亭) 아래에서 머리를 베이게 되었을 때도 시퍼런 칼날이 수세 번 목에 들어가도 선생의 목은 여전히 베어지지를 않았다니 믿을 수 없는 일이 아닌가.

"휘척자(揮刺者)놈들은 진땀을 흘리며 감사한테 목이 베어지질 않는다고 아뢰었다네. 그러자 감사가 걱정하며 뜰 아래로 내려와서, 이 일은 나의 사심이 아니며 왕명이니 원컨대 선생께서는 왕명을 순순히 받으소서 하고 사정을 해서야, 선생은 비로소 명을 바쳤다는구만."

대불이는 송경찬으로부터 수운 선생의 이야기를 듣는 순간부터 은근히 마음속으로 수운 선생을 두려워하고 존경하기에 이르렀다.

수운 선생의 신통한 이야기도 그렇거니와, 송경찬이 말끝마다 동학도인들의 할 일은 하루빨리 굶주림과 들볶임에 시달리는 백성들을 구하는 것이라고 핏대를 올리는 그 사람됨에 마음이 끌리기도 하였다.

기수선이 송경찬과 보은으로 해월 선생을 배알하러 간다고 백암산을 내려간 뒤, 대불이는 짝귀와 가깝게 지내며 백암산에 사는 다른 동학도들과도 사귀게 되었다.

그는 백암산으로 들어오기를 천만 번 잘했다는 생각이 들었다. 우선 마음이 편해서 좋았거니와, 사귀고 보니 백암산 동학도들은 하나같이 친절했다. 대불이 생각에, 장차 그도 이들 동학도들과 함께 무엇인가 세상에 도움이 될 만한 큰일을 할 수 있을 것만 같은 대장부다운 꿈을 가져볼 수가 있었던 것이다.

주모 말바우 어미는 남정네들뿐인 산속에 있기가 쑥스러운지 방문 밖을 나가려고 하지 않았다. 그런 말바우 어미의 속마음을 잘 알고 있는 대불이가 여러모로 그녀의 마음을 다독거려주었다. 그는 움막을 돌아다니며 사내들의 빨랫감을 가져다주면서 "자, 일거리를 가져왔으니 밥값을 허씨요" 하고 웃었다.

말바우 어미는 밥 짓는 일이며 빨래, 바느질을 맡아 해주었다. 백암산 동학도들은 거개가 미천한 무식쟁이들이었지만, 도집(都執)이니 집강(執綱)을 두어 기강을 밝게 하고 시비를 철저히 가려내는 기강 집행이 엄했기 때문에 남의 아낙을 함부로 탐할 수가 없게 되어 있었다. 그때문에 도인들은 말바우 어미한테 농 한마디 하지 않았으며, 철저히 내외를 하며 지냈다.

대불이가 백암산으로 들어온 지 나흘째 되는 날 짝귀가 그에게 장성으로 장 구경을 가자고 하였다. 장날이 되자 백암산 동학도들은 너나없이 서둘러 산을 내려갔다. 모두들 장에 가는 길이라고 하였다.

백암산의 동학도들은 그동안 미투리를 삼고 나막신과 빨랫방망이 등을 깎아 타래로 꿰어 매고 장으로 내려갔다. 약초를 캐어 망태기가 무춤하게 메고 가는 사람도 있었다. 백암산에는 더덕, 딱지, 마, 도라지 외에도, 흰제충국이며 산용담, 시호, 당귀, 녹나무 등 약초가 많이

있었다. 그밖에도 대발, 세발이며 참빗을 가지고 가는가 하면, 대장간
에 내려가 낫이며 호미를 떼어가기도 하고 질그릇들을 바지게에 지
고 가는 도인들도 있었다.

장날에는 모두들 움막을 비우고 장성에 내려가서 재주껏 돈을 벌
어, 살아갈 일용품들을 사오는 것이었다.

그들은 또 장날을 이용하여 그동안 헤어져 있었던 가족들과 친지
들의 안부를 알아오기도 하였다.

대불이는 백암산에 말바우 어미 혼자 두고 짝귀를 따라 장성으로
내려갔다. 행여 지난번 사거리 주막에서 맞닥뜨렸던 관속들을 만나
게 되면 낭패라 싶어 패랭이를 쓰고 변장을 하였다.

짝귀는 사거리 조금 못 미쳐서 한지(韓紙)를 떼었다. 모두 닥나무의
껍질로 만든 것으로 중국에서까지 알려진 백면지(白綿紙), 대호지(大好
紙), 계목지(啓目紙), 소호지(小好紙) 등을 가지가지로 실히 한 짐이나 되
게 걸머졌다. 꼭두새벽에 산을 내려갔는데, 사거리 못 미쳐 큰 좀팽나
무가 어귀에 그늘을 늘어뜨린 마을에서 종이를 떼어 걸머지고 났을
때는 희붐하게 날이 밝아왔다.

장꾼들이 장성으로 몰려가고 있었다. 장꾼들 중에는 전립에 어리
점(상품 진열대)을 지고 큰 지팡이를 짚은 보부상 패거리들도 눈에 띄었
다. 짝귀를 따라 장성 장으로 내려가던 대불이는 문득 새끼내 주막에
서 살았던 때가 떠올랐다. 그때도 나주 장날이면 많은 보부상 패거리
들이 꼭두새벽부터 주막 앞을 지나곤 했었다.

"난전을 치려면 서둘러야겠구면. 빨리 가야 존 자리를 잡을 테

니께."

종이 짐을 지고 거푼거푼 앞서가는 짝귀가 뒤를 돌아보며 큰 소리로 말했다. 대불이가 종이 짐을 대신 지고 가겠다고 했으나 한사코 마다했다.

"오늘 장사가 잘되면 주모헌테 도화분 한 갑 사주겠네."

짝귀가 하는 말에 대불이는 그냥 피식 웃고 말았다.

"나도 백암산에서 살라면 장날마다 무신 장사를 해야겠구만요."

"오늘은 구경만 허는거. 내가 장사허는 것을 잘 봐두라고. 장사야 아무라도 허는 거니까."

대불이는 다음 장날부터는 하다못해 미투리라도 삼아서 가지고 와야겠다고 생각했다.

장바닥은 초장부터 북적거렸다. 짝귀와 대불이는 과실을 파는 우전(隅廛) 모퉁이에 자리를 잡고 나서, 객주거리 주막에서 아침 겸 해장으로 텁텁한 모주 한 사발씩을 마셨다. 짝귀가 자리를 잡고 전을 벌인 뒤에 대불이는 혼자서 장바닥을 한 바퀴 빙 돌았다. 나주 양 진사 댁에서 비자 노릇을 할 때 장날마다 심부름을 가 보기는 했지만, 그때는 건성으로 돌아다녔을 뿐, 차분하게 장 구경을 해보지는 못했었다.

대불이는 많지는 않아도 얼마간 밑천이 있었기에 무슨 장사를 하면 좋을까 하고 유심히 살피며 돌아다녔다. 그는 선전(縇廛), 면포전(綿布廛), 면주전(綿紬廛), 어물전, 지전(紙廛), 저포전(紵布廛), 포전(布廛) 외에도 담배를 파는 연초전이며 말총이나 피물, 포를 파는 상전(床廛), 미전, 잡곡전, 생선전, 돗자리를 파는 인석전(茵席廛), 꿀을 파는 청밀

전(淸蜜塵) 등 여기저기를 기웃거렸다. 송화전(松花塵)과 저전(豬塵)에서 백암산 도인들을 만났다.

대고(大賈)에는 물건들이 산더미처럼 쌓여 있었으며, 그 앞에는 물건을 사러 오는 손님들을 안내하는 떴다방이들이 고래고래 소리를 지르기도 하였다.

장바닥을 한 바퀴 휘휘 돌아보고 나서 다시 짝귀에게로 돌아온 대불이는 그가 손쉽게 장사를 한다면 무엇부터 시작을 해야 좋을지 곰곰이 생각을 굴려보았다.

"나도 지전이나 벌일까요?"

"왜 하필이면 종이장사여?"

짝귀는 휘주근하게 앉아 있는 대불이를 보며 물었다.

"다른 것은 경험도 없고……."

"장을 한 바퀴 더 둘러보소."

"둘러보고 왔구만요."

"더 둘러보란 마시. 요것이다 하는 생각이 번개모양 머리에 떠오를 때꺼정 장바닥을 돌아댕겨봐!"

대불이는 짝귀의 말대로 다시 한 바퀴 장을 둘러볼 양으로 천천히 일어섰다.

그때 아기를 들쳐 업은 웬 아낙이 짝귀의 종이전 앞으로 가까이 지싯거리며 다가왔다. 그것을 본 짝귀가 벌떡 일어나더니 "대불이, 잠시만 전을 지키게" 하고는 우전 모퉁이로 성큼성큼 걸어 나갔다. 아기를 업은 아낙은 짝귀의 뒤를 따랐다. 짝귀를 찾아온 아기 업은 아낙은 그의 처였다.

장날을 이용하여 짝귀가 그의 아낙을 만나는 것과 같이, 백암산의 다른 동학도들도 모두들 장성 장에서 그들의 가족이나 친지들을 만났다. 그들은 잠깐 얼굴을 보고, 서로 별 탈 없이 지내고 있음을 듣고 보는 것으로 만족하고 다시 헤어졌다.

백암산의 도인들이 가족을 만나는 것을 본 대불이는 또 새끼내 생각이 떠올랐다. 노루목 양 진사 댁에 빌붙어 사는 아버지 어머니는 평안하시며, 새끼내 형님 내외와 조카도 잘 있는지 궁금했다. 형수한테 맡기곤 온 난초의 얼굴도 떠올랐으며, 구진포 소금배 위에서 헤어진 방석코의 생각도 머릿속에서 오랫동안 부스럭거렸다. 마음 같아서는 훌쩍 떠나 야밤에라도 가족들을 만나보고도 싶었으나, 생각뿐이었다.

아낙을 만나기 위해 잠시 전에 우전 모퉁이로 돌아들어갔던 짝귀는 담배 한 대참도 못되어 돌아왔다. 그는 심드렁하게 고개를 푹 숙이고 나타났다.

"연로하신 어머님이 편찮으시다는구만."

짝귀는 혼잣말처럼 말하며, 닭전머리 쪽으로 사라져가는 아낙의 뒷모습을 추레한 눈으로 굽어보았다.

"저것이 내 여편네여."

그가 턱 끝으로 닭전머리 앙당그러진 팽나무 쪽을 가리키며 말했다.

"모친께서 편찮으시다면 가보셔야겠네요."

"앓아누워 계신 지가 삼 년째여."

"국밥이라도 한 그릇 사드리지 않고 그냥 보내셨남요."

"피차 얼굴 보고 소식 들었으면 됐재 머, 안 그래도 국밥을 사 주겠다고 했드니 또 돈으로 주라고 허누만. 멍텅구리 같은 여편네가 눈 질끈 감고 국밥 한 그릇 처묵고 갈 것이재믄!"

"집이 장성서 머남요?"

"담양이여."

짝귀는 그러면서 대불이에게 그의 고향 이야기를 해주었다. 그의 고향은 담양 추월산(秋月山) 밑이라고 하였다. 일구어 먹을 땅 한 뙈기 없이 건넛마을 초시 댁의 소작을 붙이고 살아왔었는데, 그나마 소작 논마저 빼앗겨버리고 말았다고 하였다. 갑자기 짝귀의 부친이 앓아 눕게 되자 약 한 첩이라도 써보는 것이 자식의 도리일 것 같아 의원을 찾아다닌 것이, 야금야금 쥐 소금 먹듯 약값이 들어 한 해 도지를 물지 못하게 되었다. 애쓴 보람도 없이 짝귀의 아버지는 끝내 세상을 하직하고 말았으며, 한 해 도지를 물지 못한 탓으로 소작논을 빼앗겼다.

두 눈 번하게 뜨고 굶어죽을 수는 없는 일이어서 묵정밭이라도 일구어보려고 하였으나 그것마저도 허락되지 않았다. 하는 수 없이 담양 죽물(竹物)을 떼다가 파는 등짐장사를 시작하였으며, 장성 장에서 우연히 송경찬을 알게 되어 백암산에 들어가게 되었노라고 하였다.

"남은 식솔들은 어찌 삽니까?"

대불이는 짝귀의 입장이 어쩌면 그렇게도 애잔한 새끼내 사람들과 비슷할까 하고 생각했다.

"그러니 내 여편네 고생이 이만저만이 아니재."

짝귀는 괴로운 듯 더 이상 집안 일을 말하지 않았으며, 대불이도 물어보는 것조차 괴로워 입을 다물어버렸다.

장에 갔던 백암산 동학도들은 해거름이 되어서야 벌여놓은 전을 치우기 시작했다. 전을 치운 뒤, 다음 장날까지 먹을 식량이며 소금을 샀다.

짝귀는 처음에 대불이한테 말한 대로 주모 말바우 어미 갖다 주라고 도화분 한 갑을 사서 찔러주었다. 짝귀는 그의 아낙이 왔을 때는 엿 한 가락 사주지 않았으면서 비싼 도화분을 사서 슬쩍 안겨주며 "내가 사주드란 말 말고 자네가 사갖고 왔다고 해야 쓰네. 여편네들이란 손톱만큼만 마음을 써줘도 섬으로 정을 쏟는 미련한 것들이거든" 하며 벌름 웃었다.

파전을 한 그들은 모두 짝귀의 지전으로 모여 그날 물건을 판 돈 중에서 본전을 제하고 남은 것은 짝귀에게 주었으며, 짝귀는 고의춤에서 치부책을 꺼내 누가 얼마를 벌었는지를 일일이 치부를 해두는 것이었다.

대불이는 묻지는 않았지만, 그들이 가지고 나온 미투리 한 짝도 어느 개인 것이 아니고 모두 그들 백암산 동학도들의 공동소유라는 것을 알고 놀랐다. 그러기에 그들은 탁배기 한 사발이라도 같이 마시며, 누구라고 더 먹고 덜 먹음이 없었다. 그제야 대불이는 조금 전에 짝귀가 도화분 한 갑을 사서 쑤셔 넣어주며 마치 도둑질이라도 한 듯 주위를 뚤레뚤레 살핀 것도 그래서인지 모른다고 생각했다.

그날 벌이의 치부가 끝나자 그들은 어김없이 아침에 들렀던 객주거리 주막에 들러 국밥 한 그릇씩과 탁배기 한 사발씩을 마시고 길을 재촉했다.

그들은 해가 떨어진 뒤, 대지와 산과 나무들이 가래침 토해내듯 한 짙은 어둠이 백암산 골짜기를 빈틈없이 덮어버린 뒤에야 산등성이를 타고 터울터울 서둘러 올라갔다.

그들이 가파른 잡목숲을 지나, 움막으로 올라가는 후미진 떡갈나무 밭을 더듬기 시작했을 때, 매큼한 짚불 타는 냄새가 훅 코를 덮쳤다. 그들은 함께 그 냄새를 맡았으며, 이상한 예감에 걸음을 멈추었다.

"연갈(연기) 냄새 아녀?"

짝귀가 당황한 목소리로 어둠속에서 동료들의 얼굴을 살피며 물었다.

"초막에서 나는 냄새구만."

누구인가 다급하게 말했다.

일행은 투덕투덕 어둠을 털며 다급하게 떡갈나무 밭을 뛰어갔다. 움막 가까이 오자 짚불 타는 냄새가 더 진동했다.

"초막이 탔어. 초막이 옴씰하게 타부렀어!"

대불이가 헐근벌근 뛰어가 보니 그들의 움막은 이미 짚불이 되어 있었고, 타다 남은 기둥과 서까래에서 불잉걸만이 피직 피지직 불똥을 튀기고 있을 뿐이었다.

"말바우 어매— 주모—."

대불이는 불타버린 움막 주변의 어둠 속을 더듬으며 목청껏 말바우 어미를 불렀다. 그러나 말바우 어미의 목소리는 어둠속에 갇혀버린 듯 들려오지 않았다.

대불이는 짝귀가 사준 도화분을 손에 쥔 채, 미친 듯 어둠을 뒤집
으며 말바우 어미를 외쳐 불렀다.

타오르는 강... 제2부 끝